天津市作家协会
重点扶持项目

北堂树萱

管淑珍 / 著

天津出版传媒集团

百花文艺出版社

图书在版编目（CIP）数据

北堂树萱 / 管淑珍著. -- 天津：百花文艺出版社，
2020.8
　ISBN 978-7-5306-7908-1

　Ⅰ.①北… Ⅱ.①管… Ⅲ.①长篇小说-中国-当代
Ⅳ.①I247.5

　中国版本图书馆 CIP 数据核字(2020)第 117899 号

北堂树萱
BEITANG SHU XUAN

管淑珍 著

出 版 人：薛印胜
责任编辑：张　雪　　　　　装帧设计：张振洪
出版发行：百花文艺出版社
地址：天津市和平区西康路 35 号　邮编：300051
电话传真：+86-22-23332651（发行部）
　　　　　+86-22-23332656（总编室）
　　　　　+86-22-23332478（邮购部）
网址：http://www.baihuawenyi.com
印刷：山东临沂新华印刷物流集团有限责任公司
开本：787×1092 毫米　　1/32
字数：165 千字
印张：7.375
版次：2020 年 8 月第 1 版
印次：2020 年 8 月第 1 次印刷
定价：48.00元

如有印装质量问题，请与山东临沂新华印刷物流集团有限
责任公司联系调换
地址：山东省临沂市高新技术产业开发区新华路 1 号
电话：(0539)2925659　邮编：276017

一

我跟叶家大院的因缘，也算三生三世了。以前，我以为我是恨这所院落的，后来我发现，这个问题根本说不清。爱恨交加是一种怎样的情感？我更说不清了。不管怎么说，我曾经融化在叶家大院里。青少年时期的人与事，光影与记忆，似乎全都刻在我的血液中，甚至成为我生命的一部分。

"叶家大院"是我生命中绕不过去的四个字。

假如不是叶家大院的张奶奶收留我，我的生命恐怕早就戛然而止了。回头想想，在生命长河中，任何一个小小的礁石都有可能击毁我这艘小船。风雨飘摇，是一种什么概念，在和平年代生长起来的孩子们，恐怕是不能理解的。

在叶家大院里，我、叶紫苏、叶凤萧三个女孩子与向春来形成了三女一男模式的爱情关系，回想当年，我是一个多么可笑的丑小鸭啊！经过那么一番折腾，我对向春来的感情，淡了、远了，然而又死灰复燃了。我曾经以为，我对向春来的感悟连个渣儿也没剩下，可是，真的是这样的吗？人生与爱情，缠缠绕绕的，剪不断，理还乱，恐怕就是这样不可理喻吧？

张奶奶给过我的点点滴滴的关爱，金子一般贵重，可是我没能给她老人家养老送终，是我终生的疼痛点。听说她老人家死得很惨。我不能为老人家养老送终，并不是我没良心，而是因为我参加了革命事业。

最初，我对革命信仰还是一无所知的。当时，我只想得到左忆青妈妈的认可。在寻找妈妈的过程中，我经历过一个茫然失措、无所归依的过程。出生之前的事，我不知情；出生之时的事，我也不知情；出生之后隐藏在现象后面的真相，是那样扑朔迷离……难道说，我对生命不该抱有强烈的惶惑感吗？叶凤萧这个坏女孩，经过一场验血，却成为左忆青妈妈的女儿，当时我真的难以接受命运的安排啊！叶凤萧抢走了我的妈妈，不，应该说，命运给了她一个完美妈妈，可惜她并没有珍惜。叶凤萧是我生命中永远甩不掉的阴影，她说："林子衿是我，你是冒牌的林子衿。"无所不在的命运在考验我，希望我能够从容应对每一个意外发生的事件，比如这个"真假林子衿事件"，同时，我也看清了叶凤萧这一类"有奶就是娘"的人，她对左忆青妈妈给予她的爱并不珍惜，她只想利用利用再利用。

不过，当年，那个八岁的我，脑子里并没有这么多复杂的想法。

初次来到叶家大院的我，好像是从那扇黑油油的大门钻进去的。其实不是。叶家大院的正门狭而长，高度足有三米，铁皮包着木质门身，显得威严而肃穆。就算我挺直了腰杆走进去，也够不到大门三分之一的高度。

那晚的夜色，黑得黏黏糊糊，冷飕飕的夜风刮起一缕缕半凉不凉的雨丝。张混混脚步间距大，我跟不上，一着急，脚底下一滑，摔了一个屁股蹲儿。后来我才知道，坑洼不平的过道本就难走，过道与外院衔接的地方，有几块青石铺就的台阶，那石头经过日月精华的滋养和人踩水渍的消磨，已经变成一块光滑无比的石头了，因此，像我这样初来乍到的人，几乎都得摔一跤。

张混混走得如同一阵风，看来，他是这个院里的常客。

叶家败落了，现在的叶家大院早已沦落为大杂院。院里的大房子倒是砖房，不过，每间大房子外都搭盖了各式各样的小房子，把院里的空间挤成羊肠小路，显得逼仄而湫隘。这些七拼八凑的小房子，全都跟有病的人差不多，看样子禁不住几场风雨就会八面漏风或干脆倒掉。屋檐下晒着的破袜子烂衣衫，在风里飘飘摇摇，仿佛在替居民们呐喊——穷困的生活，窘迫的处境，人们再也挨不下去了。只有几株开在角落里不知名的花，在夜色中散发着初春的清香。

踏进叶家大院的大门，我就算是孤老户张奶奶的孙女了。只听张混混用喑哑的嗓子高声喊："张奶奶，这孩子，小闺女儿，两个肩膀扛着一个脑袋，跟您在一个锅里吃饭来喽！"

张奶奶长着一张饼子脸，面团团的，一笑满脸都核桃纹儿。她见张混混来了，咻咻喘着从床上栽下来，忙着去倒水，那把用线绳拴住壶盖的茶壶，却忽地一下跳到地上，壶身居然稳稳地立住了。幸亏是泥土地，茶壶完好无损。张混混俯身拾起茶壶，叹道："你老忙吗？我又不是外人儿。您有病不能做饭时，让这孩子吃百家饭，这院里的婶子大娘，匀给这孩子一碗半碗的饭吧，哪儿不是积德行善啊。"后半句是冲着院里嚷嚷的，对门衣衫褴褛的妇女哈哈笑着："放心，张大哥，不就是添双筷子的事儿吗！"

许多小孩子袖着手看我，窃窃私语，有的还不怀好意地偷笑。张混混半恼半笑地呵斥那些小孩子："去去去，小浑球儿们，我这有糖豆，一人一个，吃去！"说着从布褂儿的口袋里掏出一把糖豆，扔在炕上。小孩子们一哄而上，刹那间就抢完糖豆，又一哄而散。

只有一个女孩子,远远地站着,冷冷看着我,嘴里哼着什么曲儿。过了一会儿,这女孩子从嘴里吐出一个葡萄皮儿,噘尖了薄而红的嘴唇,把这个葡萄皮儿吹成一个小球儿,然后,露出小白牙儿,一咬,咬破了葡萄皮儿。忽然,她又一扭身,哼了一声,大声唱起来:"浮云散,明月……"张混混啐了一口,骂道:"不要脸的大扯子,汉奸家的小坏种,告诉你,小林子,你以后别跟这个小叶子在一块玩儿。"张混混指着我的鼻尖吩咐着。

我刚要点头,却见那小女孩扭头大叫一声:"张混混!"叫完就跑,跑得飞快。

我不知道什么是汉奸,也不知道什么是混混。张奶奶说:"小林子,你可别听那个小叶子的话,她喊张大哥叫张混混,也太缺德了。咱可不能没良心啊,张大哥是我的救命恩人,也是你的救命恩人。"是啊,张混混是一个好人,他救了我!不过,张混混自己称自己为张混混,就令人十分不解了。当他从人贩子手中搭救我的时候,我听见张混混说:"我就是一个混混,你们敢把我怎么样?"如果不是张混混,我是进不了叶家大院这个门的。拐卖我的坏人不肯放我,而张奶奶的远房亲戚也不容我进张奶奶家的门。我亲眼看见张混混一掀饭桌,大吼一声:"我是混混,我怕谁?"他一发威,那些人全尿了。

小时候的事,我只记得一个大概,许多细节和真相,都是事后打捞起来的回忆。

从我记事开始,就在一个黑乎乎的破院子里干活,每天都要被工头打骂。作为一个小苦力,我每天要干的活特别多,有时剥核桃皮,有时洗毯子,累得要死要活,还吃不饱。直到有一天,张叔叔打上门来,才把我从火坑中救出来。

张奶奶说:"张大哥,不是我嘴碎,以后你可别跟那些人联系了,他们过的是刀口上舔血的日子,咳……"

我不知道张奶奶所说的那些人是什么人,我困了,头一挨枕头,就睡着了。醒来时,眼前是一派暗淡的晨辉。是啊,大杂院的晨辉都不那么明朗,因为大家把屋子搭盖得密密实实,遮住了光与影,就连普度众生的阳光都显得有几分吝啬。

裹足不前的春天,只靠那么一点点风里的清香来传递冬天远逝的消息。是啊,春天了,可是,春天好冷啊。

张奶奶睡着,乱发像一团线,有几根白发翘棱棱地指向半空。这位陌生的老太太,是我今后的依靠。张奶奶的手很粗糙,每当我干活累了的时候,张奶奶就用树皮一样的手为我按摩,她抚着我的后背,说:"把我们小林子累坏了呀!"我嫌张奶奶的手掌划得我皮肤刺痛,就躲开了,张奶奶脾气好,什么也不说,低下头看我的衣服:"扣子又掉了一个,奶奶给你缝上。"有时一边缝,一边就落泪了,小声说:"这孩子命里可苦啊!从小就没妈……"

"张奶奶。"院里传来细细的女声。我寻着声音去找,门外,一个瘦得可以看见骨架的小女孩子,穿着破花袄,捧着粗砂碗。

"这是我妈做的片儿汤,给张奶奶,还有……你。"

小女孩子说话的声音还是很好听的,纤细而清亮。

张奶奶醒了,说:"小香,进来吧,昨儿,我摘了一个小南瓜,正要给你送去呢。"

"我不要……"小香的声音怯怯的。

张奶奶对我说:"小林子,去! 你给小香送去。"

我捧着小南瓜就走,张奶奶叫我,我回头看她。她说:"见了小香的妈妈,叫马婶儿。"

叶家大院的前院,与我们这个后院隔着一道小木门。不过,这个小木门被人卸掉了,只剩门框。转过二门,角落上有一个小门,小香就是钻进那个小门去了。那是小香的家。里面有一间半房子，却住了两户人家。大屋子住着吴姥姥，半间房里住着的就是小香和她的妈妈马婶儿。所谓半间屋，其实就是仅容一张床的临时建筑。马婶儿正坐在炕上做针线活儿，看见我，就要下地，可是，只有几步路就到门口了，她还没找到鞋，我就进了屋。我把小南瓜放在炕上，说："马婶儿，张奶奶让我送来的。"小香站在我身后，一半身子放在小院中。马婶儿说："你看我这破瓦寒窑的，也没法招待你……"我笑笑，就要走，小香勾一勾我的手，小声说："晚上我们一块儿说说话。"我说了声"好"就跑了。

马婶儿在我身后柔声说："别跑，别摔倒了……跟我们小香一般大的小闺女儿啊……"院里有人唱起小调儿，后来我知道这就是天津时调，她唱的是《七月七》，曲调悲凉，催人泪下。

那一年，是己卯年，兔年，正是天津卫闹大水的那一年。

在这飘雨的盛夏，记忆在一根头绳上打结。我看见背叛与杀戮，我还看见丢了遮羞布的我自己。

二

蚂蚁窝也有春天。

稀里糊涂地，我在叶家大院度过了好几个春天。

叶家大院的孩子们在松松垮垮的蚂蚁窝洞口插上一枝柳枝，青翠的叶子把这个简陋的蚂蚁窝映衬得生机盎然。我采来一把野菊花散放在柳枝周围，心灵深处那如梦如画的想象又活跃起来，我觉得，不论眼前的生活多么凄苦，未来总是充满鸟语花香的。小香举着一个大瓢走过来，给这束野菊花浇水。小香并不把瓢里的水全都倒下来，而是把那个瓢斜斜地举着，让瓢里的水慢慢地沥出来,她说:"只能给这花儿浇一点水,剩下的水,得给我妈妈熬汤药。"

我们正专心致志地浇花,听到身后有人说:"还是小林子妹妹和小香妹妹心思巧妙啊。"我一抬头,先看到一束美丽的花。这花开得好眼生,跟我们院中常见的茉莉、牵牛全不一样,它显得特别高贵大气,叶子长长的,像柳树叶却比柳树叶宽,花瓣也细长,看上去显得特别袅娜多姿。叶紫苏说:"这花儿的名字叫萱。一般是黄色,可是,今天,我找到一把红色的萱草花。看,这萱草花的筒状花瓣,多俏丽呀,一下子把我迷住了。颜色也怪,寻常我们看到红颜色的花,并不觉得有多么稀奇,这花红得很不一般,飘飘然有一种仙气。"叶紫苏说话,最文雅,我们都爱听。

叶家大院有两个姓叶的小姑娘,一个是叶紫苏,另一个是叶凤萧。叶紫苏是叶大老爷家的小姐,小时候就读过四书五经,文绉绉的,是我和小香心目中的带头人;叶凤萧是叶二老爷家的小姐,整天疯疯扯扯,不成个体统。邻居们给叶凤萧一家都起了外号,叶凤萧叫"大扯子",另外那几个呢?

叶家二老爷名叫叶与轩,大家叫滑了嘴,叫他叶老二,这称呼与"业老二"谐音,不好听。天津人把那些瞎混日子的人叫"业老二",半是戏谑,半是贬斥,而邻居们对叶家二老爷则全是贬斥。至于叶家二老爷的原名,反倒没人记得了。

叶家二老爷的太太,人称"大花蚊子"文秀玉。叶家二太太常常吹牛说,她在娘家居住的那条街上是有名的"文小姐",家中姓文,她又富于文采,因此"大花蚊子"文秀玉号称"如花似玉文小姐"。实际上呢,叶家二太太嘴甜心苦,欺压良善,平时像蚊子吸血一样占穷苦人的便宜,又喜欢穿花衣服,大杂院人就送给她一个"大花蚊子"文秀玉的绰号。

叶凤萧有一个不成器的哥哥,名叫叶玉璋,整天偷鸡摸狗,不务正业,有时,还跟着他的爸爸妈妈一起欺负邻居,因此,大家都叫他"业障"。这个绰号是叶玉璋的简称,天津人说话吃字,往往省略中间那个字,叫溜了嘴,叶玉璋就成了"业障"。

这一天,"业障"让我给他去买烧饼。我答应了一声,却没动,因为张奶奶正喘得厉害,我怕有什么意外发生。不料,"业障"猛地揪住我的发辫,伸出右手,就打了我一个耳光,打得我耳根子热辣辣地疼。正巧叶紫苏进来,当时就叫喊起来:"玉璋,你凭什么打人?"只见"业障"把两眼瞪得有铃铛一般大,嘴里喷出令人作呕的酒气,说:"黄毛丫头,你想管我?不看你爸爸面子,我连你一块打。"

院里人都知道,叶家大老爷与叶家二老爷一直面不合心亦不合,叶家大老爷斯文善良,叶家二老爷自私粗暴,还给日本人当狗腿子。叶家大老爷失踪许久,听说被人害死了。叶家二老爷横行乡里,坏事做尽,把一份家业也折腾光了。

叶紫苏拉起我的手:"走,跟我走,跟我念书去。"

"业障"狂笑起来:"鸡窝里还能飞出金凤凰?"

叶紫苏把我拉进她家,问我:"你怎么不还手呢?至少也啐他一脸唾沫,不用怕他。"

我说:"张奶奶说了,不让我惹他。"

"嗳,张奶奶毕竟是老人家,观念太旧。叶玉璋这种人,就得跟他做斗争!"

我诧异地看着叶紫苏的脸,她那线条分明的颊,弧度俏皮的鼻,还有那眼窝深陷的双眸,都闪耀着一种异样的寒光。她与叶玉璋是堂兄妹,却仿佛势同水火。我从小流离失所,受尽折磨,不敢跟任何人发生冲突,更不敢像她这样疾恶如仇。再说,张奶奶一直嘱咐我——是非只因多开口，烦恼皆为好逞强。到叶家大院来吃"百家饭"，本身就气馁的我，受到张奶奶的调教，变得更加软弱。每次遇到别人欺负我，我都只会忍气吞声。

叶玉璋之所以流里流气，除了他的爸爸叶家二老爷堕落为日本鬼子的走狗这个原因之外，还跟他妈妈有关。这不，我刚跟叶紫苏一起翻开书本，"大花蚊子"文秀玉就追来了。这是一个肥胖到近似发面馒头的中年女人，周身皮肤像漂白过似的，毫无血色，脸上却斑斑点点，跟茶叶末子差不多。那双三角眼，仿佛是用刀子削出来的，从肉缝里挤出来的那么一点地方，长出一对眼睛，肯定特别小。这或许是上天对她的惩罚，她却没有自知之明，总摆出一副美人坯子的媚态，看人时，努力撑起肉眼皮儿，让自己的一对三角眼放射出锐利的光芒。

"大花蚊子"文秀玉一进来，就嚷嚷道："哎哟，咱们老叶家的人就是心眼儿好，紫苏你又教小林子念书。跟我一样，菩萨心肠，见不得别人受苦，你知道自打小林子一到咱叶家大院，光布料我就给了她多少……""大花蚊子"文秀玉用手在我身上比画着，说："这孩子，不爱干净，野惯了，好衣服也穿不出好儿来。"我看着"大花蚊子"文秀玉，心里说：睁着眼睛说瞎话的她，居然一点羞耻感也没有。"大花蚊子"文秀玉确实给我一些旧衣服，不过，都是破烂货，而且是以我帮她做外加工活儿的代价换来的。那些破烂货根本上不了身，不是露这儿就是露那儿，还散发着一种难闻的臭气。"大花蚊子"文秀玉可把这些破烂货当成宝贝，逢人便讲，总指望我对她做出千恩万谢的样子。我偏不。因此，没人的时候，她就打我，骂我，支使我干活儿。我忍受着她和他们全家的欺侮，就是不肯向她道一声谢。

"走吧，小林子，我给你留着好吃的了。"

谁都知道,"大花蚊子"文秀玉叫我走,是帮她干活儿。她家的家务活儿,就连倒尿盆这类的脏活儿,都支使我去干。有时,她揽来外加工活儿,诸如砸核桃糊纸盒等,就派我和几个无依无靠的小孩子给她干,干完了一分工钱也不给,高兴了给一件破衣服、两三只臭袜子或一块发霉的糕点,不高兴直接把我们踢出门。

　　我没动窝,呆呆地立着。叶紫苏说:"小林子跟我在这儿写字呢,二婶,你先走吧。"

　　正僵持着,"大花蚊子"文秀玉的眼睛瞟向门边。我们的视线也都投向门边。

　　那个年轻人一出现,我和叶紫苏的脸都红了。他,就是向春来。他说话的声音很好听,像唱歌一样。

　　有些音符,或许只能挑逗起眼泪,在这狼奔豕突的丛林中,回避箭镞的方法之一就是顶着硬壳涵养自己的肉体凡胎。为了抵御种种无端的困苦和生命个体生理层面上的崩溃,我"发明"了一个精神分裂式的秘方——在我心里,住着一个人,这个人是我的引路人,也是我的偶像型伙伴。这样一来,软弱无助的我,就成了精神层面的强者。然而,否定一切的那一天终将到来,正如人生有起点必有终点一样,有些规律,是不以个人意志为转移的。自欺欺人是可以的,但是,强迫别人相信,却是可笑的。假如有一天,住在我心里的那个人轰然倒塌了,我将怎样自持?

　　向春来就是我心中引路人和偶像型伙伴。

　　"大花蚊子"文秀玉懊恼地说:"好心没好报!好!走着瞧!狗咬吕洞宾,不识好人心!行,小林子,我找你张奶奶去!"

　　我就害怕"大花蚊子"文秀玉来这一手,张奶奶跟我说过,千万不要招惹"大花蚊子"文秀玉一家,惹急了,叶家的人什么坏事都做得出来,包括谋财害命。

"大花蚊子"文秀玉走了,她的女儿叶凤萧又来了,尖着嗓子说:"哟,这不是许仙吗,你又来我们叶家大院干吗?"

自从叶凤萧在叶紫苏家见过向春来之后,一直称呼向春来为许仙。我对叶凤萧所说的话,一直不以为然,唯独这一句许仙,叫到我心里去了。是的,第一眼看见向春来,我就觉得他像许仙。许仙长什么样子,我并不知道,不过,我们院里住过一个唱戏的,那人未落魄时扮演过许仙,后来,贫病交加,家徒四壁,只有一个大镜框一直挂在枕边墙壁上,那就是他年轻时扮演许仙时拍摄的照片。

许仙很美,很儒雅,同时,许仙也很体贴人。这些都是那个落魄小生告诉我们的。久而久之,我们心目中就形成了一个先入为主的印象,这世上的好男子必定长成许仙那个样子。

许仙是异性,而异性总是能够打动白素贞这样的女孩子的,这不,就连叶紫苏也笼罩在向春来的光环中了。

我看着叶紫苏的脸,在这贫穷的日子里,她的脸居然泛着明亮的光,那是青春洋溢的光,这光,来自向春来。叶紫苏长得真美。身体修长,像一株竹子,当时我未见过竹子,只是在画卷上见过竹子,但是我觉得将叶紫苏比成竹子还是很贴切的。她那白皙的肌肤显得特别自然,不像叶凤萧,经常涂上厚厚的脂粉而弄脏了肌肤。叶紫苏的肌肤白得柔和,仔细看,还有一种小麦颜色。当时我并不懂得什么是小麦颜色,这句话,是向春来说的,被我偷听到的。

向春来跟叶紫苏说话,总是背着我的,当然也背着叶凤萧。有时候,我还看见叶紫苏从向春来手里接过一卷纸,藏在什么地方。每当这两个人支开我和叶凤萧时,叶凤萧就一肚子没好气,嘴里不干不净地骂着:"除了勾搭男人,还会干什么?"一边骂,一边推我,说:"走,我带你去花园。"

叶凤萧带我去公园,我是不情愿的,不过,我不肯得罪她,就跟着她后面,慢慢地走。我们走进公园的时候,迎面看到"业障"叶玉璋和一群歪戴帽斜瞪眼的坏人在一堆儿,他们抽着烟,不停地互相打逗,有时还拦劫过往的女孩子。

本来我就不想跟叶凤萧去花园,这下子更不肯在公园里待着,就跑开了。

叶凤萧虽然不像她妈妈那样榨取我的劳动力,却也不是什么厚道人,有时候,她还偷偷地把鼻涕抹在我衣服上。她需要我做伴,就找我;她想取笑,就捉弄我;她厌倦了我,就毫不留情地让我滚。

小时候,我们玩老鹰捉小鸡的游戏。叶紫苏是小鸡,我和叶凤萧去捉小鸡,我跑得快,超过了叶凤萧,她气不过,一把抓住我就把我推个四仰八叉。叶紫苏生气地说:"小林子,你就这么窝囊,你不会反抗吗?"有时候,我是特别想反抗叶凤萧他们一家人的,可是,我缺乏一种胆气。

离开公园的我,一个人偷偷来到胡同后面的破庙前。据说,这是清代末年一个极有身份地位的人盖的家庙。后来,家败人亡,人去楼空,这个庙也没人管,就荒废了。家庙一直锁着。后门有个"小狗洞",我和叶紫苏常常从这个地方钻进去,到那间"小鬼屋"的地方去念书、谈心。

不料,我刚钻进"小狗洞",叶凤萧的声音就追上我了:"我的跟踪能力真强啊!真可以谋一份侦缉队的差了!"

我不想理她,可是,她赖着不走,还一个劲儿问我是不是跟男人到这里来偷过腥。我气坏了,赌气般地说:"我只跟叶紫苏来过。"

过了一会儿,我闻到一股臭味。真没想到,口口声声说自己是"大小姐"的叶凤萧竟然脱去鞋袜,揉着自己的脚丫子。她说她不是有脚气,而是走路走累了,还说:"小林子,你看,我是贵人出身,我脚底下有七颗痣,算命先生说了,这叫脚踏七星,主大富大贵。"我不理她,而且我知道她跟她妈妈一样爱占人便宜,果然,她又无赖式地说:"小林子,你帮我揉揉脚丫子,好不好? 我把我的福气也匀给你一点儿……"

　　我不等她说完,就装出肚子疼的样子,往家里跑。跑了几步,肚子真的疼起来。平时,我就有肚子疼的毛病,每次犯了,都急忙跑到茅房去。因为没钱,我也没去医院看过病,就这样一直拖着忍着。

　　我跑进叶家大院的时候,向春来正往外走。我藏在角落里,偷偷看着那个挺拔的身影消失在叶家大院的大门口, 心里空落落的。听叶紫苏说,向春来是向家铺子的少爷,二十岁,在南开大学上学。除了这点信息,我什么也不知道。可是,每次碰见他,我都会有心跳加速的感觉。"黯然销魂,唯别而已",我想起叶紫苏教会我的句子,内心荡漾着异样的愁绪。

　　我的脑海里总是镌刻着向春来那种潇洒自如的情态。向春来的出现,对于我来说,无异于饮下了青春时代的一剂精神毒药。如果没有他的出现,或许我早已习惯了叶家大院的穷苦日子,他的出现,唤起了我的某些幻想或向往。这种幻想或向往是什么,我却说不清楚。

　　忽然,我被一阵剧烈的腹痛裹挟着失去了自控力,上身佝偻着,缩成一团,喘得肝肠寸断。巨大的呻吟从我喉咙里发出,我忽然对自己刮目相看了——歇斯底里的本事还真不小!头晕,从未有过的头晕,大脑产生一种真空的感觉,周身的力气甚至不足以支撑我,我几乎飘浮起来了。

发烧了吧?

向春来走了之后,我就有一种失魂落魄的感觉,做什么都是在敷衍,就连好脾气的张奶奶都免不了责怪我几句,"大花蚊子"文秀玉更是脏话连篇。

住在大杂院里的市民阶层,生存密度很大,其亲密程度几近于血缘关系。从某种意义上讲,这种近,是一把双刃剑。夜不闭户也是有的,可是当人的欲望银瓶乍裂的时候,也有殃及池鱼的危险。不过有一点,大杂院的少男少女局促在狭小而封闭的大杂院里,男女混杂,出入不避,却极少发生什么不轨的事情。市民阶层的道德规范往往是固化了的,兔子不吃窝边草,好汉护三村,这些民间侠义思想,还是根深蒂固的。当然,市民阶层的惯性中,也有一些劣根性,如好面子,怕议论,另外还有一点不求上进,看不惯别人上进心强。当事人一旦变成旁观者,还会做出不理智的决定,强加于人。

"业老二"叶与轩、"大花蚊子"文秀玉、"业障"叶玉璋等坏人,是不在以上这个好市民范围之内的。

三

对于大杂院的孩子们来说,青春记忆是杂乱无章的,而对于我这个骤然降临到大杂院的孩子来说,青春年少却度日如年,似乎也是一种宿命。生于市井,长于市井,要有礼数,要面面俱到,要懂人情世故,要善于处理家务,甚至从很小的时候就要学会煎炒烹炸的手艺。不仅如此,为人处世要秉承兼容并蓄的传统,既要厚道宽容,又要伶牙俐齿,市井人物之所以能够在这二者之间游刃有余,全靠自己处世哲学中的小机智和小狡猾。面对苦难生活,市井人物既能苦中作乐,也能忍辱负重,这种市井英雄的脾气,代代相传,生生不息。

我知道向春来和叶紫苏是恋人关系了。这是叶紫苏亲口告诉我的。

一般来说,发生在市井之间的爱情,一开始就带有亲情的成分,保护对方的成分远远大于性别吸引,因此,因知根知底而缺少了陌生男女之间的新鲜感是在所难免的;因审美疲劳而滋味寡淡,也在情理之中。

我的情绪需要一个调节阀,因为我有时候会无缘无故地笑,当然,也会无缘无故地哭,"业老二"叶与轩多次跟他老婆"大花蚊子"文秀玉说:"小林子是疯子吧? 不如送走,疯子犯病,会杀人的。"是啊,在叶家大院住了几年,大病没有,小病不断,肚子疼、牙疼、嗓子疼等,说起来不是什么大病,论起折磨人来,也够呛。更何况我还受着"业老二"叶与轩一家对我的奴役,有时候,我真觉得活着不如死了干脆利落。

死是什么呢? 我不知道。院中吴伯伯死了,听说是被日本人投到海光寺用绞肉机绞死的,虽然不知道真假,但大家听了都感觉毛骨悚然。李伯伯说,日本人把一个孕妇的肚子剖开,挑出大人的肠子、婴儿的脑袋……我听了,全身的汗毛都森森直立,老半天不敢抬头,闭上眼睛又躲不开那些血淋淋的鬼影子。

死,是很远的一个所在。有时,我会梦见死神的降临。我发现死神并不是青面獠牙的,只不过死神不爱笑罢了。或许,死是轻松的,因为活着挺沉重的。我就这样胡思乱想着,院里的一个婶子大叫:"快来,小香妈妈不行了……"

小香的妈妈死了。

小香直挺挺地站着,就是不哭。这样站到第三天,每天吃喝,都是我们几个同龄孩子喂她、睡觉也是困极了才倒在她的妈妈身边打盹儿而已。到了出殡这天,小香还是木雕泥塑一般地站着。"起灵!"一个哑嗓子的男人喊着。大家去拉小香,小香不动。"业老二"叶与轩说:"不孝之女,成何体统?""大花蚊子"文秀玉上去就是一脚,正端在小香小腿后面,小香扑通跪下去,"呀"了一声。"大花蚊子"文秀玉很得意,说:"我可看不惯这样的不孝之女,不能让她败坏咱们叶家大院的风气!"我缩在院子角落里,不敢出声,我不知道我的妈妈在哪里,因此,我不太懂得小香的心情。妈妈死了,一定是一件令人难过的事,可是,小香为什么不哭呢?忽然一个可怕的念头涌上来,万一我的妈妈死了我也哭不出来可怎么办?我被这个念头吓坏了,在我们叶家大院,不孝顺,是最大的罪名,尽管有些人并不孝顺,也摆出孝顺的姿态。哭不出来的小香,真的不孝顺吗?

小香从此像一个哑巴。厌世却又屈服于此生此世。

直到有一天,"业障"叶玉璋把小香堵在"大花蚊子"文秀玉屋里撕开她的衣服时,我才发现,上天是想惩罚我们这些可怜女孩子的。我要为叶家做苦工,小香要被"业障"叶玉璋侮辱。我刚说了一句"放了小香","业障"叶玉璋手中的一柄刀就飞过来,在我头顶上掠过,落在木窗棂上。

我被吓跑了。

上天啊,惩罚我吧!惩罚我的来路不明,惩罚我对向春来存有非分之想的放肆,惩罚我在叶家这几个恶人面前表现出来的懦弱,惩罚我吧……

我躲在角落里像一只老鼠。

我听见小香的惨叫。人世间怎么能有这种令人惊恐万状的声音？

"小林子！滚进来！"

我返回屋里，"业障"叶玉璋正在整理衣服，小香蜷在炕角。地上有一种可疑的白色液体，看了就想吐。一根擀面杖飞过来，这次击中我的额头。我没感觉疼。我只有屈辱。因为小香的脸写满羞耻，我也一样。当我的衣服也被"业障"叶玉璋扒开时，他嘴里的脏话更是喷粪一般："你也想让我玩玩，是不是？"

仿佛一阵雷鸣电闪，张混混出现了。他的脚步声、吼叫声和抽打"业障"叶玉璋的巴掌声，响成一片，震天震地。"大花蚊子"文秀玉揪住小香就哭喊起来："你个小浪×，都是你勾引我家儿子……"张混混松开"业障"叶玉璋，捏住"大花蚊子"文秀玉的胳膊，叫着："你再欺负她，我让你见阎王，你信不信？"

张混混瘦了，光头下面一张黄渣渣的锥子脸，显得眼睛更大而目光也更锐利了。好久不见了，也不知他到哪里闯荡天涯去了。

痛感袭来，从我额头上滴下来的血液，染得院中地面一片片红紫，我看见这么多的血液从我身体涌出来，仿佛很悲壮，又仿佛很绝望。

张混混愤怒的样子，很可怕。特别是脸上的青筋，一根一根地涨起来，仿佛整个人都要爆炸了。虽然我不知道爆炸是怎么一回事，可是，我听大人们说过，1931 年天津闹便衣队，三岔河口的医院就爆炸了，听说还丢了好多婴儿。邻居们大多不识字，他们用粗疏的语言给我们这些不谙世事的小孩子描述了一些可怕的画面，在我们心里种下了恐怖的种子。

张混混恨恨地说："真想把那小子的脖子拧断了！"

张奶奶一边用棉布包我的头，一边怯怯地说："别惹叶老二这家人，惹急了他们，他们什么事都干得出来……"

张混混一拍桌子："惹不起，躲得起。小林子，跟我走。"

我不敢说话。

张混混塞给张奶奶一团钞票，带着我急急地走。

张奶奶用粗沙一样的手，抚着我的脸，眼泪一串串往下落，她说："我再给小林子做顿好吃的吧。"

张混混说："张奶奶，真的来不及了！"

我知道张奶奶在哭，可是，我还是跟着张混混走了。我好想吃张奶奶做的饭。一路上，我一直在回味张奶奶给我做的油条。张奶奶在油锅里放油，手，停一停，顿一顿，凉锅热油，凉锅热油，她不停地絮叨着。我不爱听她絮叨，可我爱吃她做的饭，比如炸油条，好吃到想死，面的香气是被油一点点逼出来的，直冲我的嗓子眼儿。张奶奶的那个粗砂碗，里面荡漾着白色的液体，是豆浆，浓到极致的。每次我要喝豆浆时，张奶奶都扯住我的袖子，抻过我手里的油饼，蘸一下碗里的豆浆，塞到我嘴里，好香，香到我一辈子都忘不掉。

张混混大步流星地走着，不时催促我一句："快走，来不及了！"

正如当初他带我来到叶家大院那么仓促匆忙，走的时候，也是这样。

我越来越不敢说话了。其实我只是想问一句话："张叔叔，我们去哪儿？"可是我不敢问。

小香追上来。

我怕我是最后一次看到小香，想拉着小香一起跑。小香长得好瘦啊，几乎就是一把骨头。她手里捏着一个手帕，打开，一块小红绸子。她把红绸子往我怀里一塞："我妈妈给我留下的！"她已经好久没开口说话，这句话说得有点含混不清，而且夹杂着哭音。

我和小香抱头痛哭。

小香跑了。

我哭了:"张叔叔,把小香也带走行吗?"

张叔叔那张严肃的脸,写着答案——不能。在这一刻,我有点恨张叔叔。

四

来到一个空锁着的小院,开了院门,进屋,落座,他扫了我一眼,仿佛自言自语般地说:"噢,你怕我?"

我不敢说怕,也不敢说不怕。我感觉我们是陌生人,然而我感觉我们又彼此很熟识。

张叔叔告诉我,我刚一出生,他就认识我。他从口袋里拿出一盒香烟,抽出一根,点燃了,屋内飘散着劣质香烟的味道。这味道很呛人,然而,却激活了我某种记忆。这种记忆是靠味觉来维持的,闻到这种记忆,我脑中就灵光一闪,仿佛回到过去。回到很久很久以前的过去。我无法捕捉准确的信息,可是那过去确实存在过。然而,当我想要打捞那信息中的具体内容时,脑海里却又出现大段大段的空白。张叔叔说:"你出生在三岔河口那边的医院。一出生,就赶上日本便衣队暴乱,幸好你没在爆炸中丢掉性命。人们都乱了套了,你的妈妈也昏过去了,我带着你们母女俩,遇到一个女同事,就让她带着你走,我和我妻子送你妈妈去医院。可是,你妈妈遇到危险,必须离开天津。情况太复杂,也太危险。我们的女同事被捕了,你落到坏人手里。"

我没去打听张叔叔所说的"女同事",我觉得我不应该多嘴。

"我也同情小香,可是,我们这些人,也是身不由己啊!不过,你放心,过些天,我想办法把小香救出来,好吗?"说着,张叔叔"哎哟"一声,弯下腰,抚着自己的腿。

我问:"叔叔,你病了吗?"

他抬起头,眼睛里隐隐地含着泪光:"我……我的事,你就别管了,我帮你找到你的爸爸了。"

这句话,简直就像旱天雷一般,惊得我目瞪口呆。

门又开了,进来一个小个子男人,眼神中有一点怯生生的感觉,同时又有一种英雄豪气,我说不清这个人的表情属于什么类型。

张混混说:"他是你的爸爸林嘉树。"

林嘉树仿佛找不到更好的表情,笑了一下,又正一正脸上的表情,说:"你是林子衿,你都长这么大了。"我觉得他的笑很不自然。

我曾经无数次幻想过,有一天,会有一个男人来到我身边说:"我是你的爸爸,你是林子衿,你都长这么大了。"我也曾经无数次幻想过,有一天,会有一个女人来到我身边说:"我是你的妈妈,你是林子衿,你都长这么大了。"

当爸爸真的站在我面前的时候,我不知道我应该站着还是坐着,也不知道我应该说话还是保持沉默。从很小的时候,我就被一对流氓夫妇偷走,过着朝打暮骂生不如死的日子,直到有一天,张混混,不,张叔叔出现了,他搭救了我,把我送到叶家大院。现在,毫无征兆的,我的爸爸出现了。这一切的发生,都是那么突然,让我无所适从。

林嘉树笨拙地握住了张叔叔的手,哑了嗓子说:"谢谢你老张!"

张叔叔没说什么,两个大男人拥抱在一起,互相拍拍对方的后背。林嘉树忽然说:"老张,听说你受伤了!"

"你别管我。你们父女俩得离开天津卫。这里不安全!"

"老张,你去,找左忆青那儿的陆医生,他可以帮助你。"

说到"左忆青"三个字的时候,林嘉树意味深长地看了我一眼。我从小敏感,我觉得,这个名叫"左忆青"的人,一定是跟我有什么瓜葛。

"老林,你快带孩子离开这里!要不,就来不及了!"

我这样胡思乱想的时候,他们正在密谈,张叔叔还把一些证件什么的交给林嘉树。

忽然,我听到他们的语气都不对了,再一看,两个人脸红脖子粗的,互相怒目而视。

我木雕泥塑一般地站着,只听林嘉树说:"林子衿,你出去!"

小孩子是不能听大人说话的,这个道理我懂得,可是,他们吵得太厉害了,我还是听到几句。

"小马拉大车,这么重要的任务,就凭咱们这几个人,能做好吗?"

"你跟我喊有什么用?"

"你跟小林子再不走,叶老二就派人来抓你了。叶老二查我,顺藤摸瓜,查到你,他拿小林子当诱饵,抓到你去领赏……"

张叔叔的这句话使我瞬间长大了。我意识到,他们都从事着不同寻常的工作,可是,我岂不成了林嘉树爸爸的一个累赘?

就在这个傍晚,我这个累赘跟着林嘉树爸爸出发了。我跟林嘉树爸爸,几乎还是陌生人,因此,"爸爸"这两个字,我叫不出口。我觉得林嘉树脾气很坏,比张叔叔坏,我甚至想,如果张叔叔是我的爸爸多好啊!

一路上,林嘉树爸爸都神神秘秘的。路过一个胡同时,他带我到朋友家敲门,进去说几句悄悄话,就匆匆离开。然后,我们急急忙忙地奔向海河边,准备上船。在河边,我竟然意外地发现了叶紫苏和向春来。

叶紫苏的脸,对于我来说是再熟悉不过的了。平时,我总爱凝视叶紫苏的脸。叶紫苏的五官很精致,像绣品上的美女,她家有一幅画像,是古代的,据说是叶家的先人,那画像中的女子,凤冠霞帔,仪态万方,五官也是那样精致。我曾经想象过天上仙女的模样,却想象不出,因此,我认为叶家画像上的女子就是天上的仙女。

"业老二"叶与轩曾经怒斥叶紫苏:"难道你不想认祖归宗?难道你就六亲不认?难道你是从石头缝中蹦出来的吗?"

叶紫苏的话掷地有声:"我为叶家有你们这样的败类而羞耻!"

我想我家或许也有这样的画像,或许有一天也会有人指着画像上的仙人问我:"难道你不想认祖归宗?难道你就六亲不认?难道你是从石头缝中蹦出来的吗?"

不知为什么,冥冥之间,总有一种力量把我与叶紫苏往近处拉。在叶家大院那样复杂的环境中,我对叶家的人充满仇恨,叶紫苏却一直是我的好朋友。可是,向来春的出现,又似乎出现了另外一种力量,要将我与叶紫苏往远处推开。

我的心紧缩了一下,看见他们又在一起,我是不太愉快的。如果我什么也没看见,多好啊。林嘉树说:"别东瞅西看,抓紧走。"我却趁他不注意,回了一下头,我想看看向春来。叶紫苏冲我点点头,向春来却做了一个我看不懂的手势。

就在这时,叶凤萧不知从哪里钻出来,撞了我一下,说:"你去哪儿啊?"我都蒙了,为什么叶家大院的人会出现在这里?不过,我还是习惯了有问必答:"上船。"

林嘉树拉起我的手就跑。

奔跑过程中，我还听到了叶凤萧和她的哥哥"业障"、爸爸"业老二"在喊，他们喊我的名字，小林子，小林子，叶家大院的人，只知道我叫小林子，至于"林子衿"这三个字，只有叶紫苏知道。

那个夜晚，出事了。就在我们等候上船的时候，叶凤萧和她的哥哥"业障"、爸爸"业老二"带着一群汉奸来追我们。张叔叔带领同伴狙击了他们，后来，张叔叔的伤口疼起来，一个没躲好，被他们打死了。

这件事，林嘉树爸爸是怎么知道的呢？我想，当我们乘船来到塘沽的时候，林嘉树爸爸就和天津卫的同伴通了电话。

与林嘉树爸爸久别重逢，却惹他生气，我很不安。何止生气，林嘉树爸爸铁青着脸，打了我。林嘉树爸爸是用报纸卷成筒子打我的，我没躲，可是，我哭了。小时候被人贩子折磨、后来在叶家大院被"大花蚊子"文秀玉和"业障"叶玉璋欺负，我都不哭。许久以来，我好像丧失了哭的功能。可是，林嘉树爸爸打我的时候，我哭了。

这天晚上，我睡不着。张叔叔那双锐利的眼睛一直在天花板上亮着，不论我睁着眼睛还是闭着眼睛，他都盯着我。我错了，我真错了，可是，我错在哪儿呢？天啊！这一切，好混乱啊！张叔叔真的不在人世间了吗？怎么可能呢？

不，我有一种预感，张叔叔还活着。像张叔叔那样生命力极强的人，是不会死的。

那么张奶奶呢？张奶奶会死吗？我自己会死吗？

我想张奶奶了。尽管我和张奶奶并没有血缘关系，只是命运的驱使，才使我们有机会住在同一屋檐下，可是，这么多年的漂泊动荡中，也只有张奶奶给予过我女性长辈的温暖。张奶奶虽然一贫如洗,对于过年却很热衷,特别是除夕之夜,全神下界的那一刻,张奶奶的表情特别庄严。我和叶紫苏就伴着张奶奶守夜,我们俩背诵诗词:共君今夜不须睡,未到天明犹是春。

那时的我,偶尔也会说:"有妈妈的感觉会很好吧。"

叶紫苏说她也从小失去母爱,长大以后,又失去了父爱。可是,她说女人要坚强。是啊,叶紫苏比大杂院所有的女性都坚强。从我来到叶家大院开始,叶紫苏就跟我很亲密,不过,我感觉她总有一些事是瞒着我的,为什么呢? 是为了向春来而疏远我吗?

这时的我,忽然变得多愁善感起来。我留恋过去的时光,甚至有一种春日迟迟、青春枯萎的忧惧之感,也就是说,我已经开始了对人生的思考,我希望守住年龄、守住岁月、守住亲情、守住美好记忆。

然而,我的妈妈在哪里?

哭着哭着,我就睡着了。醒来后,是凌晨,我一直弄不明白,梦中跟他一起走了的女人是谁? 一个变来变去模糊不清的女人,裹挟着他,消失在……一个古堡,不,沙漠,不,反正是一个陌生的空旷的神秘的地方……以前也有过类似的梦,很短,短得一晃而过……我孤独地站在宇宙里。不,宇宙很大,我很小,在宇宙里根本没有我的位置。我站在哪里呢? 哦,我站在虚无中。

早上,我看到爸爸坐在地上的小板凳上,睡得很沉。我认真打量了一下他的外表,看起来,他整个人都干巴巴的,不太润泽,睡着的时候,下巴的肌肉松弛了,还有一点口水的痕迹。在他脚边,有一团黑乎乎的烟头,看来,这一夜,他一直坐在这里想事情,快到天亮才入睡。

看到这种情景,我谅解了爸爸打我的行为,我想到爸爸昨天说的一句话:"任何一个小小的失误都有可能威胁到我们的生命安全。"然而,我心中还是掠过一个影子,那影子很高大、很威武,也很快乐，他才是我的亲生爸爸，一个大英雄。我从来没有想到，我的爸爸，是林嘉树爸爸这个样子。或许在每一个女孩子心目中，都有一个大英雄的形象，这个大英雄，是父亲，是丈夫，也是未来的儿子。叶紫苏说过，她的爸爸虽然不是英雄，却与"业老二"叶与轩不同，是一个手不释卷的书生，可惜不在了。叶紫苏还说，向春来是她心目中的大英雄。想到这个，我就有点酸溜溜的感觉，我好想拥有向春来那样的兄长、导师或者恋人啊，可惜，我没有那个福分，向春来心里眼里只有叶紫苏一个人。

我就这样胡思乱想地躺着，半睡半醒，有时，脑海时浮现出张奶奶被人绑在一株树上，过了一会儿，张奶奶又幻化成张叔叔……我就想喊，可是，身子不能动，声音也发不出，最后，我使了很大的力气才从睡梦中挣脱出来……梦境中那种全身瘫痪的感觉真可怕。一个人，到了全身不能动的那一刻，真是叫天天不应、叫地地不灵啊，可怜人的结局……重重叠叠的梦境，令我恍恍惚惚。

这年是乙酉年，鸡年，抗日战争胜利的那一年。

五

刀枪入库，马放南山？

林嘉树爸爸在一张纸上反复写着上面这八个字。

后来我听一个医生讲，患有强迫症的人，往往重复做同一个动作。林嘉树爸爸不仅有强迫症，而且极易产生焦虑情绪。每当他听到什么坏消息时，瘦削的长脸就会瞬间板起来，那种面沉似水的样子，令人感觉特别压抑。我这样的年纪，跟这样一位长辈在一起，容易变成一个忧郁的人。

我已经长大了，见过了一些世面，至少我看见了海。林嘉树爸爸跟一个穿青袍的阿姨见面时,我就在海边,林嘉树爸爸让我坐着别动。我远远看见他们站着说话,而我则把心里话告诉海浪。海水比暴雨后胡同里的积水浩渺多了。我记得,叶紫苏曾说过,她跟她父亲坐过船,见过大海。我问她海水有多大,她说海水是无边无际的。果然如此。以前,每逢暴雨过后,我就得蹚水给"业老二"夫妇买东西,有好几次,我都差一点掉进井里。那时,我对水产生了恐惧。而这次看见海,我对水却充满了敬佩之情。海天一色,船只渐远,我好想融化在这片海景图中。在这一瞬间,我情不自禁地说:"叶家大院太小了。"是啊,世界是这么广大、神奇、雄伟,以前,我却局限于叶家大院,太可悲了!这时,我才懂得,张叔叔把我从叶家大院带出来,是有道理的。

那个穿青袍子的女人是不是我的妈妈呢?

这些天,我又开始思索一个问题,我的妈妈是怎样与爸爸走到一起的?或者说,是一位怎样的女性接受了林嘉树爸爸的爱情呢?这位看起来并不像大英雄而且情绪也不太稳定的爸爸,总是令我精神紧张。

在海边与林嘉树爸爸度过的那段岁月,是他人生的最后阶段。在这一阶段里,他是忙碌的。特别是夜晚,他总是要出去工作。他出门时,就把我锁在屋里。暗夜里的我,哭得一塌糊涂。其实我并不害怕神啊鬼啊什么的,不过,我们所在的小渔村实在是太荒凉了,十四岁的我,从不出门,如果出门,也是穿上男人的衣服,戴上男人的帽子。一个人的夜晚,我对有可能出现的危险进行了五花八门的想象。不过,爸爸看到我的眼睛肿了,也不多说什么。等他再次出门时,我很惊讶,他居然化装成一个女人。我没什么可说的,我已经猜到他的特殊使命。他走到门口,忽然回过头来说:"林子衿,你是一个坚强的女孩子,眼泪,不是女孩子的专利品。"

这么多年,你一直都爱哭吗?

我问我自己。

不是这样的。

小时候,在黑作坊当小苦力时,工头们打架,其中一个工头举着两把菜刀从我身边过去。我一闪,就低下头。那个工头醉了,斜着眼睛,问我:"你想挡我道!"说着举起一把菜刀。我说:"我给您倒了一杯水。"说着真的举起一杯水,那个工头还真喝了。喝完又咆哮起来,举着菜刀就跑,然后,我就看到对面的工头跳起来,脸白像鬼。那么白的脸,真像传说中的鬼,然而,一道血光掠过,我眼前全是红的,瞬间失去知觉。后来,女伴们说:"幸亏你机智,给工头一杯水,要不他有可能杀了你。"

想着想着,我就把这个故事讲给爸爸听了。

林嘉树爸爸听了这个故事,抚着我的头顶,说:"你张叔叔真是好汉!他救了你。"我一抬头,看见林嘉树爸爸干瘪的脸上泪水纵横。他甚至啜泣起来:"我对不起老张……他为了工作,隐姓埋名,被人们称为'混混'……你张叔叔姓苏,他的名字……孩子,我不能告诉你。你记住一点就行了,张叔叔是你的救命恩人!"

我想说或许张叔叔还活着,可是,我没说。这种没把握的事,说了,有什么用呢?

林嘉树爸爸沉浸在自己的世界里,好像还没有醒过来,他哭的声音让我感觉怪异,男人的哭声比女人怪异:"这么多年,我总是做噩梦。我总是怕你被坏人打死了,被坏人……"

看着痛哭流涕的林嘉树爸爸,我应该说点什么,做点什么。可是,我没有受过这类的教育,许久以来,我一直生活在感情沙漠里,不,不只是感情沙漠,而是魔窟,当小苦力的时候,被"业老二"全家欺侮的时候,一直以来,我都是一个受气包,因此,我的感情世界是不健全的。我说不出什么安慰别人的话,也做不了什么惊天动地的事,我对我自己的无能无用无力充满了恐惧和厌恶。

命运,我要怎样坚强,你才不再肆虐我的人生呢?

这时,我的身体又开始作妖了,不是腹泻就是昏厥,给爸爸添了许多麻烦。看到我难受的样子,爸爸从齿缝里发出啧啧的声音,显出一种手足无措的样子。

对于一个大男人来说,在这个孤岛般的渔村带着一个女孩子过日子,真是太难了。不过,海边生活也给我留下许多快乐记忆。我还记得那只烧焦了的玉米,野草间蔓延着那种香喷喷的煳味儿。挑着担子兜售他的酸梨青苹果的汉子,立在黄土漫漫的大路边儿。诱惑是暂时的,我们这个偏僻地方停留了片刻的水果贩子,黯然失色地离开了。对于此地人以及他们的孩子来说,享受水果的滋养是奢侈的,而对于这个水果贩子来说,一旦被人捉弄,其后果是不堪设想的。

我背诵着"粒粒皆辛苦"之类的句子,等着从田埂上捎回蔬菜的林嘉树爸爸,他回来,炊烟升起,对于幼小的我来说,吃饭是一件大事。有时,林嘉树爸爸捎回一只猪头或者几条小河中的鱼,这一天,我家小房中就会弥漫着鱼肉香气,久久不散。陪伴我的小狗黑子和小猫无名,和我一样,投入惬意的饮食狂欢中,忘乎所以,直到林嘉树爸爸的呵斥响起在我们头上——馋。是的,我不能否认那时的我是一个馋孩子,馋到到处寻找可口的野水果。玉米秆是嚼过的,甜蜜过后,一嘴渣滓。为了追逐那些野果子,被蒺藜扎了膝盖,伤痕累累,也是有的。有一种名叫麻梭儿的植物,开黄花儿,在荒草丛中,一下子捉住我的视线。麻梭儿长着小包子形状的绿色果实,剥开果皮,里面的小豆豆一颗颗跳进嘴里,也没有什么味道,却乐此不疲,津津乐道。

直到有一天，一个漂亮女人的出现，改变了我们半隐居的生活。那天是我给她打开的房门，看见她的一瞬间，我就是修正了我对天上仙女的固有印象，只有她这样高挑而白皙的女子，才是真正的天上仙女。她的五官好阔气、好大气、好洋气，一下子就盖过了我见过的所有女子。这么美的女子来我家做什么？

　　爸爸与她的谈话，我听到了一些，好像是让她去劝说什么人，而那个人已经决意要离开中国了……我躲在里屋，偷窥着他们，研究着他们，也想扮演他们，成为他们那出戏剧中的一分子。这时，这个漂亮女人居然向里屋走来，慌乱中，我想倒退到小床上去，却摔倒了。爸爸和她都走进来，只听她说："你是林子衿吗？我给你带来一封信，你妈妈写给你的信。"

　　这时，爸爸才告诉我，这位漂亮的阿姨叫初金凤，她是从香港来的。香港对于我来说，既遥远又陌生，而且从初金凤阿姨的穿着打扮来看，香港是一个非常时髦的地方。来自这样一个时髦地方的初金凤阿姨，被我划到林嘉树爸爸对面的阵营中去了，我以为跟爸爸一个阵营的人，必定都是朴素的。

　　从塘沽回天津的路上，我在爸爸脸上看到了罕见的笑容。爸爸说："子衿，那封信你看了吗？"

　　我说看了，可是字是草书，我有点看不太清楚。

　　爸爸笑了："是啊，你妈妈的字写得很好。"

　　我听了这话，应该笑一下，却没笑成。因为初金凤阿姨说，妈妈是跟一位姓卢的医生一起离开香港来到天津的。风从半空刮过，吹到我嘴里的沙子，让我干呕了一下。不知怎的，我心头掠过一丝阴影。或许是因为我经历过太多的苦难，对于世事，我已经不敢抱有乐观态度了。

　　这么多年，这位妈妈都不来找我，她真的爱我吗？我被这个念头吓了一跳。我看看爸爸，没有把这句话说出来。

在我记忆的深处，有一个穿着浅色鸳鸯格格旗袍的女子，她抱着我，我嗅着她身上甘甜的气息。这个影像时而逼近，时而远遁，以至于我自己也闹不清这影像是我想象出来的，还是确有其人。

爸爸向我伸出手，说："把那封信搁在我这儿吧，我替你保存。"

我把妈妈的信拿出来，又看了一眼，交给爸爸。其实我想仔细地看几遍，我希望能够从字里行间找到那种人们常常挂在嘴边的词：母爱。

妈妈的字迹，确实很飘逸。写字的人，会不会像初金凤阿姨这么美丽？信上的内容并不多：

> 子衿，我的女儿，这次我从重庆回到天津，我想见见这孩子。
>
> 忆青

赶路的时候，我的脑子有点晕。爸爸说这是低血糖的缘故。其实我的情绪会影响到我的健康。每当我受到什么刺激时，脑子都会晕。看上去爸爸也有点反常，他那张面皮紧绷绷的脸一下子增加了许多笑纹。

我们被程度不同的亢奋情绪鼓动着，都希望能快一点回到天津卫。

在天津卫，将会有什么样的人和事等着我们呢？

六

以前，林嘉树爸爸带着我赶路时，脸上笑容很少。我觉得他特别紧张,过度紧张,好像前面等待着他的永远是天大的麻烦。后来我才知道,压在林嘉树爸爸身上的重担确实很沉,而他又是一个宁死也不肯有辱使命的人,因此,他的表情永远那么沉重。而这一次,林嘉树爸爸显得好兴奋啊!

回到天津卫,林嘉树爸爸带我来到一条华丽而气派的街道,他告诉我这是罗斯福路。在叶家大院住着的时候,我听张奶奶说起过,她说天津卫的"下边儿"很繁华,而我们住的"上边儿"却是贫民窟。我还听叶紫苏说起过,向春来的家就在这样华丽的街道上。说真的,我很喜欢这些洋楼、柏油路和五颜六色的霓虹灯。林嘉树爸爸看我高兴,就说:"我请你喝一回汽水吧。"

走进那个店的时候,我有点发晕。店里全是漂亮的装饰,视线所及,恍如仙境。

有一位漂亮的小姐问我:"你是要高级咖啡汽水还是葛瓦斯汽水?"

我的脸,红了;爸爸的脸,也红了。

后来,爸爸给我点了汽水和糕点,坐在桌对面,看着我。这是我第一次喝汽水,感觉很微妙。那种微辣和清香一过嗓子眼儿就直冲鼻腔,整个头部都有微醉的晕眩感。很美的汽水。可是,爸爸在催促:"快一点,咱们赶时间。"是啊,永远在赶时间。爸爸不吃不喝地坐着,我却再也吃不动了。我问爸爸怎么不喝汽水,他说他不爱喝这种东西。可是,我剩下的汽水糕点,却被爸爸风扫残云般地吞咽下去了。

爸爸将最后一块糕点放进嘴里之后,忽然问我:"子衿,初金凤是谁你知道吗?"

我发呆,初金凤就是初金凤,我怎么知道她是谁。爸爸脸上的笑纹更多了,他说:"初金凤是你张叔叔的妻子。"

“真的？”

“你张叔叔——不，你苏醒叔叔，他还活着，现在已经到了解放区，在那里养病。”

正当我发呆的时候，有一位太太向我们走来。这位太太身上穿着素雅的深色旗袍。不知怎的，我脑海中迅速泛起那个穿浅色鸳鸯格旗袍的影像。她笑起来的样子，真好看。她跟林嘉树爸爸说话的时候，眼睛一直在我身上转。我能得到这么一位美丽高雅的女士的注视，又兴奋又不安，站在那儿，一双手不知往哪里搁。

稀里糊涂的，我就跟着林嘉树爸爸和这位太太走出冷饮店，坐上一辆黑色小汽车。这是我有生以来第一次坐汽车。太紧张了，跨上汽车的一瞬间，我几乎跌倒。这位太太把我扶住了，她的手触到我的胳膊时，我闻到她身上那种清新可人的香气。我理想中的母亲就有这种味道。然而，这味道对于我来说，却显得很生疏。

汽车开起来的时候，这位太太轻轻揽着我，说：“我是你的妈妈，子衿，你都长这么大了。”她就是我的妈妈，爸爸说她的名字是左忆青。

我看见林嘉树爸爸脸红了，他从皮包里取出一张唱片，递给左忆青：“知道你喜欢昆曲，我买了这个礼物给你。我不懂戏剧，不知是不是对路？”

左忆青拿过来一看，嫣然一笑。我也看了一眼，“牡丹亭”三个字我是认识的，但是对于这唱片的内容我却一无所知。

这时，车窗外下起了雨。车窗玻璃上点点滴滴的雨水，不停地划破玻璃的平静，看得我心猿意马，好不慌乱。

我的肚子忽然疼起来。这腹痛的毛病，是我在叶家大院住着的时候留下的病根，遇冷遇热或受到什么刺激，就会突然肚子疼。爸爸妈妈全都紧张起来，我却摇摇手：“我去茅房。”我们大杂院的人都这样说,我去茅房,司机大约没忍住,笑出声来了。

汽车开到一所红色坡状屋顶的三层小洋楼前。我记得叶家大院的人每每谈起"下边儿",往往是两种语气,一种是不屑,一种是羡慕。不屑的人说,咱们是"上边儿",是天津卫的正根儿,"下边儿",哼……羡慕的人说,下边儿是文明的天堂,咱们这儿是贫民窟。所谓贫民窟,或许与住房的逼仄和人员素质的参差不齐有关。果然,进入租界地之后,眼睛已经渐渐迷离起来了,一路行驶,满眼繁华,活色生香,如梦如幻,于是,在我心目中,湫隘、敝旧和拥挤的"上边儿"顷刻间黯然失色。

院中有一个小小的荷塘。眼前的莲叶、莲花、莲蓬,与古典诗词上的意象相比,在似与不似之间。荷叶本应多一些阳刚之气,却禁不起积雨的撩拨,做出婉转羞涩的媚态,荷花反而流露出"阅尽千帆皆不是"的沉郁之气,被雨水清洗过的绿意也正向我包抄而来,忽然感觉自己已经置身于无何有之乡,竟不知我为蝴蝶还是蝴蝶为我。从外面走进这个院落的我,仅仅十几岁,走到这雨帘中忽然就成几十岁了,季节的暗示,未免过于尖刻,我几乎在疼痛中忘记了这世界也曾给予过温存与温度。

一位身材魁梧的女子撑着伞走来,她说她是女管家,姓万。我不知道怎样称呼她,就嗳嚅着什么也没说。左忆青妈妈在女管家老万耳畔说了什么,她严肃地对身后那个女仆打扮的少女说:"快,领着子衿小姐去卫生间!"

许多年以后我才总结出来一个道理:卫生间,可以改变一个人的气质。是啊,左忆青妈妈家的卫生间,洁白明亮,到处闪着高贵的光芒,我想,这个卫生间比叶家大院最好的屋子都漂亮。雪白的瓷砖,围起一个玻璃盒子似的宫殿,到处都是雪白的,没有半点尘土。

站在洗手盆前的镜子前，我看到了自己那土里土气的样子，脸有点黑，头发一团糟，嘴唇开裂，牙齿也往外拱……我自己都不敢看。我试图把头发梳理整齐，不料，越梳，越梳不上，比原来还乱。

左忆青妈妈多么好看呀！好文雅！从今天开始，我再也不能踏入大杂院茅房半步了，我得做一个左忆青妈妈那样的人。什么样的人呢？后来我才知道，左忆青妈妈那样的人被人们称为淑女。

我从这个洋气十足的"茅房"出来时，有点不好意思，我从小就有一种羞耻感，涉及个人隐私的比如换衣服、上茅房都会令我感觉羞耻，而这时候，在茅房外面等着我的不仅有爸爸妈妈、女管家老万，还有一位戴着金丝边眼镜的先生。只听女管家老万说："来，子衿小姐，让陆医生给您诊断一下病症。"

一句话吓得我直往林嘉树爸爸身后躲。

陆医生把我领到一间小客厅，穿上白大褂，戴上听诊器，以柔和而坚定的声音说："来，小姑娘，让我听听。"我不让，我从来不让任何男人靠近我。这是张奶奶教给我的护身大法。左忆青妈妈走进来，说："陆医生是名医，来，子衿，听话！"陆医生说："叫仆人把她的大便拿到实验室，我化验一下，另外还要验血，测体温。"

一场身体检查下来，我的汗水把裤褂都濡湿了。

左忆青妈妈交给林嘉树爸爸一个布包，说："我想着，她或许高一些，没想到她不那么高……都是我们的过错……这衣服你让子衿穿吧，长一些，明年还能穿。"

女管家老万走过来，搂着我说："跟我试试新衣服去，如果长一些，我马上给裁短缝好。"女管家老万说话很快，动作也快，不由分说，把我推进一间空房。

这是一间空屋子。可是我感觉仿佛到处都有眼睛。至少，女管家老万一直用细长的丹凤眼目不转睛地瞅着我。这时,我发现我太丢丑了。是啊,这几个月,我居然长胖了,穿新衣服时,挣了一身汗,还差一点把衣服挣开了线。特别是那双鞋袜,真让我难堪,我特别不习惯当着别人脱下鞋袜。

女管家老万的眼睛更犀利了,简直像一柄剑,寒光闪闪的,在她注视下,我的动作更加笨拙了。我想,这也太受罪了,还不如回到叶家大院去跟叶紫苏和小香她们在一起度日月好呢。

可是,这只是一个一闪而过的念头。紧跟着我的心又被另一个想法占据了:镜中的少女真的是我吗?原来,我还是很好看的呀!

当我穿着妈妈给我预备的新衣服走出来时,整个世界仿佛也焕发了新的面貌。其实世界并没改变,是我的心态发生了微妙的变化。怪不得叶家大院的张奶奶总是说:"人配衣服马配鞍。"妈妈给我的衣服,跟我今天在街上看到的女学生们穿的差不多,在此之前,我从来没看到过这样优雅而秀丽的我,我扫视一下镜子,脸红了,这种红,是意气风发的红。我心里想:有妈真好!

可是,一直到离开这座洋楼,我也没喊她一声"妈"。我喊不出来。隔绝太久的亲情,是不是会淡一些呢?天知道。而且一直到最后,左忆青妈妈也没把我留下。这么大一座楼,多我一人,应该不成什么问题。当然,我知道左忆青妈妈更不可能留下林嘉树爸爸,因为我早就看明白了,陆医生才是左忆青妈妈的丈夫,而林嘉树爸爸跟左忆青妈妈,早就不是一家人了。

这么多年以来,左忆青妈妈是否一直在寻找自己的女儿呢?我被这个念头吓坏了。

或许,在左忆青妈妈心目中,比亲情更重要的是别的什么事。我感觉,左忆青妈妈好像承担着什么十分重要的使命,她必须把真实的自己隐藏起来，才能完成那些十分重要的使命。这是我的直觉，我的直觉往往很准。

离开左忆青妈妈家的那个夜晚，我对世界的认知展开了新的一页。我耳边一直回响着左忆青妈妈家留声机上的音乐，脚步踏在街上，也似踏在左忆青妈妈家的地毯上，而左忆青妈妈的手，轻柔白皙，抚弄我头发时的轻轻的痒，一直留在我发根……除了这些感觉之外，还有一种奇怪的阴影，在我心头挥之不去。当我把这个奇怪的阴影描述给林嘉树爸爸听时，他夸我聪明。是啊，我曾流浪漂泊，从小失学，可是，跟叶紫苏在一起几年，就学会不少传统诗文，而且从向春来、张叔叔（噢，不，他是苏醒叔叔）、爸爸妈妈身上，我也察觉到这些人过着一种与市井世俗迥然不同的生活。这种生活固然是好的，可是危险却无处不在。这一晚，我脑海中始终飘荡着这样的两句诗：猫咪警惕着春天的一草一木，仿佛从花草香气中也能嗅出点危险来。我注意到左忆青妈妈家有一只美丽的猫咪，而我写出这样的诗句，是因为我爱左忆青妈妈。

林嘉树爸爸也很高兴，然而，林嘉树爸爸告诉我，一切都要小心，我们依然没有摆脱危险。林嘉树爸爸还说："我们得和时间赛跑。你懂吗？"

我摇摇头。

七

危险就像过年时隐藏在灰尘里的爆竹，已经点燃，却没有爆发，最后总是要爆发的，而且一旦爆发，会令所有人大吃一惊。

我从来没想过我还会再去叶家大院。我更没想到，叶家大院会成为林嘉树爸爸的丧身之地。

林嘉树爸爸是悄悄去叶家大院的。我并不知情,可是,我在胡同口意外地碰见了小香。我们好像分别了大半辈子,拉着手,哭又不是,笑又不是。我看到小香的肚子鼓着,一脸黄斑,迟疑地问:"你怎么了小香?"她低下头说:"还不是'业障'那个坏家伙!告诉你一件怪事,今天,叶家大院乱了套!一群人在打架!"

果然,叶家大院门集中了一些三姑六婆、市井闲人,大家都在说,张奶奶屋里有个地洞,好多人想从那个地洞里找出来埋藏着的盛满黄金珠宝的百宝箱。为了这个百宝箱,"业老二"叶与轩、"大花蚊子"文秀玉和"业障"叶玉璋带着一帮人把张奶奶的屋子翻了个遍,叫嚣着"就是掘地三尺也要找到那个百宝箱",最终却什么也没找到。

听到"张奶奶"三个字,我的脑袋嗡地一下,这么久了,不知她老人家怎么样了,小香说:"瘫痪在床好长时间了,身上长了褥疮,活不长了。"

听到这个消息,我的心就仿佛被小刀子割过似的疼。张奶奶虽然不是我的亲奶奶,却很爱我,她在受难,而怎么能袖手旁观呢?然而,林嘉树爸爸不让我去叶家大院,他说叶家的人会将我置于死地。

我得承认,年轻时候的我,有时还是很任性的。或者说这种任性是年轻人的一种血性。我趁爸爸不在家时偷着跑出来,一径来到叶家大院。一看到那扇高高的大门,我的胸口就塞满不平之气。在这里,我经历过太多的辛酸和苦难,如果不是为了张奶奶,或许我是不肯来的。

刚走到叶家大院的过道,我就从空气中嗅到危险的气味。我正要跑开,却被一双大手捂住嘴巴,那人用力一带,我就被人家拥到过道的小屋里。这间小屋,在叶家兴盛的年代里,是门房,后来,就成了一间出租房。我用身体感知到推我进来的是向春来，同时，还有一个女孩子，我猜是叶紫苏。一进屋，顾不得说什么，我就被这两个人推向阁楼。所谓阁楼，就是屋中搭块木板，前脸挂上帘子，由此隔断成一间空中卧室。我们刚爬上去，一阵杂沓的脚步声就由远及近地传来，令我惊讶的是，一片混乱中我听到林嘉树爸爸的喘息声。是的，每当林嘉树爸爸胃口疼痛时，就会发出这样的喘息声。我想挣脱这两个人的手臂，跳出去救我爸爸，可是，我却被他们死死拉住。

这是世界最黑暗的一刻，我听到拳脚的砰砰声和林嘉树爸爸越来越凄厉的呻吟声。

当我听到林嘉树爸爸求饶的声音时，感觉天空都要炸裂了。林嘉树爸爸说："老张把百宝箱埋在旁边院的茅厕里了。"

"押着林嘉树，去找百宝箱！"我听出这是"业障"叶玉璋的声音，如果我手中有刀枪，此时一定要让"业障"叶玉璋死于我的眼前。

"林嘉树昏倒了。就他这样，谅他也跑不了，先去拿百宝箱吧！"

一群人渐渐远了。我不顾死活地往阁楼下滑。向春来说："叶紫苏，你看着林子衿，我去看看。"

我哭着说："紫苏，你放开我吧。"

叶紫苏不听。她在我耳边说："向春来要去问那个百宝箱的下落。"

这声音具有一种镇静安神的作用。我想，这个百宝箱对于大家一定很重要，否则，不至于引起这样大的混乱。

后来，我就被叶紫苏牵着，从阁楼上的天窗跳出去，逃到街上。向春来告诉叶紫苏，出了叶家大院暂时先藏身于戏园子胡同的小楼上,他带着林嘉树爸爸随后就会赶来。

向春来说谎了。他是一个人来的,当然,他手里还抱着那个百宝箱。

从这一刻起,我就特别憎恨向春来。可是,我沉默着,恐惧、愤怒和失望,令我失语。

我似乎看到了世间最悲惨的一幕。爸爸拖着被打残的大胯,一步步往前蹭。本来就很瘦小的爸爸,几乎缩成一小团,在西风中被雾气裹挟着,消失在两壁高墙之间。

我不哭,我是不会哭的,我从小站在旷野里,面对着西风和野草,甚至蛇,从来不哭,摔成一个血疙瘩,咬碎银牙,牙掉了咽到肚子里,我也不哭。可是,林嘉树爸爸那小小的灰色背影和那个不知何时能够团圆的家,刺激着我的神经,我起了誓,我会在天津卫站住了脚,一脚踩下去,一步一个脚印,要成点儿事,给林嘉树爸爸争气。

天津卫是一个有故事的城市,地面上浮动着的都是惊天动地的尘土,空中飘散着的都是风云变幻的气息。我似乎看到林嘉树爸爸在那面高墙前一动不动地停着,是的,停着。灰大褂儿上点点斑斑都是褪色的血迹。一群女人尖叫着。

叶紫苏怒斥向春来:“袖手旁观,眼睁睁看着林伯伯……”

向春来的眼神似乎凝固了:“宁可被人误会,也不能任意行动。”

“人命关天啊。”

“是的,人命关天,可是,任务比什么都重大。”

世间还有比生命更重大的东西?

我已经不愿听向春来说话了。

向春来却郑重其事地说:“你们不知道,在你们看到的表象后面还有多少真相,而这真相关系着我党的重大方针政策及我们的历史使命……"

向春来说得越多,我越糊涂。我只知道,我的爸爸倒在我面前,却无人出手相救。

从此,我不愿再见到向春来。

我觉得我的精神状态有了异样的变化。失去林嘉树爸爸的我,来到左忆青妈妈家时,面对的竟然是人去楼空的一幕,这个妈妈果然不爱我,我在这个世界上只是一个飘来飘去的风筝,此刻,一阵风打来,我被风儿刮到树梢上,再也飞不动了。

八

向春来告诉我,我的哥哥将我爸爸埋葬在郊外,他还说,我哥哥想把我接到家中居住。

天啊!我的世界里怎么又冒出一个哥哥?妈妈都不愿与我相认,我又何必去认一个哥哥。

当现实生活以一种迅雷不及掩耳的速度改变它原有的节奏时,我几乎都快要发疯了。我自己都意识到自己的病态了。这些天,我一直跟着叶紫苏住在她的三姨家。每天我都把自己关在茅厕旁边堆放杂物的小屋里,什么人也不见,什么事也不做,唯一的念头就是:我要出家当尼姑。

固执与执着,有时只不过是一枚硬币的正反两面罢了。我这个人,平时很随和,一旦固执起来,真是九头牛也拉不回来。

说起来,我还真佩服向春来,他每天都来看望我,有几次,他站在小屋之外,不住口地喊着:"子衿,子衿……"

世界在我面前崩塌了,人心也显露出那么多丑陋的东西,自从我发现向春来见死不救的行为之后，我真的不想与他周旋了。从前我对他所抱有的炽热的迷恋之情，瞬间变成一片冰雪。

人，真是奇怪啊！

可是这个向春来，却常常来烦我，我抱定一个宗旨，不理他，谁也不理。

然而，人会饿的，吃了东西也是要大小便的，因此，我总得与人打交道。不仅如此，叶紫苏的三姨是个寡妇，家里紧紧巴巴的，在这兵荒马乱的年代，多我一张嘴，还真是一个挺大的累赘。

天地之大，竟然没有我林子衿的存身之地。

或许是习惯了向人们妥协的缘故吧，我终于打开门，来到向春来面前。

以前，一见到他，就感觉有一肚子的话想要告诉他，此刻，站在他面前，却发现世界空洞而苍白，我俩之间根本无话可说。

当那种热情消失了的时候我才意识到，向春来并不是许仙，当然，我也不可能是白素贞，这世间，原本就没有什么"游湖借伞"的爱情故事，有的只不过是杀戮与自保罢了。

向春来说："子衿，你跟我们一起走吧。我们去投奔光明！"

我们？我知道他所说的"我们"指的是他和叶紫苏。不知怎的，我更生气了。既然叶紫苏对向春来见死不救的行为十分不满，为什么愿意跟他一起去"投奔光明"？我对他们全都起了疑心。

叶紫苏也劝我："我觉得你已经变成一个十分固执的人了。"

我忽然发火了："我是什么人不想让你们来判断！"

他们面面相觑地僵立着，半晌，向春来才说："好吧，子衿，你再静心想想。不过，环境可以改变一个人！远方有我们想要的光明！"

拒绝了他们，我的心里有一些快意，同时，也有一种难以言说的空洞。

躲进小屋的我,好像听见叶紫苏在说:"她在市井中沉沦得太久了,她好像永远不懂得顾全大局的后面还有多少个大局必须要顾全……"就为这,我一定要逃离叶紫苏的视线,再也不跟她做朋友了。

我想起左忆青妈妈……我想问清楚,为什么林嘉树爸爸会惨死于叶家大院?那个百宝箱里到底藏着什么宝贝?可能左忆青妈妈也答不上来这个问题吧?向春来真是一个可恶的人!原来,从爱到恨,距离这么近。

九

我在街上漫无目的地走着。

其实我一直喜欢在街上走,只是由于环境的限制,我没有机会这样释放我的行走热情。天津卫,确实是一个美丽的城市。可是,街上的每一个橱窗、每一片灯光和每一个行人,都与我无关,我是这个城市的过客。

走了许久,饥饿成为我最大的敌人。小时候,我常常挨饿,那时的我,饿上来的时候就咬东西,衣角啊指甲啊,我用这种啮咬动作来抵挡饥饿的侵袭。而现在,我已经是十几岁的大姑娘,即使饿昏过去,也不能再做那种可笑的动作。饥饿状态是一个循序渐进的过程,开始是激烈的,好像有一个利器在刺伤胃肠,慢慢地,这种刺伤的动作变得柔软,人就掏空了似的飘起来,所有的血液都在奔流,以此来减轻邪恶力量对身体的掠夺,饿久了,原来是可以成仙的,我这样想。

我没有饿成仙人,我一头栽倒在地。倒在地面上看行人的脚,你会有一种时空倒错的感觉,而那些有意或无意踩踏在我身上的脚,就像死神到来之前的警告,我觉得我快要死了。

如果不是遇到初金凤阿姨,我不知道我会不会真的死掉。我觉得初金凤阿姨好像是知道我的行踪,难道她有千里眼?

我跟初金凤阿姨来到一个僻静的小街,街道上的梧桐倒影,给人一种静谧的感觉。我们走进一个花木扶疏的小洋楼。进门的木楼梯比较陡,我走不动,因此,初金凤阿姨就把我背起来,一直背到楼上。

久饿的人不能多吃,然而,我管不了这许多,我吃着汤面的时候,几乎忘记了全世界。

初金凤阿姨一直望着我。我好希望初金凤阿姨就是我的妈妈。我说出来了。她流泪了。她说:"你的左忆青妈妈在三岔口医院生你的时候,我还在别的城市执行任务。后来,天津闹便衣队事件,我就赶来救你妈妈,因为你林嘉树爸爸在执行另外的任务。你妈妈大出血,处于半昏迷状态。我来到医院时,你躺在你妈妈身边,你妈妈已经昏迷。是我把你抱到交通站的。是我不好,我没有保护好你。有一天,我们在转移过程中,遇到一伙汉奸便衣队,混乱中,你被人抢走了……"

你们总是说到任务,难道你们只记得任务,就不知道我的痛苦?一个小孩子被大人遗失在这个世界上,是最大的痛苦。

我不应该迁怒于初金凤阿姨,可是,我没忍住。

我歇斯底里地闹。

初金凤阿姨一直在流泪。

女人之间的战争,往往就是这样展开的。其实初金凤阿姨是无辜的,我迁怒于她是不应该的。当我哭够了也闹够了的时候,忽然感觉世界和我都变得空洞起来。我无法调整自己的表情,如果让我对初金凤阿姨笑,我笑不出来,如果让我哭,我感觉眼泪已经枯竭。初金凤阿姨安排我睡下了，就到另一间房里去了。

这是一间非常雅洁的房间。白色的墙，靠近屋顶的墙上，还有雕花的装饰。壁上有一幅山水画，题着一句唐诗：林深不知处。我反而笑了，这太像我的生活了。我生活中的人，全都神神秘秘的，有点来无影去无踪的感觉。

初金凤阿姨的突然出现，就显得有几分神秘色彩。不定哪一天，初金凤阿姨也会因为某种神秘而重要的任务消失……那时，我就只好露宿街头了。

失眠症，与我这样的豆蔻年华太不相宜了。可是近来我经常失眠。失眠的感觉太难受，几乎可以用生不如死来形容。越想睡越睡不着，心口上像是压着一块大石头，周身血液都躁动着，仿佛爬满了蚂蚁。

林嘉树爸爸的影子出现了。他是不可能从我生命中消逝的。然而，我再也见不到他了。

有些事，永远忘记不了。有一次，我在洗澡的时候不小心把莲蓬头里的水灌进耳朵。几天之后，我的中耳炎发作了，剧烈的刺痛从耳朵一直传到头顶，疼得我以头撞墙。最后，疼得我站也不是，坐也不是。林嘉树爸爸带我去医院，好恐怖，几个医生围着我，用一根金属针来刺我的耳底，疼得我鬼哭狼嚎。天啊，我成了这世间最无助的人！正在这时，林嘉树爸爸忽然说："我们不在医院治疗了，我们回家，医生，给我们开一些药和棉球，我们回家。"医生诧异地说："您也太娇惯您的孩子了！"

林嘉树爸爸不理医生，把我带回家。林嘉树爸爸让我趴在他的膝盖上，他用棉球为我上药。

许多天，一点点的柔，沁入我的肌体，好幸福！

可是，林嘉树爸爸不在了——我总能看见他倒在血泊中，这就是生命，很脆弱。

以后我就是孤家寡人了。初金凤阿姨肯定要去执行任务的，她不可能一直带着我。

真让我说中了，几天后，初金凤阿姨对我说，她要执行某项重要任务了，她安排我去奶奶家。

我的亲属关系，总是这样充满传奇色彩，一会儿是爸爸妈妈，一会儿是奶奶，一会儿是哥哥……

初金凤阿姨说，左忆青妈妈要来见见我。

入夜，整幢楼静寂极了。人们全睡了。我偷偷跑到阳台上。星星活跃起来，我却听不到星星的声音，可是，星星闪眼的动作，诡异的表情，令我惶惑不安。

身后有了一点声响，是左忆青妈妈，她只能乘着夜色掩护来看我。

左忆青妈妈喃喃地说："晚风真好！"她用白皙的手抚平我的衣领，叹了一口气，仿佛是在自言自语："抉择！很难，也很重要！等你长大了，就明白了！"

我看着左忆青妈妈的裙摆，有点茫然。风拂着她的头发，那侧影是柔和而静美的。

母爱，应该是很诱人的，可是，却在这个静寂而美丽的夜晚，我显得呆若木鸡，左忆青妈妈则显得冷若冰霜。

当我提起已经去世的林嘉树爸爸时，左忆青妈妈摆出一副见惯生死的表情，我确实不能理解，我眼中的死亡，是触目惊心的，也是刻骨铭心的，可是，对于左忆青妈妈来说，过去的一切却都被无情地埋藏起来了。不知为什么，此刻的我想起张奶奶时常挂在嘴边的那两句话：万般皆是命，半点不由人。张奶奶的命真的好苦，一生孤苦无依，好不容易收养了我，最后还是不了了之。这样一想，我就觉得愧对张奶奶。

或许，我的命还不如张奶奶呢！

他们或她们究竟在忙什么？谁能给我一个准确的答案？

十

穿着白色婚纱的年轻女子叫门遇春，有人告诉我，她是我的嫂子。门遇春很像外国电影的女主角。窗外吹来的风，拂过门遇春的面颊，我仿佛闻到她脸上那种青春洋溢的气息。嫂子的名字"门遇春"就带着一种媚道，人亦如此。白乎乎的一张长条子脸，涂满脂粉，额头和两腮倒是有股子俏皮劲儿，不过，嘴唇上面有道黑影，仿佛长着胡子；那双半圆不圆的眼睛总是定定地看人，怪里怪气，令人不安。门遇春的相貌谈不上"美丽"二字，不过，五官在一起，跟慈禧晚年的画像差不多，自带霸气，不怒而威；仔细端详的话，脸上的五官又显得很精致。门遇春的唇边经常招摇着一些笑意，这笑意，乍见，亲热；细看，阴郁。在家中，门遇春一向恩威并用，不过，一旦撒起狠来，她那不太整齐的牙齿就翘棱着，给人一种杀气腾腾的感觉。

在新娘子旁边，有一个男子，西装革履的，有人告诉我，他是我的哥哥，他叫林松渚。

哥哥林松渚长得很像林嘉树爸爸。不过，他看上去有点萎靡不振。即使是处于新婚时期，他也是一副愁眉不展的样子。醇酒妇人，花好月圆，可能会给他带来欢乐和享受。结实的肉体迎接着崭新的爱情，可是他好像有一种与生俱来的忧郁气质，或者说，是神经质，这就是人力所不可强的了。

我并不想住在这里，这里的氛围，有点怪怪的。

初金凤阿姨说:"等我完成任务了,我就来接你。"

左忆青妈妈也说:"等我完成任务了,我就来接你。"

我知道她们给了哥哥一笔钱。这钱是我今后的生活费。有了这笔生活费,我可以在哥嫂家生活一段时间,至于这段时间的长短,谁也说不好。一生是谜的林嘉树爸爸去世了,可是,奶奶并不知道,大家嘱咐我,千万不要说出这个秘密。另外,左忆青妈妈还说,我住在哥嫂家中的时候,尽量不要到外面去,也不要跟叶家大院的人有什么联系。

教堂后的这所僻静小院,除了哥嫂和奶奶居住之外,还有一间是租出去的房间,听嫂子说,是一家小报的报社。这家报社太小了,小到只有三两个工作人员,常在这里的,是一个近视眼,嫂子叫他"四眼"。后来熟识了,我才知道这位近视眼叫言为复,他们所办的报纸名曰《诗云》。《诗云》每逢一三五出版,因此,那些特别爱读《诗云》上面连载小说的人,都戏称这份小报为"一三五报"。

"一三五报"又有好的连载小说了!

楼下时常会有一些读者来,吵着要见写小说的人。言为复一个人可够忙的,又要编,又要印,还要拉广告,还要应付赶来的读者们……

有一天,嫂子说楼下堆放什物的几间屋子也可以出租,这样可以增加收入,因为我的哥哥林松渚一直没工作没收入。嫂子门遇春让我写一份招租的广告,请言为复登在《诗云》上。我用毛笔写了,给嫂子看,她说:"想不到你还会毛笔字。"小时候,我跟叶紫苏学过,后来,跟林嘉树爸爸在一起隐居于海边,每天都是练字读书,因此,我写的字还算像样。言为复跟嫂子说,可以免费登这份招租广告,不过他想聘我为校对员,每月给我几元钱。嫂子是精于算计的,想想了,说,反正她在家里也是白吃饭的,就让她给你们报社帮忙吧。

　　家中经济是拮据的。哥哥没有谋生能力,却一身坏习气。起初,我还不懂得什么是抽大烟的嗜好,后来,我看到林松渚犯烟瘾时满地打滚的样子,心里特别难受。我想到左忆青妈妈,不知道她看到这一幕会怎么说怎么做。有一段时间,林松渚住到医院去戒烟了,家里清静了一阵。我又想起林嘉树爸爸,他一直那么忙碌,几乎没有管教自己儿子的时间和精力。如今阴阳两界,相去甚远,他在九泉之下,还不知会焦虑痛苦到什么样子呢?

　　已经去世的爸爸却只能用自己脆弱的生命来验证世事无常的道理,而我们这些活着的人,应该努力地活下去。

　　每天早上,我就到言为复的报社中去。有时,他还没来,我就把屋里打扫一遍。他来了看到窗明几净的屋子,特别高兴,一个劲儿地笑:"教堂后街出才女!"他是喜欢开玩笑的,而我,这时好像犯了青春期忧郁症,很少笑,只是坐在窗下,校对他前一天编辑出来的稿子。

　　"你为什么总是抑郁寡欢呢?"

　　我知道言为复肯定会这么问,可是,我无法回答。我说:"我也不可能在哥嫂家住一辈子啊,我总得做到四个字才笑得出来。"

　　他问哪四字,我说:"安居乐业。"

　　他笑了:"嫁人就好了,哪怕嫁一个麻子!"

　　我气坏了,想打他,我说:"你看,你这哈哈的笑声都快把竹椅下的老鼠吓疯了。"

　　他就做出一副老鼠过街的样子,一下子就把我逗笑了。

　　我想起了向春来。我在心里把向春来与言为复做了一番对比,我知道这样做很无聊,可是,不知为什么,一看到言为复,我就会想到向春来。从穿着打扮看,言为复出身贫穷,不像向春来,受过高等教育。可是,言为复性格活泼,文采出众,这些又是他能够在这家小报社独当一面的优势。

我出神的时候没有注意到言为复打开画夹,为我画了一幅像。我也能入画吗?我想到了叶紫苏家里的那个画像,叶家老夫人的凤冠霞帔、慈眉善目,让人想到一个彩云追月似的旧梦。

言为复终于画完了,他举起画夹给我看。

我觉得他把我画得太美了。梳着两条麻花辫,眉清目秀,凝视远方。特别是我脚下的青布鞋都画得那么真切,显然是美化了我,因为我的脚形不好,而他画的却是一双纤纤秀足。

像你吗?

我含笑不语。

他说:"林子衿,颇有林下之风。难得! 难得的小家碧玉! "

"可是我很丑。"

他看看我,有点害羞地避开我的目光。然后,似乎是在自言自语:"人,应该认可自己的一切。古人说,女子不可以色示人。"

他的话我不太懂。细细地一想,这样说,他是承认我属于丑女了,于是,我又快快不快起来。

他好像意识到了什么,就说:"你的五官好端正哟! "

这是我第一听到一个年轻异性夸奖我。我脸红了,却拼命掩饰。我已经学会了一种迂回的爱情策略,我要矜持,不能再出现暗恋向春来那样的事了,那种事太没面子,也太伤心。不,我已经古井无波了,对一切人一切事,都无动于衷了。想想也可笑,我才十六岁,怎么就像一个心如死灰的尼姑啊。

为了摆脱这些杂念,我拼命工作。有时候,我校对完一份清样,脖子都酸痛了,看看钟表,已经过去了好几个小时,楼上嫂子门遇春尖叫着:"子衿,帮我干活来! "

像嫂子门遇春这样的女人，我是最不想接触的。当初左忆青妈妈和初金凤阿姨给她钱时，她满脸笑容地说："我一定把林子衿当成我的亲妹妹对待！"现在呢，我在她面前吃下的每一粒米，都仿佛从脊梁骨滑下去的，特别难受。每月月初，言为复把我的月钱交给我，嫂子马上就说："快点给我吧，咱家都快揭不开锅了。"她拿到这几块钱，脸色就温润许多，可是，过不了二十四小时，她就可能发脾气。

言为复说："用天津人的话说，令嫂真是一块热铁，粘上了就摆脱不掉，不把人烫个浑身是伤她是不甘心的。"

有一阵子，嫂子门遇春回娘家了，哥哥在医院戒大烟，家中除了瘫痪在床的奶奶，没有别人。这时，我才有时间读书看报。每天校对完稿子，我就读屋里堆积着的旧报纸。

成捆堆积着的报纸，包括国内各类报纸，有些是大报，有些是小报，不论怎样，通过读报，各类信息源源不断进入我的视野。我还做笔记，为自己今后的人生做一些积累。看到大小报纸上副刊的诗歌、小说和散文，我也开始写作，只不过我是背着人写的，我怕我这个胸无点墨的大杂院女孩写出乱七八糟的东西被别人笑话。

有一天，我从一张大报的报缝里看到这样四个字：脚踏七星。不知怎的，我想到了叶凤萧，她说过，她脚下有七颗痣，算命的说她脚踏七星，大富大贵。更为神秘的是，"脚踏七星"四字后面还有一个电话号码：13963。

我的心一下子涨满了潮水，仿佛马上就要决堤。我想打通这个电话，破解这个谜语。我想知道，"脚踏七星"与叶凤萧有没有关系。这是好奇心在作怪吗？或者是第六感觉，我总感觉这个报缝里的密语跟叶家大院和叶凤萧是有关系的。如果跟她有关，我就想研究研究。因为他们一家不仅探听林嘉树爸爸和我的秘密，还害死了林嘉树爸爸，早晚有一天我要向他们复仇。

这个小报社里是有一台电话的。我只要拨通了这个号码，就能了解"脚踏七星"后面的事情了。

我刚拨通电话，言为复就进来了，我一紧张，电话又断了。言为复看看我，没说话，严肃地坐下来，不像往常那样谈笑风生。

难道言为复会为了这么点小事生我的气？

我想出去，言为复叫住了我："子衿，你能帮我一个忙吗？很急。我们的一个朋友被捕了，接着还会有一个暗杀团到天津。我想请你去一趟南开大学。我被监视了，出不去，出去了也走不远。"

天啊，原来，他也是从事地下工作的。

初金凤阿姨和左忆青妈妈千叮咛万嘱咐，不让我出门，而且林嘉树爸爸在世的时候也说过，我们的危险还没有过去，此刻，我去南开大学，会不会有什么危险呢？我一迟疑，言为复就站起来，说他要自己去。我看到他平时那笑眯眯的一张脸都变成铁青色了，豆大的汗珠直往下滚，我想，问题一定很严重。

我说："我去，你在这里等着我。"言为复塞给我一个胶卷，说："遇到危险时，你就把这胶卷藏在一个地方，事后再去拿，不要让别人拿到。到了南开大学，你找数学系的东方朔，接头暗号是……"他把一个银手链戴在我右手腕上，说："云无心以出岫，鸟倦飞而知还。对方说上句，你对下句。"

人是有潜力的。可是，当人潜伏在生活底层时，潜力是不容易被人发现的。接受了这个任务之后，我有点退缩情绪。我，既不是语言上的大英雄，也不是行动上的大英雄，我似乎只属于梦。

柳枝均匀地播洒着月光，筛子似的，筛下许多树影，光影摇曳，迷离恍惚。站在树下的我，仿佛一下子进入幻境，而她那十分年轻的肉体也瞬间轻盈起来。对于一个诗人来说，在这儿站着，或许能看到许多肉眼看不到的东西，而我却算不上真正意义上的诗人，她的幻觉，与向春来有关。此时此刻，她仿佛被校园的静谧融化了。校园的书香气息隔绝了林家小楼那种阴郁气息。我正胡思乱想着，一个男生向我走来，他的笑容，透露出一种说不上来的神秘感。

"云无心以出岫。"

我忽然想不起下句了。我本能地晃动着手腕上的银手链，那男生看了，轻声说："同学，跟我来。"

我迟疑了一下，还是跟着那男生走了。阴暗的楼道，一间间屋子里全是男生，我很紧张，手心出汗了。终于看见女同学的辫梢和裙角了，我的心这才踏实下来。有一位女同学走过来，拉我的手，进了屋。屋内坐着一圈人，吃花生，喝咖啡。那男生说："同学，能让我细看一下手链吗？"上面有字，大家传看着。我心想：我得让他们明白了手链不是我的，我还得让他们去救言为复。可是，我一直找不到一个合适的契机，把心里这些话讲出来。

"好的，南系和北系的同学们，安静下，开会了。这位同学，请你先在外面等一下，好吗？"

我被关在门外。他们是南系和北系，我是不南不北不东不西的独行者。

这是多么冒险的一次行动啊。

那场大雨。天啊，雷就在我头顶上。我坐在三轮车上，恐惧到了极点，不仅怕雷，也怕这个车夫是歹徒。幸好，上天保护了我，我平安回到家里。

回到家的我，依然兴奋得很厉害，不料，嫂子已经先我一步从她娘家回来了，我的晚归和兴奋，却招来了嫂子门遇春的不满。门遇春一直在唠叨着："这么大个丫头,一点家务也不干,在家白吃饭。还疯不够!太不像话了……"

言为复那个《诗云》报社,被人翻得乱七八糟,言为复也不知去向。

梦,如期而至。兵荒马乱的梦境。一所大宅子,已经梦见了许多回了,正是这个宅子。四面透风,我的同伴是一个女的,她说她不回来睡觉了,因为她遇到一个熟人。水,到处泛滥着,好像是跑水的管子横七竖八,又好像是一群人在洗澡。我不习惯在人前洗澡,因此,我躲进自己的屋子,却听到旁边屋子里有人吼叫,甚至呐喊。后来,整个楼就要爆炸了,我跑不动,一点也跑不动。我想着集合全家的人,可是,奶奶动不了劲,急得我……天津卫是一个有故事的城市,地面上浮动着的都是惊天动地的尘土,空中飘散着的都是风云变幻的气息。林子衿将要出征,我不害怕,我是女英雄,就这样,我给自己打着气,醒来了。

十一

世界是这样荒凉,我心中却埋藏着火山熔岩,不知道哪一天就会爆发。

甜美的空气。有一点腥。斜风细雨送来远处京韵大鼓的音乐。我有意无意地翻看手中的一本《石头记》。这样的季节,人,难免懒洋洋的。

夏天的傍晚总会有一点凉风。蒺藜和蔷薇在一起缠绕,我却只看到蔷薇的瑰丽与华美,而无视蒺藜的存在。

侄子小屯的病是传染的,而且他的气息散播到整个小楼的各个角落,让我感觉很闷很倦,也很恐惧。

嫂子门遇春让我给侄子小屯擦洗身体，然后喂他喝药喝汤。这个苍白得几乎像一张白纸的小男孩无赖一般地倚在我怀里，要汤要水又要我给他念小说，整个夏天黄昏的诗意全被他的一身病气给驱散了。

我要洗濯被侄子小屯染了一身病气的身子，洗过了，湿着头发，在茉莉花盆前的小板凳上坐一会儿。就这么一会儿，嫂子门遇春也要唠叨好几遍："你们看看，小林子这么大个丫头，就是不肯帮着我干点活儿。"在嫂子门遇春手中讨生活，必须懂得辗转腾挪，还得学会趋炎附势。我在心里这样想着，脸上就难免挂出不屑的表情来。嫂子门遇春看到我的表情，就会找碴儿打我。有时她就用什么东西抽打我脊背，或者拧我大腿，打完了看不见伤痕，打的时候却又痛又痒又咳得难受。

盆里栽着茉莉花，娇里娇气的，小小的朵儿媚态十足，那种幽香，仿佛有勾人魂魄的力量。每天跟茉莉花待一会儿，我就有超然物外之感，在这个家里受累受气都不算什么了。

奶奶一直睡在楼上，很少下来。不知为什么，奶奶对我很冷淡。我也很少主动去找她。这一天，我来给奶奶喂药。奶奶的习惯是什么东西都用包袱皮儿裹着，她有许多不同面料的包袱皮，里面包着各种奇奇怪怪的东西。我走进奶奶屋时，奶奶手里捏着一个蓝印花布的包袱皮儿，睡着了，地上有一张照片，可能是从这个包袱皮儿里掉出来的。照片上有奶奶、爸爸、妈妈和一个小男孩，这个小男孩可能是哥哥吧？妈妈的肚子很鼓，看样子，马上就要生小孩。偷看别人东西是可耻的，我忽然有了这样的念头，尽管她是我奶奶，而照片上还有许多跟我有关的人，可是，我还是觉得这样偷看别人东西，是可耻的。

奶奶醒了，忽地一下坐起来。锥子一样的眼神儿，射到我脸上,仿佛要把我的脸扎出无数个洞洞。

"奶奶吃药吧。"我的声音比蚊子还小。

奶奶"哼"了一声,却没接我手里的药碗。我把药碗放在小桌上,伸手去扶奶奶,她用力甩开我的手,说:"放下东西,出去!"我看看小桌,照片和药碗都放在那儿了,是应该退出这个房间了。我刚要扭身离开,奶奶一把捏住我的手腕,厉声质问我:"你是谁?我孙女去哪儿了?"奶奶把我的手腕捏疼了,刹那间,眼泪就涌上我的双眼。

幸亏哥哥听到奶奶的叫喊声,三步两步跑上来,否则,我真不知道应该怎样结束这样尴尬的场面。

奶奶认为我不是她的孙女?照片上妈妈大着肚子,那肚子里的小孩子难道不是我本人?那么,我是谁?这么多年以来,我是顶着谁的名,冒着谁的姓,行走在这个熙熙攘攘的天津卫?

"快说,你把你奶奶怎么啦?说话呀,发昏当不了死!"嫂子门遇春是天津卫所特有的泼辣型女子,号称"刀子嘴豆腐心",可是,她的"刀子嘴"很伤人,只要惹了她,她什么话都敢往外扔。

嫂子门遇春开始算账——给奶奶看病用了多少钱,我吃饭穿衣用了多少钱,侄子小屯被我扭伤胳膊看病用了多少钱……嫂子门遇春曾经无数次勒令我和哥哥去找妈妈要钱,可是,我们兄妹似乎都羞于向人要钱,哪怕那个人是我们的妈妈。

嫂子门遇春的嗓子像刀片一样,割得我的神经发颤。无论过去了多少年,嫂子那刀片般尖锐的嗓音都会凭空跳将出来,在我的大脑皮层汹涌澎湃,呼啸不止。这种嗓音带给听者的窒息和疼痛,没经历过的人是难以想象的。

"滚得远一点!你这个来历不明的……"

嫂子门遇春骂得对,我想逃,逃出这个城,到很远很远的地方去。一直以来，我胸中都埋藏着这样的逃逸的冲动。

我就这样被嫂子门遇春推出家门。我身后响起嫂子门遇春的尖叫："多狠的心啊，你们的奶奶还病倒在炕上呢，你他妈的一炮蹶子跑了……"给嫂子门遇春伴奏的是哥哥林松渚的凄厉的笛声——如花美眷，似水流年，懦弱的哥哥永远将曲调停滞在这几个字的腔调上。

重复发出的同一声音，会令人偏执，而这种偏执狂也会传染给所有的耳朵。

十二

"脚踏七星"四字后面还有一个电话号码：13963。

我想起这个电话。

当世界关闭所有的门的时候，我只能敲开一扇陌生的门。我跑到一个有电话的小卖店，拨通这个电话号码。对方是一位女士，声音有点严厉。她约我见面，在维多利亚公园。我从未到过这所公园，这是我最新的发现，我在这座城市生活了十几年，这城市对于我，依然是充满新奇感的。租界的公园与华界的公园，两种味道、两种意境、两种文化。

我不知道维多利亚公园在哪儿，向人问路时，我总是装成外地人的样子，我怕别人笑话我，也怕泄露秘密。

我喜欢花园的草地，特别是有坡度的那种草地，当我的视线越过草地的坡度时，视野仿佛变得辽远了，眼前的所有麻烦似乎烟消云散了。我们约定在一个亭子见面，进入亭子里，里面是空的，亭外的湖，开满了莲花。立秋已过，莲叶发疯似的向上拱，形成一个跃跃欲试的局面。倒是那荷花和莲蓬，温婉地傍着莲叶。

我正胡思乱想,有一位穿着朴素大方的深灰色旗袍的中年妇女向亭子走来,天啊,她竟然就是左忆青妈妈家里的女管家老万。我站起来,等着她,她的目光向四面扫射着,然后,快人快语地说:"这里不能多坐,走,咱们换个地方,早知道是你,我就不那么紧张了。"

　　我们来到公园外面,坐上汽车。

　　"人去世之后,灵魂还在吗?"

　　我傻傻地问出这句话,就后悔了。我担心万阿姨会责怪我。她那张棱角分明的脸,太严肃了。左忆青妈妈似乎是听命于这位女管家,这是我的直觉,也不知事实是怎样的,反正我们这个世界有太多的谜,还没有被我破解,真相是什么,恐怕要等许多年之后才能公布于众。

　　万阿姨扫视了一眼司机,司机却摆出非礼勿听的样子,专心开自己的汽车。万阿姨攥住我的手,不言语,在我们交换眼神的一瞬间,我发现,她是懂我的,她知道我发出这个疑问是为了林嘉树爸爸,我甚至看到了她眼中隐隐的泪光。

　　汽车七拐八拐的,来到一个幽静的小街,我早就料到,左忆青妈妈搬家后还是会居住在这样雅致的小洋楼里。

　　站在台阶上迎接我的人,竟然是她,我差一点喊出来,她是坏人!天啊,这世间的事,真是太不可思议了。我看到了叶凤萧。我急忙向四周去找,当我确认四周没有叶凤萧的父母和兄长的身影时,惊惶不定的心才稍稍安稳了一些。我甚至不想下车了。我犹豫一下,还是跟着万阿姨下了车。下车的一瞬间,我崴了脚。我太紧张了。

　　叶凤萧不见了,左忆青妈妈把我们迎进去。凭着我的直觉,她的表情淡淡的,或许她从来也没有把我当作她的女儿。

我听见万阿姨跟司机说话。那司机说:"我乡下老家,像小燕一样张着嘴的几个孩子,我都怕见她们,我实在养不起她们了。"万阿姨哈哈笑道:"多女多福!得了,我这个当阿姨的,给她们几尺花布钱!"司机脸红了说:"我不是这个意思……"

"好了,就这样办。"万阿姨容不得司机再说什么,就进去了。

厅里有一架钢琴,黑漆很亮,琴上放着一瓶盛开的杜鹃。叶凤萧正在弹琴,万阿姨赞叹道:"小叶聪明,无论什么,一学就会。"我心中很是不舒服,也不搭理任何人,直接往里面走。叶凤萧追上来,一双夸张的张大的眼睛露出无耻的天真:"小林子,你也混到租界地来了!"我不理她,她小声说:"你跟这家太太是什么关系啊?隐藏这么久,想不到啊!我不管这么多,既然她们请我来当干小姐,我何乐而不为?老天爷给我的,不要白不要,不要……有灾!"

独自坐在里屋,我的胸口都被气填满了。

左忆青妈妈一进屋,我冲口就说了一句话:"你还是个女人吗?"

温文尔雅的左忆青妈妈呆呆地站着,半天,她才说:"等你长大了就理解这一切了。"

我不想长大了。不,我已经长大了。我不需要你施舍了,我要独立。

我站起来就走,左忆青妈妈说:"我会给你安排一个好的安身之处。"

我气得摔了门就出来了。我知道万阿姨在追我,我不理。最后,我还是上了万阿姨的汽车。万阿姨给我一张纸条,上面写着:左妈妈有难言之隐,你要谅解。你去工作的地方,对国家民族有益,望你懂事。

我知道万阿姨在很短的时间里无法措辞,只能这样简略地说明问题,她示意我把纸条塞进嘴里,我听林嘉树爸爸说过,这才是万无一失的办法,因为人是有弱点的,当人的意志出现崩溃或动摇时,任何一点失误都会导致死亡和失败的到来。

我愿意去工作。小时候,我是小苦力。后来,在叶家大院,给"业老二"全家当小苦力。再后来,我在《诗云》报社工作。而今后,我将为国家民族工作,想到这里,我的血忽然热起来,我想,让那些婆婆妈妈鸡毛蒜皮的事见鬼去吧,我要大干一场,干出个样子来,给我妈妈看。

或许,左忆青妈妈并不是我的亲妈妈。我的直觉一向是准的,我相信,然而,我又不肯相信。为什么左忆青妈妈不是我的亲妈妈?

十三

古人说,侯门一入深如海,从此萧郎是故人。我既无萧郎,孑然一身,也不是享受金屋藏娇之福,因此,成为黎府的文书,倒成为我成就自己事业的第一级台阶。万阿姨说,到了黎府,我要另起一个名字,她想了想,说:"就叫杨紫金吧,这个名字温良恭俭让,黎先生是一位民主人士,学富五车,特别喜欢受过中国传统文化熏陶的年轻人。"

第一天来到黎府,就赶上黎先生发脾气,我们这些工作人员,全都噤若寒蝉。

"这不是我写的,冒天下之大不韪,我不做国家民族的千古罪人。"

一脸迷惘的我,就那样傻傻地站在客厅外,等着黎先生接见我。我用眼睛的余光看见另外一个年轻人向我走来,并且听到他说:"跟黎先生吵架的是老人的兄弟,黎二先生,这两位政见不同。"这声音十分熟悉,我一扭头,天啊,竟然是言为复,惊喜得差一点喊出来。他眼镜片后面那对笑盈盈的眼睛,给我带来一丝暖意。

黎先生的声音又屋内传来:"唐李复言《续玄怪录》中有一篇《裴谌》,是咱们从小就熟读的,裴谌与几个友人在山上修道,十分辛苦,王敬伯不堪忍受这种痛苦,便下山去谋取荣华富贵。王敬伯发达之后,找到裴谌,向他夸耀自己的成就,裴谌说:'吾沉子浮,鱼鸟各适,何必矜炫也。'此时,你我二人跟王敬伯裴谌二人相似。子非鱼,安知鱼之乐?各乐其乐,亦各失其失,兄弟之间也不过如此!我与我周旋久,宁作我。"

黎先生所讲的内容,我只能听懂一小半,因此我想到万阿姨的嘱咐:"在黎府工作要有一点大家闺秀的教养,要文雅。"我咬着嘴唇低下头,暗下决心:我也要成为黎先生这样学富五车的人。

在黎府,我的工作范围是整理图书馆,将书籍按照内容进行分类,重新排列在书架上。此外,我还要将所有报刊上与黎先生有关的报道文字找出来,制作剪报册。

这份工作是我喜欢的。

黎府的图书室是上下两层楼,位于人迹不到的花园角落,旁边有一个湖,因此,室内显得格外清凉。从秋天的阳光下踏进这个图书室,周身顿时清爽起来,精神头脑也格外清醒。从小就失学的我,从此有了一个专心阅读的机会。

我作为妈妈,是不是有点自私?

万阿姨传给我的这张纸条,是左忆青妈妈写的。万阿姨说,这是她从左忆青妈妈的日记本里看到的。她还说,左忆青妈妈把这句话写了上百遍,最后,左忆青妈妈让万阿姨把这些纸条烧掉,万阿姨留下其中一张给我看。我生生咽下这张纸条,心中五味杂陈。我是一个小姑娘,没有当过妈妈,不过,我看过小香和妈妈在一起的样子,我也听叶紫苏说过她妈妈对她的爱,我总觉得左忆青真的不像一个妈妈。

"她这辈子,也很不易。你知道吗,你的哥哥,小时候被寄养在远亲家,那家败落了,把你哥哥卖给棺材店老板。到了十九岁,你哥哥才回到妈妈身边,这时,已经是一身坏毛病和一身的病痛,你妈妈总中感叹:'血乳交融的亲人,分离得久了,也就成了一张照片了,有时候,反倒不如那照片,照片给你留下好念想,本人不肖,反不如照片。'"

"那我呢?我不如照片,我甚至没有过照片。"

"是啊,应该照一张。明天我接你回去,跟你妈妈合照一张。"

就这样,我、左忆青妈妈和叶凤萧一起,留下了一张让我总想撕掉的照片。跟叶凤萧站在一起我才知道,我的相貌真的远远比不上她。论个头,我至少比叶凤萧矮一头。论眉眼,她那种张扬外露的俏丽之美,不但我比不上,就是我见过的许多美丽少女也比不上。尤其是那种神情,永远保持着一种向外扩张的欲望,因此显得干练而精明。我呢,灰扑扑的一张脸,在叶凤萧肩下,摆出一张尴尬的苦瓜脸。

为什么叶凤萧总是出现在左忆青妈妈身边呢?她是一个很危险的女人啊。我不知道怎样措辞才能向万阿姨表达我忧心忡忡的心情。不愧是万阿姨,一点就透,她苦笑着说:"你妈妈有你妈妈的苦衷。一个女人,咳,不容易啊。"平时,万阿姨说话秉持着直来直去的风格,谈到这个问题,她显得有点支支吾吾。

事已至此,我也就不再说什么了。

在黎家图书室的工作进行得很顺利。通过剪报,我发现黎先生这一生,简直就是一部中国近现代史的缩影,不过,有些事情过于复杂,我看不懂。越是看不懂,越激起我的兴趣,包括黎先生的真名、化名、笔名、曾用名……合上报刊一想,这就是一部小说的素材啊。这个时候,我已经萌生了当小说家的想法。

图书室只有秘书有钥匙。每天,秘书开了门,我在里面工作,秘书就走开。言为复偶尔来找我,我都很害怕,我怕被人发现。那个女秘书,眼睛尖利得像一把刀。这一天,言为复惊慌失措地跑来,竟然叫起我的真名林子衿,让我把他手里抱着的一个包袱藏起来。

我知道他是遇到大的困难险阻了,否则不会这样失态。在黎府,每次相见,他都称呼我为杨紫金,这次却叫我林子衿,可见他是慌张到极点了。

我对言为复,有一种说不上来的信任。因此,我没犹豫,就把这个很重很重的包袱抱到楼下一个小库房里。那里堆积着一些老资料和成捆的纸张,便于隐藏这个神秘的东西。

从这一天起,我就提心吊胆,生怕被人发现。一个拥有秘密的人,容易变得紧张焦虑,这时我想起林嘉树爸爸,渐渐地,我能够理解他了,他的坏情绪都是工作压力造成的。尽管我不清楚他的工作压力是怎样的,不过,经过这些日子的磨难,我终于懂得,人在极大的压力之下会产生性格变异情况。

十四

第一次正面与国民党特务对峙,对于我来说,真是一种新鲜的人生体验。当然了,以前,我也接触过"业老二"家的坏人们但国民党特务可是荷枪实弹的。他们闯进图书室的一刻，听到他们的吼叫声，我的眼前忽地一黑，脚下也一滑，全身的器官大多受到恐惧的震动。我木然地站着，完全没有了语言能力。

"再不说就开枪了，说，电台在哪里？"

听到这样的问题，我完全一头雾水，因为十六岁的我，压根不知电台为何物。

一个黑脸汉子揪住我的头发，说："抵赖是没用的！"

正在这时，门外响起脚步声，一个洪亮的声音震响了楼道："有什么事来找我，我是这宅子的主人黎锡恩。"

黎先生的脸就像一个雕塑，轮廓分明，气势夺人。在黎府这些日子，我几乎没有正面与他交谈过，也没有细细看过他，此时，我求救般地望着他，心中感叹：真是一个大人物，怪不得有这么与众不同的外貌，浓眉如剑，星眸如炬。

为首的一个头目嘻嘻笑着，说："打扰黎先生了，我来办点小差。"他又回头跟随从们说："放了这位姑娘。"

我看了黎先生一眼，在他示意下，很快离开了。

过了几个钟头，黎先生的女秘书来到我房间，严肃地说："先生叫你过去！"

这是我第一次到黎先生的会客厅来。说不上有多豪华，不过，文物很多，单是屋内的两架屏风，就是古色古香的。墙壁上的名人字画，我也看不懂，不过，看气势，全是一流的。我站着，看见言为复也站着，而黎先生坐在正面的沙发上，抽烟斗。

女秘书带上门出去了。

"你们为什么在我的家里弄这个东西？你们是什么人？中共的？"

我马上摇头。黎先生的话提醒了我，我是谁？我的身份是什么？这些问题连我自己都回答不上来，因此，我肯定地说："我没隐瞒什么，我只是一个从大杂院来的无家可归的女孩子，我是通过一位女士的介绍到这里来工作的。"

黎先生定定地看着我，从这目光中我感觉，他是相信我所说的话的。阅人无数的他，从我说话的语气中感到了什么吧，他挥挥手，让我坐下。我坐下了，看见言为复还站着，我又站起来。

言为复说："老先生，我是来保护您的，我为您的安全负责！"

黎先生哈哈大笑，他的笑声震得屏风上的孔雀都颤抖起来了。他说："你，保护我？我从辛亥革命开始就出生入死，你来保护我？你今天差一点被他们带走，你来保护我？"

言为复脸红了。

我站起来，不知哪里来的勇气，大声说："黎先生，天下兴亡，匹夫有责，您是老前辈，我们都是您的晚生后学，不过，我们也有一颗火热的爱国之心！"

黎先生点点头，凝视着我，又看看言为复，说："我懂得你们年轻人的爱国之心。好吧。这样吧。听我说，那些人还会再来的，今天，我先保护你们暂时退到一个安全地带去。"

不！

我和言为复几乎同时说出这个字。

黎先生大手一挥，说："照我说的办！"

十五

跑着跑着，我就发现一个问题，我是这个城市中的漂泊者。偌大一座城市，只有我是无处可归的。

我不想去左忆青妈妈家，可是，万阿姨来接我的时候告诉我，让我必须到妈妈家去办一件事。

我自认为自己跑得很快，可是，最后我还是被万阿姨的汽车追上了。

万阿姨有点生气，她说："你的性格太执拗了。"

我没说话。

我觉得左忆青不是一个好妈妈。当年，如果左忆青妈妈不离开林嘉树爸爸，或许林嘉树爸爸就不会惨死。如果左忆青妈妈不把我推给哥哥嫂子，我能有今天这个结局吗？想到这里，对妈妈的恨，在我胸中升腾着，甚至燃烧起来。我永远也不想见到妈妈。

到了左忆青妈妈家我才知道，我的哥哥林松渚病死了，嫂子门遇春跑了，家中的孩子和瘫痪的奶奶全都没人管。因此，林松渚和门遇春的孩子，已经被送到一个远亲家里了，而我，则要回到兄嫂家去照顾奶奶。

我几乎跳起来了，大叫："悲剧再一次上演，你是女人吗？你为什么不能自己带孙子？"

万阿姨劝慰着我，我看到左忆青妈妈脸上涂满了泪水，我实在不能理解眼前这一切。

万阿姨告诉我："这一次你住在兄嫂家，不再是投亲靠友，而是为我们工作，那里将成为我们的交通站。为了安全起见，还有两个人跟你一起住在那里，表面上，他们是租了你家房子的房客。"

谁？

到时候你就知道了。

好吧，就这样我愤愤地离开了左忆青妈妈，这一次，我没碰上叶凤萧，我想，这个坏人一定又去找她的父母哥哥去了，他们在一起，肯定是做坏事，早晚有一天，他们会把左忆青妈妈害死的。

重回教堂后的小楼感慨颇多。我对哥哥林松渚也没有太深的印象,不过,这样一个大好青春的年轻人,什么事业也没成就,就成为人生彼岸的孤鬼,令人扼腕叹息。

最近我读了许多报刊,感觉自己的语言能力有了很大提高,就在日记本上写下这样的句子:大禹治水三过家门而不入,是可以同情谅解的,女人为了任何目的而暂时放弃对孩子的监护抚养权,却是不可饶恕的。写完自己很得意,心想,有机会我要把这些话拿给左忆青妈妈看,让她好好思考一下。

许多年以后,我在我的日记本上读到自己写的这段话,不禁老泪纵横。当我也面临着生养孩子与工作学习的矛盾而弄得自己焦头烂额甚至众叛亲离的时候,我才知道,当年不足二十岁的我对于左忆青妈妈的批评是多么残忍的。

我还在日记本上写着:永远,成了一个贬义词。永远不见向春来,永远不见妈妈,这世上,应该给予我最美好感情的人,带给我的,却是绝望。

有人敲门。

叶紫苏出现了。当年,在叶家大院,我和叶紫苏曾经耳鬓厮磨地度过一段青春岁月。可是,叶紫苏跟向春来那么好,而向春来又那么狠心,因此,她也成了我永远不想见到的人。

叶紫苏好像没有这么多私心杂念,她兴奋地在我耳边说:"小林子,我们去了平山县李家庄。"她的脸,比原来黑了一些,不过,整张脸的轮廓都滋养得特别秀丽,我想她一定去了山清水秀的地方,才出脱得这么漂亮。以前,我习惯于看她的表情,她说话时,整齐的牙齿发出有节奏的喳喳声,带着一点少女的娇俏感,可是,现在的她,每一句话,都让我感觉到沉重的失落感。她在上升,而我将永远沉沦。

这时,我看到她手腕上有一道疤,比原来的肤色深一些,纠结在一起的皮肉显得特别瘆人。

"紫苏,你受过伤?"

紫苏脸上的笑容淡淡的,她说:"值得的!小林子,你要相信,真的很值得!"

她从小手提包的夹层中取出一个小皮夹,里面有一张纸,她说:"这是向春来给你的信,我一直不知道怎样交给你。"她沉吟了一下,又补上一句:"我们订婚了。"

我的头顶仿佛炸响了一个雷。尽管我发誓永远不想见到向春来,可是,向春来与叶紫苏订婚的消息还是让我震惊,甚至绝望。

我低下头来读向春来的信。

子衿:

你好!

我和紫苏来到一个伟大的地方,这里有一种新的生活。期待你的加入。子衿,你不能未老先衰,心如死灰,你要奋发有为,融入时代。当你滞留在死水一般的生活中时,我和紫苏都很担心你。

你要走出去,投奔光明。

我把这封信捏在手里,心中五味杂陈,仿佛开了锅一样。有一个问题,好像不是出自我的嘴,却从我嘴里溜出来:"你们是共产党员?"

"他是,我现在还不是,不过以后会是的。"

我也应该像叶紫苏一样坦率、沉静和坚定。

这夜我们姐妹联床夜话。这次重逢,时间相隔并不长,然而,我们都发生了很大变化。我们谈起许多人、许多事,我最想知道的还是林嘉树爸爸去叶家大院的原因。

叶紫苏沉吟了一下,告诉我:"叶家大院是有暗道机关的。这个秘密,连我们这些叶家后代都不知道。只有张奶奶知道,她年轻的时候,听她的恋人说的。张奶奶年轻时的恋人,你不信吧?其实人人都有年轻的时候,年轻的时候大多数人都有恋人,这有什么新鲜的?新鲜的是,张奶奶的恋人在失踪之前,把叶家大院的暗道机关告诉了张奶奶。张奶奶把这个秘密告诉了你的张叔叔。你的张叔叔又告诉了你的林嘉树爸爸。咳,这世间究竟有多少秘密,谁也说不清啊。"

那么,你们拿到那个百宝箱了吗?

"这是秘密,向春来没有告诉我。"

我很惊讶,即使是向春来和叶紫苏这样的知心恋人之间也有秘密啊?以前,叶紫苏跟向春来在一起,说话做事都背着我,我还曾经埋怨叶紫苏不够义气,现在看来,秘密工作所需要的就是一种严格的保密制度啊。

"小林子,这次我来找一个人。你能跟我一起去吗?我请你帮我打掩护。明天上午,在劝业场。一旦有危险,就各自撤退,这是撤退路线图。你到安妮诊所去,那里的医生是为我们工作的,他会派人把你送到解放区。"

"解放区?"

紫苏递给我一张照片,照片上的题字是:滹沱河北岸、郭苏河东岸。这就是李家庄,向春来所说的投奔光明的所在。这个地方好美,这个地方的人,笑容好美。这么多年以来,我活得好盲目啊。世界好大,而我一直蚂蚁般地瑟缩在最暗最小的所在。

来陪伴我的两个人,就是叶紫苏和向春来,他们装成我家的租客。

十六

以前,我从未到过劝业场。来到这里,我似乎理解了"五色使人目盲"的哲理。我想我妈妈那个阶层的人,每天都过着这种风格的富贵生活,而叶家大院的许多穷苦人,比如张奶奶,一生都在贫民窟里苦苦挣扎,因此,劝业场的豪华气派,对于穷苦人来说,只能遥遥想象,难以亲身体验。

来到哈哈镜前,我看到一个短而粗的自己,忽然有点悟道——一个人活在这个世上,对于自己的真面目是否明了?自己的真面目尚且不清楚,何谈别人的真面目呢?我正胡思乱想着,叶紫苏推了我一下,轻声说:"来了。"

令我万万没有想到的是,我面对的将是一场暗杀与反暗杀的斗争。

许多人簇拥着一位老者来到这层楼。大家随着他上楼,来到天华景戏院。有一位年轻人,激动地喊:"各位,今天咱们来到八大天,不是听相声,也不是听曲艺,咱们是上一堂爱国课,下面,我们请著名的爱国学者黎锡恩先生讲话。"

黎先生慷慨激昂,从一八四〇年鸦片战争开始讲起,讲到辛亥革命,讲到无数先知为了拯救中华民族而做出的贡献,又讲中国未来的前途……

就在这时,几声凄厉的枪声打乱了一切秩序,刹那间,全场混乱起来。

这时的我,被各种各样令我迷惑不解的问题纠缠着,头痛得很厉害。叶紫苏却不管这些,她有点慌乱地说:"不好,小林子,国民党特务出现了。按既定的路线跑,分头跑!"她的语速越来越快,快得我都听不清了。

既定路线？天啊,这时我的脑子里一片空白,什么都想不起来了。枪声响了,巨大的力量推着人群,形成海浪一般的力量。我被挤倒好几次,鞋袜一只只地丢掉了。赤足跑了几步之后,我的胳膊有点麻,继而是疼,最后,我才看到血迹。血液不停地从我的胳膊往外涌,滴在地上,光滑的有着好看花纹的地板,被我的血液染得血腥而恐怖。不,不仅是我的血液,还有许多人的血液。

最令人绝望的是,茫然失措的我,在路上遇到了"业障"叶玉璋和叶凤萧。

"业障"叶玉璋说:"好!常赶集没有碰不上亲家的。"

叶凤萧说:"我现在是将军夫人了,小林子,说吧,百宝箱在哪儿?"

人群中的喧哗,淹没了他们的声音,可是,我眼前寒光一闪,我看见"业障"叶玉璋手中的刀,我的声音也被巨大的声浪淹没了:"为什么,为什么要害我?"

我都不知道发生了什么,就倒下了,跟着我一起倒下的,还有一个人,那就是从我左腋下钻过来的小香。

小香在我的怀里抽搐,胸部一起一伏,吃力而痛楚。她用乌黑的大眼睛望定了我,眼神里有一点乞求的意味。

我想:如果我是神医,一定医活了小香,让她成长为欢蹦乱跳的大姑娘。小香的眼神,含着所有的谅解,尽管她并不懂得什么叫谅解,然而,从她的眼神可以看出,她是依恋我的。我的心,仿佛经历了五马分尸的惨烈,我怎么能面对这个小小肉身的挣扎而保持平静呢?我回想起以前对小香不好的细节,包括我打过她一巴掌,起因是她惊扰了张奶奶的午睡,还有,有一次我给小香一根黄瓜,结果让小香吃坏肚子,因为我们没把黄瓜先干净……许多小事,像虫子一样在我的心上爬。

我真受不了这种精神折磨。那种猝而降临的悲伤是特别的，仿佛泉水在黑夜中涌动，不是为了增添景物的灵动性，只是为了涌动本身。我的悲伤涌动起来，我情不自禁地哭泣起来。

我的脑子充满各种念头：有一天我也会死于这样或那样的疾病，也会大口大口地喘息，以求取更多的氧气，也会软塌塌没有一丝力气，独自面对死神。恐惧与悲伤，在对峙。我忽然有了反悔的情绪，早知人间如此痛楚，或许不来投胎就好了。这种想法，吓了我一跳。别人知道，一定说我是疯子。我已经有了疯子的口碑，再添上这个故事，一定会让邻居家的女人们笑成一片。

在这千钧一发之际，正当我在人群中乱撞时，左忆青妈妈的丈夫，那位陆医生出现了。我讨厌他，可是，眼下这种困境，我只能跟他走。

他带我从后门出去，另外一个人抱起小香，我们坐上一辆小汽车。身后的混乱和血腥，离我越来越远，我却像做了一场离奇古怪的大梦。

小香的眼睛很大，很美，即使是血流不止的时候，还是那样凄美。她柔顺地伏在车座上，想换一个姿势看我，她好像想把我看清楚了，带到另一个世界中去。她从来也不大声说话，此刻，也是缄默着，忍受着，忽然，她轻轻地尖叫了几声，痛得一激灵。

小香在我的怀里，凉了。这种从温热到冰凉的过程，我一生也忘不掉。

汽车开进一条幽静的小路，小路两旁都是一些小洋楼。我看到一幢有着爱奥尼克柱子的白色小洋楼，沐浴着淡淡的斜阳。

陆医生示意我小声点。

这里就是叶紫苏跟我说起的安妮诊所。

在医生和护士跑出来迎接我们的时候，我真想逃，逃到一个没有悲伤和眼泪的地方去。

隔着人与人的间隙，我又看了一眼小香，我甚至想再摸一下小香的背部，那柔若无骨的背部，多么惹人怜爱啊。小香穿着的花棉衣，再也不会随着她胸部的起伏而颤动了。

医生的脸，很快就别过去。他们的意思是说，小香已经不行了。多么难过啊！是啊，天塌了。

我在墙角蹲下来，因为我的腿太软了，一点力气也没有。

本来我是想保护小香的。小香也是寻求我的保护的。小香是想逃出叶家大院的。她以为她终于可以趁着今天这场混乱逃出"业障"叶玉璋的魔爪，可是，她的柔嫩的生命被一把罪恶的刀子终结了。

是的，一直到最后，小香的眼睛都是睁着的。从那枯干了的眼波里，我看到了一种绝望的神情。我的心，疼得好厉害，我甚至忘记了哭泣。

许久，我才有了意识。醒来后的我，第一个念头就是，我不能像小香这样任凭坏人来毁掉我，我要成为顶天立地的人，自由勇敢的人，为国家效力的人。

可是，我心中还有许多迷雾，在这个城市里，我迷失过不止一次，这一次，我还是找不到前行的方向。

十七

陆医生说，他和左忆青妈妈是假结婚。当年，他们都是抗日积极分子，不料，我爸爸林嘉树被人出卖，暴露了身份，只能躲到外省去，而左忆青妈妈却承担着重要任务，必须留在天津。就这样，陆医生和左忆青妈妈才住进小洋楼并且假扮夫妻，而陆医生真正的妻子就是女管家老万。

我问:"我妈妈在执行什么任务呢?"

陆医生沉吟着说:"你妈妈的任务很重要。你看,这张照片,上面的'五一口号'几个字,看得清吧,你妈妈的任务与此有关。"我看到照片后面有一个日期:1948年6月14日。

我们刚刚坐下,诊所里就响起一片杂乱无章的脚步声和忙乱的呼叫声。

"病人叫什么?"

"登记一下姓名。"

"病人有假牙吗?"

医院里响起的这些声音,就说明,又有重症病人了。

那一天,我发现,送来的重症病人竟然就是我的左忆青妈妈。此刻映入我眼帘的妈妈的脸,几乎没什么生命体征了。皮肤是蜡黄的,而且紧绷绷的,眼睛紧闭,仿佛是艺术家手中的雕刻品,而不再具有顾盼生辉的光彩。

为什么?

为什么?

护士问我:"你是病人的什么人?"

我将自己封闭在一个泪雨滂沱的世界中,哭得忘乎所以。我怕护士生气,因为我扰乱了这里安静的氛围。护士的表情让我相信她是理解我的,她脸上那种悲天悯人甚至普度众生般的表情,与她的花季年龄不太相衬。战争年代的护士,见过了太多的悲欢离合和生老病死,可是,这一次,她的表情让我感觉到我们之间是没有心理距离的。护士的母亲是否安好?战争年代的人,每个人的故事都是惊心动魄的吧?

陆医生从手术室走出来,告诉我们主治医生正在抢救病人,他还说:"我们需要时间。"

是的,我们需要时间。

等待是漫长的,在这漫长的煎熬中,我回想着我与妈妈屈指可数的几次见面情景。她一直承受着各种非议,气定神闲地从事着秘密而艰巨的地下工作。她甚至要隐藏起来对儿女的思念以及因这思念而引起的多愁善感,她必须强大,因为她担负着巨大的使命。

这时,诊所的门开了,一位衣着朴素、气度不凡的老者缓缓走进来,黎锡恩先生。

陆医生被护士叫出来之后,在老者耳边小声地说了几句什么,老者转向我,含泪说:"谢谢你,你的父亲收藏了我家家传的文物,你的妈妈为了保护我而负伤,小姑娘,老朽真是惭愧啊。我这些东西并不值得你父母为它付出这么大的代价,可是,他们却不辱使命,义无反顾,老朽好生惭愧啊。姑娘,这个玉蝴蝶,说起来也是一段可歌可泣的故事,当年,我参加北伐,成为国民革命军一员。嗯,1927年,是的,我所在的国民党对于中国共产党本着'格杀勿论'的原则,对共产党员进行大搜捕。那一年,我们抓到一位姑娘,她誓死不说出她丈夫的去处,她必须忠诚于丈夫也必须忠诚于信仰。后来,我的上级派人来提走这名女犯。后来,我听说这位宁死不屈的女共产党被枪杀时还怀着三个月身孕,听了这个消息,我再也无法保持镇静了,就这样,我选择了退出国民党,成为闲云野鹤般的人。我的一位下属送来这对玉蝴蝶,说是从这位英勇就义的女共产党人处搜查得了,原来,她把这对玉蝴蝶藏在墙壁夹缝中。我时常想那位女共产党人腹中的婴儿,就把这玉蝴蝶当作结缘之物,让它来结善缘吧。那一只我赠给世侄女黎婕好。老朽把这一只玉蝴蝶赠给你,也是为那没来得来到这世间的婴儿祝祷,祈福,请你务必笑纳。"

这是一块颜色较暗的玉,看起来十分古老。玉蝴蝶不知被哪位身怀绝技的艺人雕刻得惟妙惟肖,看上去十分可爱。

我把玉蝴蝶还给老者。

黎先生说:"黎某一片真诚,如果小姑娘不收,那老朽就枉生于天地之间了。"说着,他的脸色居然阴沉下来。陆医生接过玉蝴蝶,搁到我手上,说:"子衿,你先收下这块珍贵的玉蝴蝶,好吧? 长者赐,不敢辞!"

我把玉蝴蝶放在手心里,黎先生感叹道:"结下善缘吧,可惜我蹉跎一世,一事无成,直到这位女共产党员被捕遇害我才像受到当头棒喝一样。"

黎先生的眼泪直流下来,我也很想哭,我在心里说:"爸爸,妈妈,你们恐怕也没想到吧,你们拼命保护的珍贵文物,有一件正在你们女儿的手上。我们走了很远的路。我们走了那么远,远得不能再远。饿了的时候,两条腿有些发飘,血液似乎被抽去许多,在路上,一个人踽踽独行,想起一个与你见面的旧友,在此地,曾经等待着你,此刻,人,已经荣耀归途,人在路上走着的时候,毕竟是活着的,终有一天,不在路上了,人生的意义,也就暂时画上一个句号或者分号。走到那个大厦的时候,看到一群被关在大厦内养料充分且飘飘然忘其本真的人,这些人对于一个风鬟雾鬓的闯入者,本能地厌恶拒绝和排斥,他们或她们那种冷淡生硬甚至凶恶的态度,是我最初踏上征途时想要看到的景象吗?"

我们各自想着各自的心事,沉默着。

卢医生问了一句什么话,黎先生脸上现出欣慰的笑容,他激动地说:"我作为中国民主同盟的一个老朽,发出同样的声音:中共发布'五一口号',正与本盟历来一贯的主张相符合,本盟当然愿为这一主张的早日实现而积极奋斗。政治协商与联合政府的主张,绝非一党一派独有的主张,而是一切民主党派和民主团体乃至全国人民的共同要求。本盟愿号召全国人民,吁请各民主友党民主团体,共同为迅速实现新政协而努力。共同为结束独裁统治,实现人民的民主新中国而奋斗。"

说完,他向我们深深鞠躬。

我们也鞠躬。

黎先生说:"我跟你们走,跟共产党走,到解放区去,去参加筹备新政协的各种工作。不论做什么,老朽都赴汤蹈火,在所不辞。不知怎样做才能弥补我对你们全家的歉意。"

黎先生深深鞠躬。

我们也鞠躬。

正在这时,一位护士从手术室走出来,问:"谁是病人的亲属?病人需要输血!"我的血液一下子沸腾起来,马上就跳出来,喊:"我来了!"

陆医生苦涩地干笑一下:"不行。"

我愣住了。

我看着陆医生的背影,木雕泥塑一般地站着。

不知过了多久,这个僵局被打破了。

向春来闯进来,默默地坐在前厅。向春来跟以前大不一样,一点许仙的风度也没有了。脸上黑而且瘦,眼睛布满血丝,一张嘴,还露出一个黑洞,原来,他的门牙被人打掉了。

他想抽烟。可是,护士制止了他。他就冲着地面发呆。忽然,他突兀地昂起头,一字一顿地说:"小林子,叶紫苏牺牲了。"

我觉得一阵恍惚。

他咬着牙说:"本来,挺顺利的……叶紫苏通知了所有南开大学地下党的同志,让他们抓紧时间撤离天津,躲避国民党特务的搜捕……本来任务完成得挺好,可是,她的堂兄和堂妹,就是那个浑蛋的叶玉璋和叶凤萧,带着特务找到了她。紫苏怕安妮诊所被敌人盯上,就躲在一个秘密的地方。紫苏跟我说那个秘密的地方很少有人知道。结果,叶玉璋还是抓住了她。那个秘密的地方,子衿你是知道的吧? 就是'小狗洞'后面的'小鬼屋'……"

一阵冷风掠过,冷汗沾湿了我的衣服。是啊,那一年,我去"小狗洞"后面的"小鬼屋",不料,被叶凤萧跟踪上了,当时,我好像对叶凤萧说,我跟叶紫苏到过那里。

这时,我又想起爸爸说过的话——任何一个小小的失误都有可能威胁到我们的生命。

我看了一眼向春来。我真害怕他会毒打我一顿,尽管叶紫苏的被捕是叶氏兄妹造的孽,可是……我好害怕也好难过!

向春来会打我吗? 他只是用巨大的眼白凝视着我,一字一顿地说:"林子衿,你……你只顾自己而没有想到别人,她,叶紫苏。"

这话太重了。

如果不是看到向春来哭了,我会发怒的。一个大男人,脸上抽搐得不像样子,哭得稀里哗啦,哭了一会儿又怕人看见他的窘态,就蹲到角落里无声地哭。

护士说:"你们要保持安静啊。"

这时,陆医生又走出来,脸上已经罩了一层灰色。他说:"里面的主治医生说,手术还是很成功的。"

陆医生把我和向春来叫到一间密室。原来这家医院有着这么多的暗道机关,大房间套着小房间,小房间里又套密室。陆医生一只手握着向春来的手,另一只手握着我的手,郑重地说:"先说重点吧,向春来,左忆青同志多年的心血都在那份叛徒名单上了,你要把你背诵的那段告诉我。我代替叶紫苏跟你一起去李家庄。有些人，跟叶玉璋家有过来往，叶紫苏和我都有可能见过。叶紫苏可能牺牲了。敌人恐怕想不到，我们在秘密护送民主人士到解放区的过程中，还会夹带如此重要的情报，同时，还送去很有威力的革命同志！"

当我被陆医生称为"革命同志"时，心里怦怦跳着，脸也羞红了。陆医生继续说："我要连夜背诵那份名单，明天一早你们陪同黎先生就上路。年底还有好几批民主人士，都要陆续送到解放区去。切记，不能出半点差错，这项任务是周恩来同志亲自部署的，一定要捍卫职责，不辱使命！"

我的血液又沸腾起来。

可是，有个疑问一直涨满我的大脑：为什么我不能给妈妈输血？

陆医生仿佛看穿了我的心事，他沉吟着，半晌才说："子衿，那一年你来妈妈家，闹肚子了，我们给你验血时发现，你不是你妈妈的亲生女儿。你是 AB 血型，你的左忆青妈妈是 O 型血，你的林嘉树爸爸也是 O 型血，两个 O 型血的人不可能生出 AB 血型的孩子。另外，给你换新衣服时，我的妻子发现，你的脚心没有那七颗痣。你的左忆青妈妈清清楚楚地记得，她的女儿脚心有七颗痣，当时你的左忆青妈妈还说，民间有'脚踏七星'的说法呢。"

又是一个惊雷，在我头上炸响。叶凤萧脚上有七颗痣。这个女人，是多么令人憎恶，她怎么可能与左忆青妈妈有半点瓜葛呢？

"我是谁？妈妈的女儿又是谁？"

就连向春来都仿佛从失去恋人叶紫苏的悲伤中醒来了，他惊讶得张大了嘴，却说不出话来。

陆医生简单地陈述了以下事实。1931 年 11 月 8 日到 27 日，日租界中受日本驻屯军收买的汉奸便衣队架起大炮,炮弹炸向当时的国民党天津市市政府、市公安局和河北省政府。当时,刚刚出生的我和一群同时出生的婴儿一起遭受劫难,据说,混乱中,每个人的出生证明都被弄错了位置。动乱之后,左忆青把我抱回家,后来,在一次执行任务的过程中,我和左忆青失散了,就这样,落到人贩子手中,直到张叔叔即苏醒叔叔找到我为止,我才算回归正常生活。

陆医生说到这里,迟移了一下,说:"后来,有个姑娘来看病,左忆青恰巧也在,她无意中发现,那个姑娘才是她的女儿,可惜相认太晚……"

我和向春来都直勾勾地瞪着陆医生,希望他说下去。陆医生似乎有点为难:"那个姑娘竟然是叶凤萧!"

天啊!难道我是叶玉璋的妹妹?不,这太可怕了!我想起"业老二"叶与轩和"大花蚊子"文秀玉的种种丑态,不禁冒出冷汗。

陆医生是一个善解人意的人,他说:"子衿,你不要担心,据左忆青同志回忆,你出生的那天晚上,还有一位跟左忆青单线联系过的女同志,她的亲戚也生了一个女孩。只不过后来工作变动很大,左忆青和她们再没联系过。听说,那位女同志早已回到解放区,就在李家庄。"

我是谁?

这一夜"我是谁"这个念头不停地攻击着我的大脑,导致我根本无法背诵向春来教给我的那份名单。后来,向春来急了,拍着桌子怒吼道:"林嘉树先生为了保护黎先生的文物,可以付出生命代价,你却因'小我'而误'大我',子衿,我真瞧不起你!你知道吗?黎先生家中的文物,有的可以称为'国宝',当时差一点被日本鬼子骗走,后来,还是被国民党特务偷走了。幸亏张叔叔和你爸爸林嘉树先生等同志的努力,才保住了这些文物!"

向春来的"激将法"还真管用,我终于能够收敛心思,专心背诵了。

一夜用功,我已经把那份名单背得滚瓜烂熟了。

十八

第二天,我、向春来、黎先生和一位司机一起出发,踏上投奔光明的新征程。

路上我一直发烧,因此,脑袋有些昏昏沉沉的感觉。高度紧张的我,担心发烧会导致自己丧失记忆,一直不敢中断强化复习的任务。

是啊,我第一次感觉到生命个体的可贵,我知道我十分渺小,不过,我脑子里的情报,却使我成为一个很有价值的人。

化装是一件很新鲜的事。我化装成黎先生的孙女,看起来不像,最后,还是决定,把我打扮成丫鬟的模样,而向春来则是少爷,一件长衫,衬着他棱角分明的脸,瘦削、憔悴,甚至枯黄,却英气逼人。刹那间,已经消失了的那种隐秘情感,又从我的心底泛起。不过,现在的我,已经不是从前那个头脑简单的自己了,至于,此刻我怀揣重要秘密,是一个做大事的人。想到这儿,我有点不好意思,悄悄地笑了,心想:就我这样的,还能做什么大事不成? 可是,临行时陆医生明明对我说过:"我,古人讲过每临大事要有静气,孩子,从现在起,你做的都是大事,要摆脱过去生活带给你的小市民习气。"是啊,小市民习气,想到这个词,我脑海里浮现出叶家大院的全景图,还有那些邻居,对我有恩的张奶奶,总是欺负我的"业老二"一家人,还有……这么多愁善感是不行的,毕竟,我们是要完成一次重要的任务。这时,我才体会到林嘉树爸爸的心情,当时,我还不懂得林嘉树爸爸,认为他整天板个脸,心情总是那么紧张,给我一种压力,现在我终于懂得,从事地下工作,心理压力就是很大,一旦失败……万一失败……天啊,不能再想下去了,再想下去,就什么也做不成了。

出发了。黎先生和向春来扮演的祖孙俩高高在上,我这个丫鬟则显得小心翼翼。即使没有外人,我们也不敢懈怠,生怕关键时刻被人识破。

汽车开得很稳,窗外的风景,吸引着我。我从未出过天津卫,这么多年,是井底之蛙。路旁的树木田野,给我带来耳目一新的感觉。

忽然,陆医生那句话,跳出来,摆脱你从大杂院带来的小市民气质。

这句话像一根鱼刺,卡在我的喉咙。

我想起叶家大院的时候,恨是大于爱的。然而,再静一静,感觉是爱恨交加的,然而,再深入想一想,叶家大院的时光已成为我生命中不可分割的一部分,甚至融入了我的血液。

腹痛来得太不是时候了。我从小就有腹痛的毛病,那种绞痛,风掠过树梢一样,从我肚子的这一边到另一边,有时候,痛过了,就没事了,有时则不然,腹痛就像水上的波浪,一阵一阵地向上涌,消停一会儿,再涌上来,越来越痛。我身边坐着黎先生,真正体现了"坐如钟"的箴言,一直端坐着。不愧是名人前辈。向春来,看上去若有所思,或许他一直在想念叶紫苏吧? 我也想念叶紫苏,如果她在,我可以悄悄告诉她我的窘况,不论什么窘况,叶紫苏都有办法解决。她是一个女性强者,而我一直淹没在叶紫苏的光辉里。我不会像叶凤萧那样嫉妒甚至憎恶叶紫苏,可是,想到我俩的差距,我心里酸酸的,挺不是滋味。或许叶紫苏真的不在人世了,那样一来,就算我想缩短我们之间的距离,恐怕也没有机会了。

我正胡思乱想,更大的痛向我袭来。我觉得很羞耻,全车四个人,三个男人,我不知道应该怎样说,我想上茅房,这是一个多么难堪的问题。

忍耐力是我最有力的盾牌。我藏在这个盾牌下,活了近二十年了,看来以后还要忍下去。究竟要忍多久才能抵达目的地呢?司机叹了口气,仿佛回答我心中的疑问,他说,过了前面这道关卡,就快到了。这句话仿佛有某种药效,我的腹痛确实减轻了许多。

关卡到了,向春来的表情变得极为复杂。我知道他紧张,因为以前我们曾经接触过,他一紧张,太阳穴的筋就一跳一跳的,看了使人害怕。汽车停下来的时候,向春来的脸,迅速转换成笑容,笑得甚至有些卑微。他走过去,向关卡的国民党兵哈腰,嘴里说着什么。黎先生端坐不动,一襟晚照,两鬓斑白,像一尊佛像。我看过的佛像并不多,此刻,我就觉得他真的很不一般。怪不得陆医生说,哪怕付出生命的代价,也要将黎先生顺利地送到解放区,看来,黎先生对于革命事业有着重要的作用啊。

向春来回来了,他示意司机熄火。然后,轻声说,要在这里耽误一会儿时间,他们的长官要亲自来查我们。

偏偏在这个时候,我的腹痛又剧烈起来了。我不顾一切地跑出来,那边的国民党士兵怒斥:"站住!"我说:"不行,我肚子太疼了,我找茅房。"我跑了几步,一个士兵在后面追上我,这个时候,我真的不知道后果是什么了。我说:"我真的不行了。"人比话快,我立刻就在草丛中蹲下去了,幸好草叶子挡住我的身体,即使挡不住,也顾不上了。我的身体仿佛瞬间腾空了。站起来的时候,感觉人轻飘飘的,脸却是红的,而且士兵的怒目而视的样子吓得我出了一身汗,我想他一定会打死我,他手中有枪啊,正在这时,汽车那边有人叫士兵。他押着我,往回走,只见向春来正跟一个国民党军官聊天,原来他们曾经都是南开中学的同学。我的脸更红了。真是丢人丢到全天下了。向春来看见我,忽然喊道:"成个什么体统,回去就给我卷铺盖走人,我向家怎么能有你这种丢人的下人。"我知道他的话是表演给国民党军官看的,可是,我还是哭起来。

向春来做出打我的样子,司机上来劝:"少爷,咱们还得赶路,这不,老太爷还要回家祭祖呢。"

那个军官也劝,说:"春来兄,你还跟当年一样,暴脾气。"

这一场闹剧,终于结束了。我们回到车上,我依旧在哭,而向春来还在生气。

走了一段路,关卡上的人影,已经消失在我们的视野了。向春来问:"怎么你还哭? 咱们已经安全了。"

可是我忍不住了,眼泪似乎是从地壳深处涌出来的,涨满了我的身体,我哭什么呢? 我觉得我不像一个女人,不像左忆青妈妈那样高雅,不像叶紫苏那样高贵,我只是一个缺乏教养的市井丫头。

要摆脱你从叶家大院带来的小市民气质,陆医生的话又涌上心头。

向春来问:"到底哭什么呢? "

"你们瞧不起我。"

空气仿佛凝固了一般。

黎先生用那种沉稳的语气说:"不,你的父母都是那样高尚的共产党人,老朽一直是心存敬意的。"

"可是,我不是……"

向春来捏着我的手，我疼得一哆嗦。我知道我失言了。以前，向春来与叶紫苏在一起的时候就常嘱咐我，有些事，不能当着任何人说，要保密。我这才明白，我的身世也是秘密，黎先生不知道内情，恐怕那个司机也不知道内情。

　　一个生命从哪里来，到哪里去，生前做什么，死后留什么，有时候，不仅仅是这个生命自己要面对的，还与别人有着密不可分的关系。

　　我也沉默下来了。

　　一个念头从我脑海中掠过了，为什么向来春喜欢叶紫苏而不喜欢我，因为我不够聪明也不够美丽。

　　如果我真的是左忆青妈妈的亲生女儿，我也会很美丽很高雅很聪明。

　　临来的时候，有一位女护士为我化装，她说："你看这孩子，脚面很高，脚趾也齐齐的，穿什么鞋都不好看呢。"

　　说者无心，听者留意。听了她这句话，我对自己的身体产生了一种类似嫌弃的感觉。我甚至觉得身体是累赘。我不好看，我笨，此外，我还得吃喝拉撒，这一切都是俗不可耐的，不仅如此，我还得面对女人所特有的麻烦……而在左忆青妈妈和叶紫苏那里，这些问题都不算什么，她们有着超人的智慧，能够处理好一切棘手的问题。她们保持着水晶般的女性美，甚至可以说，她们巧妙地隐藏了身体中的脏，而我，却掩盖不住身体的脏。

　　向春来忽然笑了，说："我知道你又开始胡思乱想了。怪不得紫苏说，你是永远长不大的孩子。子衿，不是我说你啊，假如你是我的亲妹妹，我早就打你了。"说着，向春来用手在我脑壳上比画了一下，司机和黎先生都笑了。我也抹着眼泪笑了，我这才发现，向春来还是挺有兄长风范的。

平原的路,终于被山路所替代。当草木丰茂的峰峦映入我眼帘时,我听到司机小声说:"终于快到了。"

我第一次看见山。山的伟岸,给我带来极大的精神震撼。我在心里猛烈批判着自己一直以来的闭塞和狭隘,我希望我自己成长为大山那样坚强的英雄。

过于亢奋的我,一直望着窗帘缝隙之外的景象,展开无边无际的遐想。这时,向春来小声告诉我,我们已经抵达目的地了。

我好激动啊!这里的每一株植物都令我激动,这里的每一位乡亲和战士,都释放着灿烂的笑容,这里的一切,都是欣欣向荣、充满生机活力的。

"一个胸怀大志的人,应该崇拜一座最令你感动的山。子衿,你相中了哪座山?"

对于向春来的问题,我无法回答,我从未踏出津门一步,对于山和海,向来一无所知。后来我跟林嘉树爸爸在一起,见识了海,这一次,我又见识了山,真是太激动了。不过,要问我崇拜哪座山,我还是张口结舌,答不上来。

向春来说:"你就崇拜太行山脉吧,这是英雄的山脉,文脉悠久。山脉与文脉永远交融在一起。"

李家庄的第一缕曙光,正照耀着广袤无垠的燕赵大地。远方的地平线,截住了我眺望远方的目光。据说,人类的视线要受到种种制约,因此,我只能看到五十多里地之外的烛光,不能看到更远的远方了。在距离此地并不很远的天津卫,左忆青妈妈正在医生的无影灯下与死神做斗争,我祝祷上天保佑她,早日逃离死神的控制,迎接幸福的新生活。完成这次任务之后,我希望能和妈妈团圆。当然,我更希望找到自己的亲生妈妈。

向春来说:"是啊,不论有无血缘,左忆青都是一位好妈妈!当然,上天或许会让你在李家庄找到亲生妈妈,那就喜上加喜了!"
听到向春来这样说,我幸福地笑了,脸上却淌满泪水。

"是啊,春来哥,我终于来到李家庄了!"

新中国统一战线从这里走来!

山川河流,大地万物,都发出巨大的声音,最终汇成同一个旋律,唱响整个世界——我和我的祖国!

十九

习惯这里的生活吗?

几乎每一个人都这样问我。我笑笑,不说话。从小我就是一个苦孩子,来到平山县,顺利完成我的任务,把我背诵的名单向首长进行了汇报,然后,我就随着一个小分队去苏家庄报到,成为保育院的工作人员。

妈妈,你在哪里?

来到李家庄之后,大家还是叫我林子衿。不过,想到天津卫的叶凤萧,我很沮丧,她才是真正的林子衿,我是谁?我有点恍惚。这世间有两个或多个林子衿并不奇怪, 世上重名重姓的人多了,关键问题是,我与叶凤萧,只能有一个林子衿。如果我已经找到亲生父母,我可以改名字,可是,我没找到亲生父母,改名字也没有依据,因此,我就跟领导说,我就用我的化名杨紫金吧。

最令我兴奋的是,在这里,我见到了张叔叔。不,不是张叔叔,是苏醒叔叔。苏醒叔叔也说:"以后,你就别叫我张叔叔了,叫我苏醒叔叔,那已经是过去的事情了。"

苏醒叔叔在保育院保卫科工作。我问他初金凤阿姨在哪儿?他说你初金凤阿姨还在执行任务。我想,为什么有这么多任务需要这些隐蔽战线的同志去完成呢？心里这样想，嘴上去不敢问，我知道问太多是违反纪律的。

苏醒叔叔问我："你适应看孩子的工作吗？"

我想了想，说："看见这些孩子，我就想起我哥哥的孩子，也不知道他被送到什么样的人家去了。"

苏醒叔叔说："是啊，战争年代的孩子们吃苦多，也是一种磨炼。"

"可是左忆青妈妈真的不心疼自己的孩子吗？"

苏醒叔叔的表情显得深沉起来，问我："你见过你初金凤阿姨哭吗？"我很惊讶，连说没有。苏醒叔叔说："你初金凤阿姨生完孩子，在老乡家坐月子，当时，还有几位伤病员也在那位老乡家养病。敌人来搜查，他们全都藏进地道。你初金凤阿姨怕孩子一哭，就暴露了目标，她就……那个孩子，活活地被你初金凤阿姨……"苏醒叔叔说不下去了。过了一会儿，他才叹口气说："在三岔口医院，你初金凤阿姨一看见你，就很喜欢，当时就认你为干闺女。后来，你被坏人抢走，我跪在地上发了誓言，舍了我这条命，也要把你救回来。"

我低下头，不让苏醒叔叔看见我的眼泪。我忽然说："以后，要是你和初金凤阿姨有了小孩子，交给我帮着你们带，一定像保育院的孩子一样，养得白白胖胖。"

苏醒叔叔抚了抚我的头顶，笑着说："看来，你还挺喜欢看孩子的工作呀。"

我嗫嚅着："就是有一点，带我的老阿姨是一个不好相处的女同志。"

"荣大姐吗？"

"是啊，孩子们都叫她荣妈妈。她对孩子们很好，可是，跟我在一起,从来不笑。"

"从来不笑就是不好相处的同志了,呵,请问你爱笑吗? 你小时候,最爱哭啊! "

听苏醒叔叔这么一说,我不好意思地笑了。

我在保育院是一名新人,因此,领导让荣子青跟我一组,希望她带一带我。许多人都说,我跟荣子青简直就像一个模子刻出来的。有那么像吗,我倒没感觉出来。

摄影师见我,也说:"跟同一底片的照片似的。"

李家庄的摄影师真的给我拍照,然后,找到荣子青年轻时的照片进行比对,天啊,简直就是同一个人。

于是,我就想到陆医生的话,我的亲生母亲有可能就在平山县。

可是,这个荣子青,总是嫌我干活慢,她越是催我,我越出错,有一天,我冲奶粉,错把生水倒进奶瓶,让她好一顿批评。这样的小事特别多,因此,我处处小心,时时谨慎,生怕再犯错误。

苏醒叔叔听了这些,沉吟片刻说:"我听说了,你的血型跟林嘉树爸爸和左忆青妈妈对不上。慢慢来吧。我要嘱咐你啊,孩子,这段时间你更要认真工作,因为,整个平山县都处于战备状态,有些机关已经开始向山里转移了。不过,这么多孩子转移起来可不容易。"

噢。我的心,一下子紧张起来。

许多年以后我才知道,就在我供职于保育院的这个时间段,蒋介石和傅作义正准备以十万大军来偷袭西柏坡,党中央一直在紧急部署,积极应对。

我忽然有一种神圣的感觉,觉得自己的生活充满了英雄主义色彩!

想得太多了,我又开始失眠了。晚上,给十几个孩子洗干净了,哄着孩子们睡了,我还在幻想,如果我出现在战场上,会不会是一个叱咤风云的女英雄。一激动,我就捻亮油灯,找来纸笔,把我的想法都写下来。荣子青催我睡觉,我就用报纸挡着油灯,答应一声,继续写。荣子青身体不好,熬夜不行,竟然睡熟了。写着写着,我的情绪更激动了。怎么也睡不着。我在写小说,把自己的形象设计成一个政委,是啊,我特别喜欢女政委的形象,觉得她们说话又干脆又温和,不像荣大姐,一说话就发火。后来,我又梦见了天津卫,变成一个大花园,我带着孩子们扑蝴蝶,可是,敌人来了,硝烟四起……

"快起来,快起来。"

听到荣子青的叫声,我睁开惺忪的睡眼,马上奔向门口,敞开了门,嘴里还说:"集合了,我知道,我不会迟到!"

不料,我这一开门,已经冒烟的桌布见了风,出现了明火,一个孩子眼尖,大叫:"着火了!着火了!"我的心一下子紧缩起来,以为世界末日到了。荣子青麻利地扑灭了火,推我一把,说:"你啥也不懂!"

虽然有惊无险,可是,荣子青却说她不想留我在这里工作了。

保育院的院长一边做荣子青的思想工作,一边让我反省。我很懊悔,写了检讨,也接受批评。不过,我还是觉得荣子青对我有成见。

不近人情的荣子青!从这件事发生之后,我的失眠症更严重了。每一个更次都醒一回,醒了就激动,甚至有些怆然泪下的感觉。

如果荣子青是我的妈妈,我对妈妈又有了类似怨恨的情绪,那我这一生多失败啊!

当我调到另一组时，跟我一组的高大姐对我说："你不知道，荣子青的孩子就是在火灾中烧伤的。"

听到孩子，我支起耳朵。高大姐说："荣大姐的命，也挺苦的。"

说完就不说了，这里的工作特别繁忙，几乎没有时间闲聊，因此，我们也就各自忙各自的，不再提起荣大姐的事。

二十

保育院的工作是紧张的，而平山县的山山水水，也给我带来许多奇思妙想，因此，我常常带着孩子们在屋后场院里做游戏，读诗文。正如院长说的，毛主席说，小朋友们要"又学习，又玩耍"。读着这样的句子，有温度的句子，在阳光下晒衣服，叠着一双双袜子，有花边的小饰物，那样一种悠闲自在的和谐之美。一个人在阳光下坐着，什么也不想，什么也不说，多好！有时候，孩子们的吵闹声，打破了安静，却拥有另一种动态之美。我们住在湖边，清风明月不用一分钱买，许多风景，都没有错过。我和孩子们，把我们心中的诗句告诉湖边的每一株植物。有一次我在宿舍中看书，一抬头，发现孩子们塞进来一张纸条，上有一行字：窗外风景真好！

我们在场院上哄着孩子们开展各种活动时，周围也会出现一些当地老乡，甚至有一些当地孩子参加到我们的活动中来。

老乡们围的人越来越多，保育院的领导就有些担心，在那个战争年代，人的流动性很大，有些当地老乡一直在外闯荡，近年才回到家乡，有些人压根就不是本地人，只是暂时或永久地住在这里。院长说："我们还是要以小朋友们的安全为第一要务。"

苏醒叔叔也找到我，说："围攻平山县西柏坡的国民党军队已经撤了，可是，危险还是无所不在的，你要留心，不要在工作中出现什么差错。"苏醒叔叔这么一提醒,我倒想起一件事,前几天我们在场院里活动,我无意中偷听到围观老乡中的对话。一个老乡操着本地方言说着什么,另外一个女的就说:"是挺哏儿的。"这句话落到我耳朵里的时候,我一惊,显然,这女的不是本地人。我定睛一看,这女的好面熟。我的记忆力还是很好的,我很快想起来,这女的我是在黎锡恩家里见过的,那一次,黎锡恩跟他的兄弟吵架,他的兄弟愤愤告辞,带着一群人离开。那一群人中,就有这个女的。我把这件事报告给苏醒叔叔听。苏醒叔叔吓得差一点跳起来:"你怎么不早一点汇报?"我的脸一下子红了,因为我没意识到这件事的重要性。苏醒叔叔说:"围攻平山县西柏坡失败之后,国民党特务想在解放区制造一些动乱,以后,再有这样的事,你一定要汇报,听见了吗?"

从这天开始,保育院的工作人员提高了警惕,每夜都三四遍巡查,又加了岗哨。

那是一个西风怒号的夜晚。我把孩子们哄睡了之后,披着棉大衣,整理孩子们的衣物。正在这时,我感觉到屋外似乎有一种奇怪的哨音。这哨音很轻,可是,静夜难眠的人听着却真真切切,这样的隆冬季节,鸟类沉寂,昆虫冬眠,怎么会有这样的声音呢?我吹灭油灯,举起一根门闩,屏息,静立,向外窥视着。真的有两个黑影从树林那边溜过来。我的心一下子提到嗓子眼儿。或许是树影,或许是野兽,或许是敌人……正在这时,一阵呐喊,四面八方拥出我们的同志,把两个黑影卡在中间,十面埋伏,瓮中捉鳖。我的心,顿时轻松起来,正在欢呼,一个怪兽般的声音传到我耳膜:"老子也算英雄,炸弹在老子身上……"说时迟,那时快,我听到了苏醒叔叔震天震地的声音:"见鬼去吧!"

随着苏醒叔叔这一声怒吼,一个大黑球被西北风裹挟着向远处滚去,滚下山坡了,一声巨响从山坡上传来,孩子们腾地坐起来,有哭的有闹的有的乱跑乱叫。

我发疯一般冲下山坡。

从我在三岔口医院出生,一直到我流落市井底层,再到我回到林嘉树爸爸身边,一切的一切,都是苏醒叔叔用生命换来的。我必须救他,这是我脑海中唯一的念头。

和国民党特务一起滚下山坡的人,正是我的苏醒叔叔。他被敌人的炸弹炸得血肉模糊,他以他的血肉之躯,换来了保育院所有孩子大人的生命安全。

我还没来得及哭,又是一声爆炸直击我的耳膜。我昏了过去。

醒来后,我就躺在病床上。听人说,我毁容了。我不敢照镜子,我想到了劝业场的哈哈镜,此时若在哈哈镜前,我的精神或许就会崩溃。一切的镜子在我眼里都成了照妖镜,我再也不敢看我自己。我偷看过一次,眼睛都没睁开,就闭上了。这样可怕而丑陋的容貌,是我无法接受的。

一天早上,荣子青跑着就来了,大叫:"杨紫金,你的运气真是太好了。你真是太好运气了,有个美国医生正在平山县,他愿意给你做手术。"

这一切都像梦境一样。到了手术那天,那个外国医生通过翻译告诉我们,手术不一定成功,如果失败了,相貌会更加难看。翻译问我:"还做手术吗?"

我想都没想,一个字:做!

谁来为你签字?

我说我自己为自己签字。

像做梦一样。我躺在手术室里,听着外国医生跟护士的低语,他们说的是外语,我听不懂,但是,他们的声音很轻柔,像是来自天上的声音。我想,这不过是一场梦罢了。醒来,什么都会好起来了。时间过了多久我不知道,我一直有点沉醉的感觉。当然与打了麻药有关,更多的,是我的幻想的本能。后来,我就真的什么也不知道了。

一个人,可以通过一把手术刀,换一张脸,这是我从来也没想到过的事,居然在我身上发生了。太奇怪了。我恢复得很快。恢复以后,如果不细看,是看不出我的脸发生过怎样惊心动魄的事情的。更让我后怕的是,那位外国医生告诉翻译,这是他第一次独立完成一个整容手术。

后来我知道,他取出我的肋骨,将我折断损毁的鼻子改造成一个美丽的希腊鼻子。我第一次听说"希腊"这个词汇。当然,改造后的鼻子真是好看,眼睛也突出了,还有皮肤,细致得不像我,好像一场手术把皮肤上凝结着的岁月痕迹都抹掉了。我过去的奔波流浪,所受过的屈辱折磨,全都被一张崭新的面孔给遮蔽了。

天啊,我做了外国医生的试验品。

手术之后,荣子青告诉我,苏醒叔叔被评为烈士,按照苏醒叔叔生前的报告,我发现特务有功,同时,我在现场表现也很英勇,因此我也立了功,并且成为预备党员。

从此,我再也见不到苏醒叔叔了。每一年清明节,我都去为苏醒叔叔扫墓。苏醒叔叔被埋在一棵柳树下,那柳树是他亲手栽种的,他生前说过,他最喜欢坐在柳树下乘凉,他还说过,等到不用打仗了,他要给初金凤阿姨置办一所小院,在院中种几棵柳树,晚上,坐在柳树下,听初金凤阿姨唱民歌,初金凤阿姨的民歌唱得可好听了。我让荣子青帮我在苏醒叔叔坟墓前种了一片红色萱。花开时节,整个墓地都变得生机勃勃,因为红色萱,有一种穿透人心的力量。我常喜欢让自己的视线穿过红色萱草花,然后再投到苏醒叔叔的坟墓上,这样,我就有一种温暖而充实的感觉。我一直记得叶紫苏说过的话:"红色萱草花一开,就会想起妈妈,想起妈妈,就有使不完的力气。"苏醒叔叔也说过:"不要羡慕别人有红色萱草花,你也有,你的妈妈是世界上最好的妈妈!"

失去苏醒叔叔,对于我来说,是一个巨大的精神打击。我又病了。这场病,来得真不是时候。正是我工作上最出成绩的时候,一场突如其来的病,打乱了当时的一切秩序。荣子青来照顾我,这是领导的安排。

我和荣子青成为最好的朋友。她是一个外冷内热的人,表面看起来不苟言笑,照顾起人来,真是太细心了。每天早上,她都会为我做早餐,因为我是肠道生病,吃的是流食,她就细心煮了甜甜的粥,里面还掺上碎菜叶。我是和着眼泪一起吞咽这些粥的,因为人在进食时,情绪往往是最激动的,在重病之际吃到这么美味可口的热粥,我的心,充溢着感激之情,有一天,我放下勺子,说:"如果你是我的妈妈多好啊!"她看看我,说:"那你把我当作你的妈妈好了。"

大家都说我俩相貌相似,为什么她就这么冷静呢?后来我知道,我们的血型全都在体检中检测出来了,我们不是母女,荣子青早就知道这个事实了。至于相貌上的相似,或许只是一种巧合。

人生究竟有多少巧合,谁也说不清。或许是一种天意所在也未可知。

那位外国医生还说,我的肠道里长了什么东西,不过,我的身体很难承受另一场手术,他建议我到天津去找一位名中医,他说通过中医调理也能让我的身体好起来。

我不想离开平山县,因为苏醒叔叔永远留在这里了。

临走的那晚,荣子青到一个老乡家,借人家的灶台给我做了好吃的肉饼。她也有女性温柔的一面。我们在大灶前忙活着，我拉风箱，她烙肉饼。满屋子香气。孩子们也馋了。最后，所有的肉饼都给孩子们吃了，我和荣子青只是把最后剩下的面烙成干饼，啃了一点，但是我们的心，是温暖的。

一向直来直去的荣子青忽然跟我说："到了天津，你能帮我一个忙吗？"我看见她眼眶里的泪光，我猜一定跟她的家人有关。她说："你把这个地址背下来，见机行事，不要贸然行事。天津还没解放，万一给荣子秀一家添了麻烦，我心里更难过了。他们已经很艰难了，不要让我连累他们。"

我就是带着这种失落的心情离开平山县的，人家都在热火朝天地投入解放区的建设，我却要回到敌占区。不过，领导告诉我，跟我一起回天津的还有向春来，虽然领导没告诉我此行的任务是什么，不过，我知道，领导的安排总是有道理的，而且向春来也不肯为了私人的事情去天津，这一点我比谁都清楚。

我和向春来还是扮成主仆的样子。一个丫头，坐在汽车上，病病歪歪的，仅凭这一点，就给人一种通房丫头的感觉，不管怎么说吧，只要能够平安到达目的地就行。

在路上，我们聊到荣子青。苏醒叔叔生前曾经告诉我，他当年在三岔口医院确实看到过荣子青，他误以为荣子青也在那里生小孩。后来才知道，生小孩的是荣子青的妹妹荣子秀。这世上的事，永远是故事套着故事，故事背后又埋藏着许多不为人所知的真相。荣子青的妹妹荣子秀在三岔口医院生下来的那个女孩子，在日本便衣队制造的暴乱中丢失了，她会是谁呢？或许是我，或许是小香，或许是……

荣子青的故事，给我很大的触动。每一个革命者心中，都埋藏着催人泪下的故事，表面看起来不近人情的荣子青，其实是一个最懂大爱的女子。

回到天津以后,我把我所知道的与荣子青有关的素材整理了一下,写成一篇说不上是小说还是散文的文字《大荣和小荣》。

《大荣和小荣》内容如下:

五马分尸。

荣子青脑子里浮现出这个成语的时候,已经离开了自己的儿子和丈夫。一个女人的心,五马分尸般地承受着生活带给她的剧痛,可是,说出来会有人懂得吗?

你还像个女人吗?婆婆这样怒斥她。

荣子青想,我不能掉队,我必须赶上队伍。临行前夜,丈夫再也不跟她吵闹了,也不算计自家吃了多少亏了,他们夫妻结束了冷漠的战争,共同包了一顿野菜饺子。

你能为了不相干的外人,烧坏了自家的孩子,这样的妈妈,心多狠啊。

妇女们越聚越多,大家都七嘴八舌地议论着。

这个女人,拼命往外跑,不是为了野汉子,就是为了荣华富贵,太自私了!

荣子青听着各式各样难听的话,她不辩解,也不还击,只是默默忍受着,她把每句难听的话都当作一枚钢钉,她用自己的牙齿咬碎这些钢钉,然后生生地咽下去。

她要赶上队伍,不能掉队。她没有什么文化,她不知道《诗经》上有句话正是为她而说的:不知我者谓我何求?

路过娘家所在的村庄时,荣子青的脚步慢了下来。已经七十五岁的妈妈,也不知怎样了?孪生姐妹荣子秀还恨自己吗?风吹来一阵沙子,迷了她的眼睛,她不许自己哭。暗夜中有树影的晃动，像极了鬼影，她不畏惧，她心中只有一个念头，赶上队伍。

最后，她跪下来，向着妈妈的院落磕了几个头，娘，女儿不孝，让我的妹妹荣子秀代我尽孝吧，女儿得赶上队伍，女儿不能掉队！医生说，妈妈没有多少时间了，自己这一走，不知还能不能与妈妈再见上一面。她很想跑上去，扑到妈妈怀里，说，娘，我想永远跟你在一起，可是她得追赶队伍，她不能掉队。

你还是个女人吗？

这是荣子秀在质问她。荣子青和荣子秀是孪生姐妹，人们称荣子青为大荣，称荣子秀为小荣。好事的人常常这样问："大荣漂亮还是小荣漂亮？"有人就说小荣漂亮。每当大荣听到这句话，心里就像倒了醋瓶子。对自己的亲妹妹怎么能有嫉妒之心呢？这样想着，她就扇自己一个耳光。大荣说她参加革命也是为了成为一个更优秀的自己，她说她首先要革自己的命，要革掉自己的嫉妒之心，要具备革命理想主义精神，要热爱人民，要为祖国而奉献一切。

小荣也嫉妒大荣。有一次，小荣说，姐姐你腰这么粗，厉自强姐夫怎么还喜欢你呢？大荣听了心里一惊。从小，大荣就让着小荣，可是，什么都可以让，男人不能让。小荣直接跟厉自强姐夫说："你跟大荣说九句话，也跟我说一句，行吗？"

大荣看不惯小荣在自己丈夫面前搔首弄姿的样子，也看不惯小荣踩着门槛吃着瓜子跟妇女们东家长西家短的样子，可是，她管不了，她是姐姐，姐姐只能让着妹妹。凡是自己有的，小荣都要抢，这是从小形成的一种格局，想改，没那么容易。

大荣只得离开家庭，到更广阔的世界中去奋斗，才能走出原有的人生格局。

　　和时间赛跑。爸爸在世时经常这么说。爸爸牺牲的时候，大荣和小荣才十岁，十岁的大荣就立志要成为一个女英雄。可是，大荣的丈夫厉自强质问她："你也得分一点感情给家里吧？"大荣痛哭失声，她说即使把全部精力都投入战斗也嫌不够。那你别嫁人啊？是啊，这是大荣犯的错误。当时，她拗不过妈妈，一时心软，嫁给了厉自强。厉自强是一个好男人，老实巴交，勤劳朴实，可是，他对于革命事业一无所知。大荣对厉自强说为了让你的儿子能够过上好生活我们必须革命，厉自强却说："可你差一点把儿子烧死啊！有你这样当妈妈的吗？"

　　这话就像一根铁钎，把大荣的心穿个透心凉。儿子是她十月怀胎生下的，母子连心，痛痒相关，可是，敌人放火来烧村庄，她首先想到电台的安全，当她将电台送到一个安全地带时，儿子已经在火光中哭得声嘶力竭了。她冲进火海，救出儿子。从此，儿子的脖子上留下一溜烧伤痕迹，成为不合格妈妈的罪证。

　　大荣自知对不起儿子，可是，她必须赶上队伍，最终她也赶上了队伍。从此，她就很难见到儿子了。

　　妈妈去世时，她在打游击，也不能回家奔丧。小荣告诉三亲六故，我是妈妈唯一的孩子，大荣从来也没存在过。

　　一个亲戚也上山打游击，告诉大荣，小荣和厉自强已经成为一家人，他们去了天津，在那里安了家，大荣的儿子也被小荣带走了，老家的空屋子都快倒塌了。

　　在天津，厉自强也抽上鸦片。小荣曾经有一个女孩子，被厉自强给弄丢了。嫉妒也可以改变一个人的命运，因为嫉妒大荣，小荣忘记了自己应该拥有的追求，抢走了姐姐的幸福。因为灵魂空虚，厉自强走上不归之路。听说，小荣和厉自强都成为小偷，就连大荣所生的儿子也跟着干这种罪恶勾当，饥寒生盗心，古人的话，永远都说在理上。

大荣听到这一切，精神都崩溃了，从此，她就丧失了笑的功能。

大荣是一个工作狂，屡次受到上级的表扬，因为她不敢闲下来，只要闲下来，她就会想起儿子，想到儿子混迹于江湖之中做那些不齿于人类的勾当，她的心就在滴血。后来，大荣到天津来执行一项特殊任务，顺便去找儿子。找到儿子后，她就想带儿子到解放区参加革命。儿子跟小荣一说，小荣当时翻脸，他是我养大的，你凭什么说他？要儿子也行，给我一笔钱。小荣开出一个极大的数目。大荣拿不出，儿子也不愿跟大荣走，大荣哭着离开天津这个伤心之地。后来，大荣调到解放区保育院，她就把全部精力投入工作中，她希望她自己能够把保育院的孩子培养成国家民族的栋梁之材，以此，才缓解内心痛苦，"子不教，母之过"，成为她对自己的宣判。

然而来自亲人的责骂并未终止。有一次，大荣到天津去，与一位地下党接头，就在她完成任务将要回到解放区时，她与小荣在街上重逢了。小荣劈头盖脸骂大荣，结果导致大荣被捕。在国民党监狱里，大荣痛苦万状地想：为什么自己的亲人要将自己逼上绝路？或许小荣说得对，大荣对不起父母，对不起丈夫儿子，也对不起妹妹。大荣脑子里反复回旋着小荣的话：你自己的妈妈，七八十岁了，望穿双眼地盼你、等你，几十年了，她能见你几次？你给她做一回布鞋就算孝顺了？那鞋能穿一辈子啊？是我，是小荣给妈妈养老送终，给妈妈擦屎擦尿，给妈妈穿上寿衣，给妈妈的坟上添几铲土。不孝也就罢了，你自己亲生的儿子，你总得有一份人心了吧？有吗？没有。你儿子让你这个当妈的给烧伤了，娶不上媳妇。后来好不容易找个寡妇，生出孙子来，你管过一天吗？孙子大了，什么话都会说，就是不会叫那两个字：奶奶！你对起我吗？我是你的亲妹妹，我们前后脚出生在这个世界，我在三岔口医院生孩子，你去看我，帮我照看孩子，一转眼工夫，医院爆炸着火，你平安没事，孩子没了。你还我孩子，我的小丫头，到现在，活不见人，死不见尸……大荣想起妹妹这些话，哭得肝肠寸断，她甚至想一死了之。那天晚上她真的想一头撞死，可是，当她攒足力气冲向监狱的墙壁时，狱友抱住了她，那个姐姐是老党员，她质问大荣："你以为你的生命仅仅属于你自己，不，你属于党，你这样一死了之，太不负责任了。"大荣听到了老大姐的话，又联想妹妹小荣的话，她对这两种生活理念做了一番对比，然后，心一横，牙一咬，说："不管有多少人对我进行围追堵截，生死逼迫，我也要实现我的革命理想！"大荣说的是真心话，她托人告诉妹妹小荣的，只有一句话：开弓没有回头箭。

二十一

这次从平山县回天津，没有小汽车相送。我们要乘火车。等待那辆能够将我载到目的地的火车，焦虑、不安、无可名状的烦躁，一齐涌上心头。这时，我就体会到林嘉树爸爸的心情了。如果我们不能按时回到天津，许多事都会被耽误下来。车水马龙，都不能将我载向我应去的地方。渴望加速度,却只能将希望寄托在火车上,我们的无助,衬托出那种阻挠我们前进的力量的强大。

人生何尝不是如此。多少次走到人生的十字路口,希望能够选择一条较顺畅的人生道路。可是,迷途难以返回。无数次的等待和失望,交替在人生中出现。

车来了,却没有你的座位。人家都已捷足而登,你只好在夹缝中忍耐着。周围是随时可以爆发的无数颗定时炸弹。你只好到处说"抱歉",只要人家容你一席之地站着。你看那些捷足而登的人坦然地坐着,怡然地望着天空。

火车上很拥挤,我们一直站着。肚子也饿,只是啃一点干粮,喝一点凉水。火车轰隆隆驶过原野和乡村,它载着的是繁花似锦的梦想呢,还是一揽子实际生活的计划呢?我想还是想着后者的人居多。只有我们,至死坚守着我们的革命理想,看起来很辛苦,也很危险,可这是我们的幸运。

下了火车,来到沧县,又坐上马车。猎猎秋风,吹拂着我和向春来这两张青春年少的脸,感觉很激动。我想,这一次回到天津,我拥有一张新面孔,这是多么有意思的事啊。我们的马车超越了无数行人,在人海中钻来钻去,有惊无险,动感十足。第一次坐在马车上奔跑,这样穿梭于车水马龙之间,与时间赛跑,在天地间狂欢,我感觉很兴奋。马车一路进津,前来迎接我们的地下党工作人员,跟向春来很熟,当我们在南市清和大街一家骡马店会合时,他们笑着说起一首歌谣:高棠李爱何时了,清河骡马街头找。小楼昨夜又东风,故园花落知多少。我听着,感觉到地下工作者的乐观精神。

饿得太久了,终于吃一个馒头,就着腌辣椒,感觉特别好吃。特别是腌辣椒,当我吮吸到一股咸汁儿时,吸到体内的植物气息,令我很惬意——回到天津卫，真好。慢慢地，一股辣椒的味道，缓缓从咸汁中溢出，纯净极了，辣椒的余味结合了馒头的麦香，在嘴里，形成了无穷的意味。向春来又给我一块酱肉，那作料的味道把肉染得味道凝重高雅，于是，裹挟而来的油腻滑润之感，令我醉意朦胧。

天津是一座奇怪的城市，不，这城市本身并不奇怪，奇怪的是那种死水一潭的人情世故。当我再次回到天津卫时，总有一种奇怪的错觉，眼前的这个人似曾相识，而这种似曾相识并不让人感动，而是让人气闷。那天，我碰到一个泼妇，她立起三角眼骂人的声音、神态和手势，一会儿幻化成"业老二"家的"大花蚊子"文秀玉，一会儿又幻化成我的嫂子门遇春，而这个泼妇，比"大花蚊子"文秀玉年轻许多，比嫂子门遇春漂亮许多。相似的不仅仅是外貌，还包括方言以及埋藏在方言下面的下意识动作。

外面的世界已经天翻地覆，而在天津卫的市井中，仍有许多女子在不由自主地复制着那种死水一潭的生活。

我想开办一所女子学校，让这些普通市民的各年龄段的女子都去上学。要打开她们的视野，从而改变一代女子的个性。我把这想法说给向春来听，他笑了，很快，脸上的笑容又一扫而空，他说："最棘手的不是这个。"

是什么？

向春来不语。

我们出发的前一分钟，向春来说："如果叶紫苏还在就好了！"这句话，像一枚炸弹，炸得我眼前烟雾迷蒙。我心乱如麻。好半天，我才克制了自己作为一个小女人的嫉妒心，我的脑子灵光一闪，我懂了，向春来的工作遇到难题，而这样的难题，以前，都是叶紫苏来处理的。

叶凤萧绑架了左忆青。

这句话,引起我的质疑,我冒冒失失地说:"不会呀,向大哥,叶凤萧是左忆青妈妈的亲生女儿啊。"

向春来的眉头又拧在一起。

我知道我不如叶紫苏,这种问题,如果让叶紫苏来分析,她一定能够说出令向春来豁然开朗的话。

我实在不理解,既然是亲生母女,为何会演这么一出戏?

我和向春来都不说话了,整整一天,我们都互不理睬。以前,我对他有过不切合实际的爱慕和幻想,现在,我们天天住在一起,却话不投机。

打破这个僵局的是言为复。他的到来,打破了我们这个地下交通站死一般的寂静。

言为复告诉向春来,叶凤萧已经嫁给一个国民党特务。说是嫁,实际上是姘居,那个国民党特务在外省有好几任妻子,这还不包括那人在原籍的原配妻子。向春来不耐烦地挥挥手,说:"我从小就认识叶凤萧,她是什么人我再清楚不过了,你不要跟我说这个破事儿。你就告诉我,叶凤萧把左忆青绑架到哪里去了?"

言为复笑了,拍拍向春来的肩膀:"向老哥,你太性急。你们南系跟我们北系已经合并工作了,你还跟我抢功不成?哈哈,我是开玩笑了!不要急,叶凤萧把左忆青软禁在她这个所谓的丈夫梁某的家里。"

"怎样才能接近左忆青呢?"向春来自言自语,手里的烟卷烫了手指头,他都没感觉到。最近,他的烟瘾越来越大,有时,深更半夜,我都睡醒一觉了,看到他还坐在外屋吸烟。

言为复说:"陆医生和万阿姨那一组,为了完成接待从香港中转到天津的民主人士,忙得不可开交……"

我一挑门帘从里屋走出来。言为复一愣。我转过身去，从贴身衣服里掏出银手链，晃一晃。言为复看着我，眼镜片后的眼睛溢出笑意，有点兴奋地说："噢，你变成这个样子了，好美！真的很美！"他转身对向春来说："让林子衿，噢不，她现在名叫杨紫金，让杨紫金住到万阿姨那一组……"

一直愁眉不展的向春来忽然笑了一下，他也拍拍言为复的肩膀，说："怎么着，老言，你还怕我把林子衿给卖了不成？就是卖，也是卖到动物园，当成一个小猴子去展览。你放心吧，我们小时候就认识了，林子衿跟我亲妹妹差不多，你不信，你问她，当年，我和叶紫苏都把林子衿当成亲妹妹。"

我反倒不好说什么了。我只是问："左忆青妈妈的伤，已经痊愈了吗？"

言为复说："她的身体里还有弹片。任务紧急，现在，还不能做更大的手术，只能等，等到解放的那一天。"

向春来忽然一拍桌子，说："老言，我们请示一下领导，就派林子衿，噢不，杨紫金去找左忆青，你看如何？"

"不不不！"

言为复吓得跳起来，喊："太危险了。"

"是很危险，不过，今天的杨紫金无论是五官外貌还是心理素质，都不是当年的林子衿了，退一万步说，即使叶凤萧认出林子衿，从心理学上讲，叶凤萧在没有达到目的之前，是不会杀掉林子衿的。"

"是啊，一语惊醒梦中人，说真的，如果不是向春来老兄告诉我你是林子衿，我还真认不出你呢。"

我也说："是啊，我想起来了，叶凤萧念念不忘的就是林嘉树爸爸和苏醒叔叔藏起来的那个'百宝箱'。"

我们这三个年轻战友终于在工作安排上达成了某种共识，我们都爽朗地笑了。

二十二

这是你的履历，背下来。

不难。内容大致是一个名叫梅秋娘的下堂妾是我的亲生母亲。梅秋娘去世多年，我一个人在津城漂泊。我的同父异母的哥哥谢家树与我相认，之前，我叫梅庆春，认祖归宗之后，改名为谢家春。

这些内容都很好记忆。我又找到谢家和梅家的相关资料，默默地记诵着。那年，我在黎府图书室整理图书，曾经看见过谢家的资料，因此，我的回忆对我塑造自己新的形象起到很大的作用。

人是可以重新塑造自我的，有时迫于外界的力量塑造成与本我相去甚远的角色，只要工作需要，我都能做到。

梅秋娘确实有一个女儿，不过，这个女儿已经夭折，知道这个内情的人并不多，我这次假扮梅秋娘的女儿，就是挑战人们获得信息的能力。万一，某个人擎着照妖镜揭穿我的真面目，我也会拼死一战。

以命搏命，却不是为了个人利益，而是为了左忆青，为了左忆青所承担的神圣使命。

梅秋娘很漂亮，我们手边有一份旧报纸，上面有梅秋娘抱着她年幼的女儿的合影，那孩子的相貌跟我现在的相貌有几分相似。看来，手术整容虽然是不得已而为之的事，却在冥冥之中给予我一个挑战自我的机会，我能不能将梅秋娘的女儿演到极致，并且完成这次可以说相当棘手的任务呢？

"明天,我们喝一点酒为林子衿壮行如何?"

"不。我们是拎着头颅完成这一系列的任务,为万无一失,必须戒掉所有的嗜好,包括爱情。"

向春来转向我,说:"叶紫苏走了之后,我一直走不出失去她的阴影,可是,这几天,我回到天津,却没有那种撕心裂肺的感觉了。"

言为复狐疑地望着向春来。

"你别多心,我不是说我爱上林子衿,我是觉得自己老了。"

"哈,才二十多岁,就老了。"

我想,我对向春来也没有那种神魂颠倒的感觉了。

难道我也老了不成?

我穿上梅秋娘女儿的行头,看上去真的不错,与过去的我,判若两人。

妆成每被秋娘妒。

我想起大荣和小荣,她们是亲姐妹,只因旁人一句"大荣好看还是小荣好看"就导致姐妹反目,或许,每个女人心中都埋藏着一颗嫉妒的种子。因为左忆青妈妈,我非常嫉妒叶凤萧。从血缘上看,叶凤萧才是真正的林子衿;可是,从情感上道德上或者说精神品格上,林子衿这个身份,非我莫属。左忆青妈妈这样一位阅人无数、久经沙场的地下工作者,居然看不透这一层,想一想,人的局限性,真是可怕。如果左忆青妈妈加强对叶凤萧的防范,甚至不去理睬叶凤萧,就不会形成今天这种危险局面了。

去执行任务的第二天,我一夜未睡。虽然我很想睡,可是,大脑皮层过于热闹,无数的想法像子弹似的穿过来穿过去,用兵荒马乱来形容真是恰如其分。我像第一次登台露面的演员,对于舞台上有可能出现的各种问题,怀着惊惧和向往这两种特别矛盾的情绪,难以平静。

有时,我似乎蒙眬入睡了。然而,一种类似号角似的声音忽然从神秘空间传过来,吓得我一身冷汗,披上衣服就向门边跑……有时,我都跑到外屋了,身后响起向春来的声音:去哪儿啊!我立刻醒过来,看一看表,才子夜一点,就默默地回到阁楼上的用人屋。

这些天,我一直以女仆的身份住在这里,而向春来则是少爷打扮,家中另有一个厨师,一直住在后院,是个木讷的老头。我想,他可能是一个交通员吧,否则,是不能住在这里的。

天终于亮了。一个从未失眠的人,是不懂得迎接黎明的感觉的。天未全亮,我就扮成梅秋娘女儿的模样了,因为等着心焦,又在屋内走了几遍,模仿一个下堂妾的女儿的步态。

我和向春来对视了一下。他的冷静,让我有了几分自信。我呢,心中忽然想起"风萧萧兮易水寒"之类的诗句。

出门之后,黄包车已经在等我了。会面地点是在罗斯福街附近的一家酒楼,以我的身份,是坐不起汽车的,因此,我坐上了这辆黄包车。这车,是向春来事先安排好的。

黄包车到了胜利桥的时候,一个奇怪的鸟鸣响起来,黄包车的步子放慢了。万阿姨风风火火地赶来,一把将我从车上拉下来,说:"这车子是我先订的,你下去。"我当然知道这是一种新情况,嘴上还是故意辩解着:"明明是我先订的。"万阿姨不管一摆手,黄包车飞也似的跑了。

我还站在原地发呆,言为复跑过来。我们钻进一辆小汽车,开车的是陆医生。

言为复双手合十:"天啊,幸亏我们追上了黄包车,否则,林子裕危矣。"

我不解地看着陆医生,有一阵子未见了,陆医生的鬓角泛起霜露似的颜色。一个人乍一出现白发,会给人以怪异的印象,

"失败了,这个计划失败了。不知为什么,那个充当你同父异母兄长的谢家树忽然被捕了。他在国民党机关当秘书已经有十多年历史了,从未引起敌人怀疑,至少我们是这样认为的,这次,却意外被捕。"

下一步怎么办呢?

陆医生没有回答言为复的问题。半天,他答非所问地说:"这个时候出现叛徒,是最可怕的。"

二十三

那是我第一次踏进地下通道。

黑暗中,我只是望着言为复的耳后的眼镜架儿。那是一个发光的所在。忽然,有一只什么小动物从我腿际蹭过去,我差点失声叫出来,忍住了,身子向前一倒,揪住了言为复的上衣。前面视线渐渐清晰了,是一级石头台阶。走上去,喘,穿过一段平路的空地,面前还是台阶。终于到了目的地,从洞口钻出去,眼前还是暗的。原来是一个柜子。推开柜门,眼前是厨房的灶台。

我们就是这样进入那幢小洋楼的。

言为复说:"不能发出任何声音,不能开灯,不能用水……"他背了一个大包,里面是水、饼干还有手电。

我正疑惑,言为复拉着我的手,轻轻上了楼。他搬开一个小佛龛,凑上墙壁,看了一会儿,又招招手,让我来看。

我透过墙壁上那个"猫眼"一般的装置,我看到一个豪华的客厅。左忆青妈妈端坐在白色沙发上,表情凝重。叶凤萧给左忆青妈

妈张罗水果、咖啡什么的。以这样的方式来观看叶凤萧的表演，我觉得很有些电影的味道。以前我以为，电影里的一切永远不可能实现。若干年之后，电影里的部分情节与我的人生有了交集，恍如梦寐。以前，我没看过电影，这次跟向春来回到天津，有几次去电影院传递情报，才知道电影是一个有趣的事物。紧张的情节让我害怕，与陌生人接头，也令我紧张。我想电影带来的惊恐是暂时的，幸好是电影，走出影院就安全了；而地下工作，却万分危险，有时，我甚至会做噩梦，在同志们身上发生的那些可怕的事让我心惊，我会在梦境中，看到自己被捕的样子、受刑的样子，甚至是被敌人枪决的样子。幸好是噩梦，醒来就安全了。可是，遭遇危险，真真切切的危险，我无处可逃，逃到电影里，逃到梦里？

我正胡思乱想，感觉耳朵上多了一个什么东西，言为复轻柔地抚弄我的耳朵，将一个大耳机套好，于是，我听到了左忆青妈妈的声音："你毕竟是我十月怀胎生下的孩子，听妈妈一句话……"

叶凤萧的脸，笑成一团花儿。笑着笑着，她的眼睛居然沁出几滴泪珠。我想，叶凤萧居然也有眼泪，这家伙可真能伪装。不，或许她真的被母爱打动了也未可知。母女连心，血浓于水，难道她真的可以割断母女之情吗？

"如果我早知道您是我的妈妈，我做梦都会哭醒的。"

叶凤萧的声音甜得令人心醉。左忆青妈妈的眼睛溢出泪水，她搂住了叶凤萧："跟妈妈在一起吧，一切从头来！"

"当年，您真的不想要我吗？"

"不是的，孩子，真的不是。当时，三岔口医院遭受日本便衣队轰炸，起了火，我去婴儿室抱你，没想到，我刚跑到婴儿室门口，就看到一个女孩被人扔在窗台上，很危险，我就抱住她，不料，一阵头晕，我昏倒了。后来，你被别人抱走，我的亲戚把别人的孩子当成你抱来。我还没来得及看这孩子一眼,就被送到医院。醒来后,听说,我的亲戚抱来的那个孩子失踪了。许多年之后,我的亲戚才找到失踪的孩子,我见了,不太像我的孩子,一验血,血型对不上,再一看她的脚心,没有这七颗痣。"

"这么复杂啊,收养我的这家人倒是说过,这孩子小时候脚心没有痣,怎么长大之后凭空长出痣来?后来,找个算命先生,人家说,脚踏七星,大富大贵。如果一生下来没有痣,后来长出痣,更是大富大贵之征兆,这叫少年得志。"

左忆青叹口气:"孩子,你吃了很多苦吧,以后,妈妈帮你摆脱过去生活的阴影。"

"妈妈,您还有什么东西,我派人去取,然后,咱们一起逃跑。"

左忆青妈妈凝视着叶凤萧,那目光仿佛穿透一切。我想,左忆青妈妈开始怀疑叶凤萧了,即使是认女心切,她还是没有丧失革命者的警惕性,这一点,令我肃然起敬。左忆青妈妈沉吟着说:"我已经一无所有了。"

叶凤萧表示惊异的眼神我是熟悉的,毕竟我们从很小就相识了。不论好歹,我和叶凤萧一起在叶家大院度过了青春年少的时光。尽管我们相处并不愉快,却彼此熟悉。叶凤萧张大美丽的丹凤眼,眼珠都快要溢出眼眶了,小嘴一撇,说:"不可能吧,妈妈,怎么可能呢?你以前跟国民党机关的要人过从甚密,总不可能两只手空空如也吧,再说,咱们以后还要东山再起啊。"

左忆青妈妈叹了口气,郑重地说:"女儿,妈妈把心都掏给你了!你听妈妈的,不会错的……"

一语未了,泪如雨下。

"为什么我亲生的女儿不相信我?我做了什么,上天这样惩罚我?"这一刻的左忆青妈妈,大不似她平时的端庄严肃。这时我才懂得,当一个女人的母性受到某种威胁时,离精神崩溃就不远了。

隔着这一层墙壁,我似乎能够听到左忆青妈妈的心跳声。一个女人,风里来雨里去,不说叱咤风云吧,也是殚精竭虑,把自己的一切都奉献给革命事业,在艰难困苦的斗争生活中,她最想得到的就是来自亲生女儿的安慰。可是,她的亲生女儿,已经在叶家大院"业老二"家那个大染缸中学坏了,犹如一匹白布,被染得斑斑驳驳,再也无法洗净了。

孩子望着母亲的眼神,应该是崇拜的,应该是依赖的,应该是真挚的。而叶凤萧则不同,她看着左忆青妈妈的眼神,是大不敬的,是鄙视的,是仇视的。

当一个孩子充分肯定妈妈的人格和品德时,这个孩子就会沿着母亲以血肉之躯去开创的人生之路,不断地向前走,这样一来,这孩子就会传承有序地继承妈妈身上的美德。

"我是你的妈妈。"

"哼。"

"孩子,不能学那些'有奶就是娘'的人。"

"你是我妈妈,你给我喂过奶吗?"

"你以后也会当妈妈的,你要知道有时候是身不由己……"

"我有孩子?我有孩子?我要孩子干什么?我一辈子不要孩子!就算我有了孩子,我也不会抛弃孩子,为了自己的名与利。"

这时,我几乎听到了左忆青妈妈心碎的声音。

就这样,左忆青妈妈在墙壁那边哭得泣不成声,我在墙壁这边,也哭了,为了抑制这种哭泣,我用左手死死攥着自己的右手,掐自己,拧自己,最后我颤抖得像一片风中的树叶。言为复怕我出声,就把我拉出来,推进卫生间。

在卫生间,我也不敢出声,不过,我从镜中看到了自己泪痕满面的样子，心中的委屈，更是如同江河流水，一泻千里。我记得，小时候我被坏人骗进那个坑人的黑作坊，每天累得要死要活，有时候还要听任工头拿自己开心。有一次，一个女工头问我："你的妈妈在哪儿？"我摇头说不知道。结果我挨了一巴掌。她又问，我怕挨打，就用手指远处，说："在那边。"她和几个工头全都大笑，骂我傻瓜。在那一刻，世界在我心中陷落了。从此我对我身体之外的生命也产生了某种抗拒心理，因此，我与这世界上的许多人都格格不入。

我是一个怪女孩，与别人相处时，我就有莫名其妙的担忧。妈妈、恋人、兄长，这些词汇出现在我心中时，都是有隔膜的，而此刻，我与墙壁那边的左忆青妈妈之间，忽然畅通无阻了。我甚至想冲过去，紧紧抱着左忆青妈妈，告诉她："血缘不重要，我非常爱妈妈！"

是灰就比土热。我想起这句天津话。看来，血缘与亲情，有时候也会败于利益与欲望。叶凤萧不是一个本本分分的女孩子，她的欲望太大了，大到无法无天，六亲不认。上天赐予叶凤萧这么一位完美的妈妈，她却不懂得珍惜，她真是一个又可恨又可悲的人啊。

跟时间赛跑。

"我们必须抓紧时间，救出左忆青妈妈。可是……"言为复这个快乐青年也显得有些憔悴苍老了，他告诉我，有一批从香港来到天津的民主人士，有七八位吧，一踏上天津卫的土地就失踪了。左忆青妈妈应该是知道相关信息，因此，我们有两个方案，一是马上救出左忆青妈妈，二是从左忆青妈妈那里得到最重要的情报，以确定这批民主人士的下落。

二十四

第二天,隔壁客厅里又有了新动静。"大花蚊子"文秀玉,威严地坐在客厅上首位置。

"大花蚊子"文秀玉老了,她还烫着鬈发,嘴唇涂得不像这个年纪的女人。这么多年,她这种女人,从精神层面来讲,从未年轻过。我忽然发现,我急于找到我的亲生妈妈,并不仅仅是我对母爱的渴望,在潜意识里,我还希望排除"大花蚊子"文秀玉是我亲生妈妈的可能性。可是,世事难料,万一……我心里咯噔一下,万一我是他们的孩子,我就一死了之。以前,陆医生曾告诫我,要摆脱从大杂院带来的市井习气。起初我听不进去,后来,到了平山县李家庄,居移气,养移体,在气质上渐渐改变的我,对于过去接触的市井之人都有了新的看法,特别是"大花蚊子"文秀玉这种人,有了比较彻底的斗争意识。

"大花蚊子"文秀玉的嗓子哑了,却有着刀剑般的锋利感:"想在老娘这儿占便宜来了,还真行!你说,你认叶凤萧当女儿的证据是嘛?"

左忆青妈妈说:"叶凤萧,你亮出你的脚掌来,给看看,有没有七颗痣。"

"大花蚊子"文秀玉一翻白眼儿:"有痣又怎样?"

"我的一位亲友当时在医院当护士,我拍摄了全部婴儿的脚和产妇的指纹,一组组的,有名字的。"

这是铁证。

"照片在哪儿呢?"

左忆青妈妈不语。

"你骗我们,我们可不是这么好骗的。"

"你们用钱收买了那个摄影师。"

"大花蚊子"文秀玉的脸上的颜色,变了变。她好像有点迷惘,这么多年以来,她对于叶凤萧脚底的七颗痣,只是迷信其发家的功能,却从未想过,这有可能成为叶凤萧"认亲"的证据。

"就算有这么一码事吧。你,拿百宝箱来换。"

左忆青妈妈别过脸去,不看"大花蚊子"文秀玉。

"好啊,你这个毒妇,连自己女儿都让我们养,还我们奶粉钱!我花钱养你的孩子,花的钱太多了,能够照样子打一个金人、一个银人。我们老头子,为了给你养活女儿,都累死了,我和我儿子……对,你也有儿子,还有孙伙计……"

说完,"大花蚊子"文秀玉一回手,喊:"抱上来。"

那是一个小孩子,脸上黄瘦,眼睛无神,最令人心疼的是,孩子的肚子鼓得像皮球,肚皮薄薄的、粉粉的,仿佛一碰就破。我心酸至极,这就是我带过的侄子小屯。当初我逃了,我以为我是投奔光明,可是,我没想到,最终这孩子会落到这么可怜的地步。

"左忆青,这是你嫡亲嫡亲的孙子。你儿子死了也罢了,是儿不死,是财不散,你那儿子原本就不属于你,他投胎到你这个狠心妈妈的肚子里,也是罪孽深重。这个,是你孙子,隔辈疼你都不懂了? 你孙子病成这样,你不心疼,你还有人心吗,他是你儿子的孩子,虎毒不食子。你交出百宝箱,我放你走,让你带走你的孙子。怎么样?"

左忆青闭上眼睛,眼泪就像决堤的河水,再也抑制不住了。

那孩子病得痛苦,眼前这阵势更是令他害怕,哇的一声哭起来。左忆青扑向孩子,脚下一滑,昏倒在地上。

"等她醒了,让她说出城防图复制品的下落,就是《天津城防堡垒化防御体系图》,别老百宝箱百宝箱的,财迷转向了,都什么时候了,让这个女共党,交出天津城防图!"

一个魔鬼从阴暗处走来,不用看我也知道,那是"业障"叶玉璋。这世上如果有一个人,烧成灰我也认得出来,那就是"业障"叶玉璋。看见他,我就想起小香,那个可怜的女孩子最后活活死在这个魔鬼手里。

叶凤萧也来了,她按"大花蚊子"文秀玉所说,把一碗凉水浇到左忆青头上,说:"如果你真是我亲妈,你就帮帮我,有了百宝箱和城防图,我就能在豪门吆五喝六,我想过好日子。"

如果不是我亲眼所见,我都不能相信,无耻,就是这样写在叶凤萧脸上的,是啊,她笑得太无耻了。

"如果你不成全我,我就学你的儿媳妇,去做舞女。"

她抖落着手中的一份报杂志,上面有一张很大的插图,图中翩翩起舞的正是曾经跟我一个锅里搅马勺的嫂子门遇春。

"你知道你的前任儿媳妇门遇春有多么恨你吗?她咬牙切齿地跟我说:'让左忆青尝尝断子绝孙的滋味,她的孙子我就不养!'你有多失败,你不知道吗?我是来拯救你的,只要你跟我——你的亲生女儿合作,你就洗刷了抛弃儿女的耻辱!"

这是一个疯狂的年代,许多人的人生轨迹都改变了,即使是亲人之间,也可能反目成仇,甚至死生不肯再次相见。我对嫂子门遇春就是这样的感觉,我永远也不想再见到她。

在我印象中,左忆青妈妈的声音永远是悦耳的,此刻,却变了调儿:"你们这些暴徒,一刀刀地割我的心头肉。我的儿子、孙子、女儿,你们用刀,你们的杀人不见血的刀,一刀刀地割,割得我……"

她绝望地闭上眼睛。

"小心,她要自杀。"

"业障"叶玉璋蹿上来，把左忆青的手从嘴唇边打下来，按到一盆水里。

这个恶人，一脸狰狞地说："想死？是啊，死是一种解脱，好吧。枪在这里，我想让你女儿练习一下枪法。"

叶凤萧举起枪，向左忆青妈妈瞄准。她的样子令我胆寒，这个叶凤萧，简直就是魔鬼附体。以前，言为复跟我说起过地球以外别的星球上的生命，说起过《聊斋志异》中的鬼狐和《西游记》中的妖怪，总之，我对人世之外的事，有过预料和幻想。以前，我虽然讨厌她，却也不至于憎恨她，此刻，我真想手刃了叶凤萧这个败类。

左忆青妈妈的脸上，平静似水，眼神却是那样奇怪，她仿佛看到了什么可怕而神秘的东西。这眼神是我从未见过的。许多年之后我才知道，一个女人面对儿女的堕落和毁灭，往往就会出现这样的眼神。

我想要一跃而起，被言为复按住。电话铃声响起来，言为复用目光示意我，不要轻举妄动。

叶玉璋接完电话，做了一个手势，叶凤萧乖乖地退出去，"大花蚊子"文秀玉也离开了。

一切，仿佛又归于安静。

难道我们就这样袖手旁观？我质问言为复，实际上也是在质问自己。言为复不语。半天，他才说："如果不出意外，今晚就会见分晓。"

我盯着他的脸，希望能够从这张脸上找出答案。他终于把这一切都告诉我："今天晚上，隔壁厨师就要送叶玉璋一家上西天了。咱们就可以救出左忆青。这是方案一。还有，如果这个失败，叶玉璋私扣共产党员，一定有幕后支持者，我们查出来了，是叶凤萧姘居的那个男人梁志文。说起这个梁志文，怎么说呢，用一句熟语来说就是——狗咬狗一嘴毛，梁志文和他的上司发生矛盾，明争暗斗，立功心切，因此，他不把左忆青交给他的上司。我们可以利用敌人的矛盾，救出左忆青。"

谋事在人，成事在天。

我的心，紧张到了极点。

二十五

纵观我这一生，经历过各种各样的危险时刻，紧张、恐惧、难过，各种情绪都有过很深的体验。母爱对于我，显然是支离破碎的。一个人长大了才找到妈妈，就像一张已经被各种颜料染过了的白纸，即使再添上新颜色，也有一种斑驳之感。然而随着年龄的增长，我灵魂深处那种母性的本能还是掩抑不住的，我对左忆青妈妈的爱，或许是某种代偿式的感情，但是，很真切，也很纯粹。因为我始终没有找到我的亲生母亲，所以，我把对母亲的想象、依赖和爱戴，都寄托在左忆青妈妈身上。

我的眼睛连眨也不眨地望着"猫眼"那边，心，狂跳不止。

"叶凤萧，你陪你的亲妈妈，吃顿火锅吧。"

左忆青妈妈提出这样的建议。

叶凤萧的大眼睛放出光彩，她兴奋地说："妈妈，一边吃，一边说，好不好？我求求你了！"

左忆青妈妈点点头。

叶凤萧欢快地跑出去。"业障"叶玉璋和"大花蚊子"文秀玉都进来了。

一个女仆开始摆餐具，又端上羊肉、青菜、豆腐等。左忆青让叶凤萧坐在自己身边，母女俩好像在说悄悄话。叶玉璋敲敲桌子，说:"快开饭吧。一边吃,一边说。"

厨师亲自送来火锅。这是一个身材魁梧的厨师,脸上红扑扑的,看上去干净利落。不过,从我们这个方向看都能看到,厨师的手有一点抖。我的心,跳得太激烈了,几乎都停摆了。

叶玉璋,是一个很阴沉的人,从小就爱用那种阴鸷的目光盯着人看,此刻,他的眼睛里仿佛喷出火来,盯住厨师,问:"怎么是你送来的?"

厨师说:"小力笨请假了。"

叶玉璋一拍桌子:"我这个楼,就是一只苍蝇也不能飞出去。"

厨师放下火锅,唯唯诺诺地说:"是是是。"

叶玉璋坏坏地一笑:"先把那孩子抱来。"

一个女仆果然把那个哭哭啼啼的病孩子抱进来,左忆青妈妈马上就站直了,说:"我想抱抱我的孙子。"

"业障"叶玉璋说:"可以,你看,这孩子饿了,我喂喂他。"说着,就把一勺汤送到孩子嘴边,那孩子哭得撕心裂肺,猛然被灌下一口汤,咽了一下,止住哭声。"业障"叶玉璋笑得像个鬼:"我还挺招这孩子喜欢。"

左忆青妈妈大叫一声"似水流年似水流年",以迅雷不及掩耳的速度奔跑起来。这样,左忆青妈妈从我的视野消失了。

"似水流年似水流年",这话是什么意思?

我只能看见厨师举起火锅打算扔向"业障"叶玉璋。这时,枪响了。开枪的是一个穿着国民党军装的中年男子。这个人走上来又在厨师背上补了几枪,对"业障"叶玉璋说:"蠢货,差一点坏了我的大事。"

"大花蚊子"文秀玉被眼前这一切吓得屁滚尿流地跑,跑的时候,顺手把那孩子扔出好远:"让你尝尝断子绝孙的滋味!"孩子声

118

嘶力竭的哭声戛然而止,左忆青妈妈也在那哭声停止的一瞬间回到我的视野。

这个国民党军官上去扇了叶凤萧一个嘴巴:"贱货,事情弄砸了,我要你全家的命。"

混乱中,左忆青妈妈的身影不见了。

几个国民党士兵走进来,来到国民党军官跟前说:"左忆青从楼上跳下去,没死,还有气儿。"

"送医院。把这个厨师也带走!"那个国民党军官气急败坏地说着,带着这一行人呼噜呼噜地离开了。

空荡荡的屋里,只有那个小男孩小屯的尸体,横陈着。

"让你尝尝断子绝孙的滋味!"我为左忆青妈妈而哭,她的心,好苦好苦。

我无数次想象着,左忆青妈妈从楼上飘然坠落的场面。幻觉中,我以为坠落在地的是我。我与左忆青妈妈已经幻化成一个人了。一个人,得需要多大的勇气才能纵身一跃,扑向给予万物生命的大地。左忆青妈妈真的绝望了,她……

言为复一拍桌子:"全完了!"

忽然,我发现,小男孩的尸体动了,我惊叫起来,言为复捂住我的嘴,在我耳畔说:"也许敌人还没走。"

那小男孩拖着血迹在地板上爬了几步。

我的母性第一次被唤醒。

我发疯似的跑,言为复想拉住我,居然被我甩掉了。我的力量可能来自上天,平时我给人留下的是柔弱的印象,今天忽然成为大力士。可是,跑到门边我才意识到一个问题——我不认得路。尽管这是两座相邻的小洋楼,可是,一跑到了街上,我就找不到方向了。我往回跑,腿一软,倒在地上,膝盖痛得钻心。顾不得这些。我挣扎着要站起来。有人扶我起来,是言为复,看来,他是真心想帮助我的,居然冒着这么大的危险,陪我去。

我抱起侄子。

我还记得,他的脖子给人的感觉是软软糯糯的,偶尔我高兴了,就会吻他的脖子,当我将头埋在小孩子的脖窝里时,天地之间就会充溢着亘古以来最伟大的柔情。孩子的眼睛好清澈,不过,此刻他已经没有力气哭喊了,他将残存的力气积攒着,用来喘息,看他直着脖子试图吸进更多的氧气的样子,我的心,碎得七零八落。孩子眼神中的依恋、求助、爱戴,令我羞愧,我简直愧死了,无论以前还是今天,我都没有尽到姑姑的责任,这孩子,却柔顺地向我致意,表示他非常眷恋这个世界和我。小屯是那么留恋活着的时光。我抱着他。

言为复说:“孩子不在了。”

“你胡说!”

我疯了。

小屯的眼睛半张着,嘴张得好大。定格于这表情的他,为什么不再缠着我淘气了? 我的孩子。

“不会的,你胡说,孩子还活着,我们送他去医院。”

言为复就这样拉着泪人似的我向外走, 我怀中紧紧抱着孩子。

空中窸窸窣窣地落起雨。

在这样的天气里,我实在无法描述我的哀伤与忧郁。其实小屯仅仅是与我有着名义上的姑侄关系的小孩子,可是,当他的生命戛然而止的时候,他所遭受的痛苦,他对我的依恋,他在现实生活中所处的危险处境,这一切,都深深刺痛了我。

因为头晕,我回寓所休息了一下。下午,言为复来了。

言为复说,他已经把小屯埋在河畔那个小树林里了。应该说,言为复选的这个墓址真的很好,环境幽静而且植物密集,小屯终于可以回归大自然了。我让言为复带我去看看小屯。他说,可以。在一个阳光很充足的中午,我们向着那个墓地走去。越走越荒凉的感觉。有一丛草,乱蓬蓬的,里面长着一种无名的小花,我也不知道它叫什么花,就想摘一束给小屯。那花和花所在的花枝很执着地坚守着土地,我拔不动。言为复说:"不要拔,墓前墓后都是花。"果然,小树林的边缘上是草丛,里面也长着各种无名野花,看起来很漂亮,是那种野性之美。我们踩着高到膝盖的草丛往小树林里走,到了中间宽敞地带,有一块隆起的土,颜色与周边的土不同。我把一张纸摆在这块隆起的土上,上面写着小屯的姓名,他的爷爷奶奶的姓名——林嘉树和左忆青,他的爸爸的姓名林松渚,他的姓名、生日和卒日。言为复说,快一点烧掉这张纸,不要被人看见。他一直警惕地看着四周,虽然这里人迹稀少,可是,偶尔地,会有一些三轮车经过,也不知这些人都是做什么的。言为复点燃了火柴,我把这张纸烧掉了,张奶奶告诉过我,凡小孩子早逝,就要烧掉他的衣服和写满孩子相关信息的一张纸,这样一来,孩子就可以转世投胎了。我没有写上门遇春的名字,因为我不愿意让小屯再次投胎到门遇春的腹中。言为复说:"我们走吧,这里也不太安全。"我迟疑着,言为复聪明,看出我的心思,他说:"你是害怕下次来找不到地方,好吧,我做一个记号。"他就在小屯墓前的一棵树上刻了一个"屯"字。我们走到草丛中,回头看时,还能看见那棵小树的树皮上新刻的伤痕,那就是小屯的名字,我暗暗祝祷,希望小屯转世投胎时能够找到一位人品高尚的妈妈,这也是我对所有即将投胎的婴儿的美好祝福。

言为复在小树林入口处的一棵树上又刻了一个"万"字。他说:"万字不到头,人类的生命是无穷无尽的。"

当天晚上,我在日记上写道:

> 母婴世界的主要联系是什么呢?就是牺牲、奉献,就是我作为一个婴儿,要求妈妈完全地给予和付出,或者我作为一个妈妈,要求婴儿完全地听从,一方是攫取,一方是给予。这就是一个吞噬和被吞噬的意象,婴儿实际上是在吞噬妈妈,妈妈在某种意义上也是把婴儿完全划归在自己的身体范围内,也等于把孩子吞噬掉了,这是一种相互吞噬的关系。在母婴世界里,这种关系是一种甜蜜,但是在成人世界里,这种关系就像是大灰狼对小白兔所做的事情了。

我,陷落在恐惧与悲伤中了。我站着,可是,一切全在旋转,我站不住了。我的嗓子里仿佛堵着什么,胸口发闷,就像被人捂住了口鼻。我想呼吸,可是,被什么东西遏制住了。时间就像手里的沙子,漏得太快了,我抓住言为复的手,求救的目光一定让他怜惜了,他的焦急不是伪装出来的,是发自内心的。他握着我手,装出笑容:"放心,没事,你信我,我在,不会有事。"他换上左手握着我,右手去拨电话:"快,快,快,来救病人。"我仰面看了一下天花板,觉得它似乎要砸向我,将我覆盖在永恒的沉寂中,我不应该害怕,我为什么要害怕,我害怕的样子很可耻。言为复放下电话,对我说:"你看我说什么,有我在,一点也没事,一切都会好的。"我握着言为复的手,感觉天不会塌下来了,感觉胸口也松快一些了,感觉死神的影子渐行渐远了。

小屯,我的哥哥林松渚的儿子,就这样成为永远的照片,并且融入泥土化为尘灰,可是,他还是一个很小很小的孩子啊。

经过这番精神折磨,我到底还是病倒了。言为复请来一位老中医,当时,我发着高烧,人也有点迷糊,听见医生说,怎么这么晚才找医生?

听了这话,我似乎产生了一种看破红尘的感觉。

以前我对死亡的印象总是模模糊糊,这一次,听了医生那句"怎么这么晚才来医院"这句话,蓦然间,我意识到任何生命必定有一个终点。特别是晚上护士灭了灯之后,有一个画面就会自动调出来,一片坟茔,荒草衰杨,而我的游魂就在这个画面中徘徊,我在寻找什么?

活着,应该做什么事才不枉来此一场呢? 死后,别人会怎样说起我呢?

乱麻一般的,我心里有无数的想法:左忆青妈妈怎么办? 民主人士失踪的事怎么办? 怎样寻找我的亲生母亲?

莫名的悲伤袭上心头,我用被子捂着脸,隐藏我的眼泪。由于从小就无家可归,我不习惯在别人面前哭泣。哭泣是一种惯性,当一个人的情绪达到某种顶点时,往往就会失去自我控制能力。我失控了,哭得气噎喉头,哭得昏天黑地,哭得天荒地老。我好想有一个爸爸,我也好想有一个妈妈,我好想跟爸爸妈妈在一起,说最寻常的话,吃最寻常的饭,过最寻常的日子。

"怎么啦? 小林子,哭成这样?"

初金凤阿姨,出现了。

"您能够认出我来,我的脸变化不大吗?"

初金凤阿姨把我抱在怀里,哭了:"我都知道了,你和你苏醒叔叔的事。"

言为复百般劝慰,这时,向春来从外面回来了,一脸严峻,看来,那些棘手的问题不但没有得到解决,反而有了更坏的变化。

左忆青妈妈消失在我视野的那一刻,我发现自己对于她的一切,都是茫然无知的。她留给我们的最后一句话就是"似水流年似水流年"。

"似水流年似水流年",这话是什么意思?

我们都无法破解这个谜语。左忆青妈妈处于那样危险的境地,这几个字一定传递出最重要的信息。

林嘉树爸爸送给左忆青妈妈的唱片。是昆曲。我一无所知。言为复说:"我是记者出身,我采访过唱昆曲的艺人,不过,我本人也不太懂,上学时读过的书也都还给教授了,不过,有句话我记得《牡丹亭》一出《西厢记》减价。不过,这'似水流年'四字……"

他踱来踱去,忽然一拍桌子:"临川四梦!"

我也一拍桌子:"临川路!"

初金凤阿姨惊讶地看着我们,我们几乎异口同声地说:"黎锡恩先生的家就在临川路。"

初金凤一惊:"是啊,打电报。快打电报。"

几天之后,我们接到来自河北省平山县李家庄的电报,黎锡恩先生说:敝宅花园筑有秘洞,舍弟剑雄大略知情。

与时间赛跑。

国民党报纸上已经出现一些假新闻,说共产党暗杀了某些民主人士,特别是一些曾与中共意见不合的民主人士。向春来说,上级党组织要求我们,必须在十日之内找到那些失踪的民主人士的下落,否则,战事一起,此项工作有可能搁浅,其后果是不堪设想的。

我是多么希望跟大家一起投入这场寻找民主人士的战斗啊,可是,我的身体却虚弱到了极点。

一个人昏昏沉沉躺在陆医生新开的私人医院里,每天跟药打交道,我成了我们这个工作小组的累赘。陆医生请来一位世交好友为我诊断,我才知道我得的病是"阿米巴痢疾"。陆医生的这位朋友医术很高,他有一种家传自制的药粉,吃了之后加上冰敷,一个疗程下来,我肚里的脏东西就渐渐排净了。事后想想,我真是命大。这位医生说:"按老人们的话说,这个女孩子福大命大,一般来说,得了这个病,即使动手术,治愈率也不是太高,她居然好得这么快,看来也是医缘深厚啊。"

我听了医生的这番话,也很感慨。从小我就流离失所,总认为是自己命运不好,这次遇到"神医",忽然发现上苍有一种拯救我的力量,同时,我也发现,只要我自己不放弃自己,总能等到云开月明的那一刻。心情好了,身体恢复得也快。

我的病渐渐好了。大家才告诉我,左忆青妈妈一直处于昏迷中,就在旁边的病房。

这是我第二次看到左忆青妈妈躺在病床上。跟上次一样,左忆青妈妈昏迷不醒,人事不知。跟上次不一样的是,左忆青妈妈有可能永远醒不过来了。她脸上的肌肤干而薄,紧绷着,散发出幽暗的光。嘴唇向里收,眼眶突出,整个五官都处于停滞状态。这样子,跟去世的人没什么两样。

陆医生带领护士为左忆青妈妈进行呼唤疗法。所谓呼唤疗法,就是在给这种昏迷不醒的病人进行舒筋活血的按摩治疗时,大声呼唤病人的名字。起初,我对此充满希望,以为大叫几声,左忆青妈妈就能睁开眼睛,跟我说起她内心深处的那些隐秘想法。可是,每天的呼唤疗法,并不见什么疗效。护士和我,每天早午晚三次为左忆青妈妈按摩,拍背,同时,呼唤她的名字。然而,她只是本能地发出几声类似"呵呵"的声音,并无明显反应。

我突发奇想,或许那个人可以起到一定作用。

陆医生猜到了我提到的人是谁,可是,他面有难色。

万阿姨快人快语:"噢,你说叶凤萧啊,不行不行。一个人不能本本分分地对待生活,完全受到欲望的支配,就会做出丧心病狂的事。最近,叶凤萧已成为各类报纸的红人了。今天请社会名流参加宴会,明天又召开什么座谈会,看来,她是甘心充当为国民党政府拉拢社会贤达的走狗了。她还模仿最时髦的电影明星的打扮,头型和衣着,都要在女性世界占尽风情。一个被声名绑架的女人是可悲的,一个为了声名六亲不认到冷血地步的女人是可耻的。叶凤萧这个女人啊,东食西宿,老少通吃,专门做一些为人所不齿的事,以前是汉奸,现在是特务,留着她,终究是个祸害。"

陆医生倒是有另外的观点,他说:"大凡动物界,虎毒也不食子,何况我们人类。不过,人类对于血缘关系有着更深的认知。我们不能去找叶凤萧,一则容易暴露我们的行踪,二则将来左忆青或许会怪我们的。"

陆医生与万阿姨的分析角度不同,意见却是统一的,因此,此事也就作罢了。我想起张奶奶说过的话:"有狠心儿女,没有狠心爹娘。"叶凤萧那样无赖丑恶,左忆青还是用全身心爱着她,并且试图从精神层面挽救她。这种看似盲目的母爱,想起来真是令人心酸。如果当初她们母女一直在一起,或许这样的悲剧就不会发生了。不过,每天在为左忆青妈妈进行呼唤疗法的试验时,我还是对叶凤萧产生一种难以言说的仇恨。

在折磨左忆青妈妈的病魔面前,我们是束手无策的。

陆医生对我的精神抑郁状态很担心,就说:"我看林子衿倒是一个可教之才。我萌生了一个想法,既然林子衿在医院里养病,何不训练一下,争取让她掌握一些枪法和刀法,以备不时之需。"

以前我对习武从未有过兴趣。经过这么多艰险,我也有了拿刀动枪的激情。就这样,养病期间的我,每天都在后院习武,虽然进度很慢,却也摆脱了那种对兵器的恐惧感。

时局动荡,物价上涨,陆医生这家私人医院全靠来自解放区的经费支持,否则,早就支撑不下去了。

于是,我对自己说:林嘉树爸爸说得对,我们要跟时间赛跑。

二十六

我想照顾左忆青妈妈一辈子。离开医院的那天,我是硬着心肠走的,小我与大我,一直在打架。我说我想给左忆青妈妈换一次被褥衣服。护士说这样的活儿你们干不来。我哭着说:"你就让我干一次吧,我一走,不知什么时候……"护士不让我做这种工作,是有道理的,病人病得久了,身体就会变得很沉,而且我的每一个动作都不能得到病人的配合,因此,累得汗水涔涔,还是劳而无功,连床单都没换好。护士笑着说:"我来吧。"我见护士轻轻将左忆青妈妈的身体翻向左边,麻利地将右边的床单铺好;反之亦然。护士给左忆青妈妈换上衣时,我用手里的新毛巾给左忆青妈妈擦洗。

我已经十六七岁了,从未与别人有过肌肤上的亲近。此刻,我想起林嘉树爸爸,想当初,林嘉树爸爸与左忆青妈妈在一起的生活……我的脸红了。我恨自己有杂念。可是,我又一想,不仅男人与女人之间会有肌肤上的亲近,妈妈与孩子也会有。我甚至想,如果一个妈妈跟她的孩子,从未发生过肌肤上的亲近,那么,妈妈对孩子的母爱,孩子对妈妈的孝顺,都是空洞的。我多么希望左忆青妈妈真的是我的妈妈,我好想回归到母体中去,我想,那里是一个安静的平和的没有任何杂质的所在。人生本来极其简单透明,是世人无知,把人际关系弄得乱七八糟,想到这儿,我脑子里又浮现出叶凤萧的影子,她不配做左忆青妈妈的女儿,我才是,这样看来,我竟是在与叶凤萧这个坏女人较劲呢。叶凤萧和她的养母"大花蚊子"文秀玉全都叫喊着,让左忆青妈妈尝尝断子绝孙的滋味,我偏不,我要做左忆青妈妈的孝子,将来,我还要给左忆青妈妈生几个贤孙。

在幻觉中,我甚至听到左忆青妈妈对我说:"林子衿,我很难受,我的病,让我难受;我想到我的儿子、孙子和女儿,更难受……"她的身体呈现出一种松动的感觉,就像牙齿要掉落时的那种软而酸的感觉,不过,她的肌肤没有弹性,一触一陷落,这一点来看,左忆青妈妈醒来的可能性极小。我以前也埋怨过左忆青妈妈,我对她求全责备,好像一个作为母亲的人就应该满足所有的人的要求,可是,此刻这个任人摆布的弱女子激起我无限的同情、怜悯和惭愧。

我仰面长叹,对天发誓:"我们都是左忆青妈妈的孝子贤孙!"

当我走出病房时,陆医生在门外对我说:"孩子,你天性纯良,是个可造之才。以前,我说让你摆脱市井气质,看来我对你的印象还是有以偏概全的一面。你不要见怪啊!你放心吧,我会照顾好你左忆青妈妈的。"

我什么也没说,含泪向陆医生鞠了一个躬。

左忆青妈妈和荣子青妈妈一样,在个人生活上,各人有各自的不幸,可是,她们是生活的强者,是战士,是英雄。

对自己的生命失去控制力的左忆青妈妈,依旧是强者,是战士,是英雄。

想到这儿,我又哭着跑回左忆青妈妈的病床。我把头伏在左忆青妈妈的脚边,心里总有一个怪念头挥之不去——这或许是我最后一次与左忆青妈妈在一起了。

二十七

走向《民国晚报》编辑部的大门时，万阿姨对我说："记住，你的名字又变了，叫易为春。忘记你所有的过去，一心一意地做记者，同时，留心报社中那些人的动向。"

是的，前一天晚上，我已经将那些人的姓名简介和照片温习了许多遍，几乎烂熟于心了。

其中有一个人，特别引起我的注意。那是一个与我年龄相仿的女子。我无法形容她的容貌，不过，她笑容里的自矜，有点像叶凤萧，而眉眼流露出来的风情，又比叶凤萧妖娆。叶凤萧毕竟只是叶家大院里的野草闲花，而这位则不一样，看那气质想必是不同凡响的女子。果然，万阿姨说："此女名黎婕好，是黎锡恩先生之弟黎剑雄的养女，你的新同事，你们年龄相仿，接近的机会比较多，有些事会好办些。"

万阿姨还影影绰绰地说，第八份城防图也已送到西柏坡了，至于其间的参与人员、工作细节等一直是机密，我始终不知道真正的内情，我想，或许万阿姨她们也不甚了了。不管怎样，其中的一份城防图复制品，差一点被敌人抢走，保全它，相当于把一块巨大石头从大家心头搬开。看来，左忆青妈妈跳楼前那句"似水流年似水流年"的暗示，对于完成这项任务还是起到了重要作用，因为万阿姨说，虽然左忆青妈妈还未苏醒，却得到了上级领导的嘉奖。

万阿姨还说，由于民主人士失踪，许多从香港到解放区的民主人士，不敢再转道天津了。最可怕的是，有一位民主人士在离港抵津之后遭到国民党特务的暗杀，经过某些不良记者的造谣，影响很坏。万阿姨揪着衣襟,沉吟着:"到底谁是奸细呢?"说着,用她那锥子似的目光看了我一眼。万阿姨这么一看,我莫明其妙地红了脸。我暗骂自己,我又不是奸细,为什么要变颜变色的呢?我想起张奶奶说过,不要看母鸡下蛋,看了会眼红。以后,别人丢东西,就会怀疑你是小偷。或许我是在大杂院长大的,永远摆脱不掉那种小家子气,人家略有怀疑我就想洗清自己。

万阿姨拍拍我的肩膀:"林子衿,好好干,虽说有点小马拉大车的意味,可是你有潜力啊。"

人是复杂的,也是简单的;人的力量是有限的,挖掘起来也会给人无穷无尽之感。听万阿姨这么一说,我给自己胡思乱想的大脑打了一剂镇静剂,告诉自己:完成任务才是最重要的。

我的新名字是——易为春。

近水楼台先得月,向阳花木易为春。1948 年的冬天,我侧着耳朵谛听着,谛听春天的脚步……

二十八

那天的梦,好奇怪,那个年轻的女子是谁?

似乎是叶凤萧,然而,看起来又比叶凤萧小,一会儿变成幼女,一会儿变成风情万种的交际花,一会儿又变成一只火凤凰。

"像我这样的闲棋冷子,终于要派上大用场了。"这妖女的声音好有媚惑力啊。天啊!这个妖女居然躺在向春来的怀里,哼哼唧唧的,哄得向春来眉飞色舞。这还是那个与叶紫苏一起从事地下工作的向春来吗?我就斥责向春来,同时,向这个妖女吐唾沫。向春来含着笑将我推出门外,他给我一个信封,让我离开时再打开,然后,就关上门,从门里传出他们放浪不羁的笑声。

我的心一阵紧缩,好不容易才从梦境中挣扎出来。

我呆呆地坐了半天,想,这梦来得好奇怪啊。

许多年以后,我总在回忆我与黎婕好交恶的经过,或许是奉命而为的结果,或许是道不同不相为谋,或许是为了抢夺向春来这个人……人是简单的,人也是复杂的。每次见到黎婕好,我都暗暗嘱咐自己——一定要跟自己的私心杂念做斗争。

女人的美分别反映在男人和女人的视野中,其效果还是有所不同的,在那一刻,我只有一个愿望——希望黎婕好从这个世界上彻底消失。她的发式是孤傲而欧化的,眼睛是一泓湖水,那睫毛下的陷阱,足以令男人失魂落魄;鼻梁很直,似乎有欧洲血统;身材的娇小玲珑,又显示出江南才女的特质,特别是那一双纤足,令向春来目不转睛。从侧面看黎婕好,她脸上的曲线十分曼妙。站远了看,整个人又是那样精巧、美艳,真是尤物中之尤物,美人中之美人。向春来那赞赏的目光一直在黎婕好身上流动着,确实伤害到我了。向春来看黎婕好的眼神表明,在他心目中,所有女人都成了黎婕好的陪衬,而我的刻意打扮使我显得更加可笑。

黎婕好常常用纤巧的手指整理并不凌乱的头发,她梳头的动作很像舞台艺术,颇具颠倒众生的力量。她那纤细的手指正如兰花,在撩拨着男人心弦的同时,令我这样粗粗笨笨的女人自惭形秽。

当年,在叶家大院,我那样痴迷地爱恋向春来,后来,发生了许多误会,我对他的迷恋之情忽然降温。一直到我们同车前往平山县李家庄,心里都没有泛起任何涟漪。我以为那就是感情尘埃落定的时候了。何况叶紫苏不见了,我无法在叶紫苏缺席的空白地带建立重建爱情的迷狂。我甚至有一种如释重负的感觉。毕竟我什么也不懂,丢失了也就丢失了,什么都没有,空空如也,或许正中下怀。我是一个独来独往的女人，无牵无挂，不与任何异性发生鸡零狗碎的瓜葛。言为复对我的关心帮助，在我看来，也不足以在我的内心世界激起什么涟漪。然而我没想到，黎婕好这样一个女性的出现，会导致我内心世界的火山爆发——我对向春来的爱恋之情又重新燃烧起来。我在暗夜中斥责自己，这是什么时候，临危受命，重任在肩，我们的工作一再遇到暗礁，我居然不合时宜地儿女情长起来。

我甚至给自己制造了一些遁词：我是在挽救向春来。黎婕好这个女人一定会害了向春来的。不，或许是我的偏见，难道向春来就没有抵制外来邪恶力量的自制力？

我与黎婕好还有两三位记者在同一间办公室里工作。书桌之间相距不是很远。每次向春来到这里来，跟黎婕好聊天时，都像是一种专门播放给我一个人观看的小电影。

黎婕好的声音细而脆，引导力量很强，他则附和得恰到好处。

令我惊讶的是，我与向春来认识许久了，从未听他诉说家事，这次，我却听到他讲起自幼被他的姑姑收养的经历。

"姑姑的夙愿是成为大学问家。不过，姑姑没上过几年学。我们家还是崇信'女子无才便是德'这句话的。我的父亲忙得昏天黑地，母亲就陪着他到处走，我在家跟姑姑一起读书，每次遇到客人来访，姑姑都把我推到前面，对人家说：'他是我侄子，他会写诗。'有一次家中亲戚举办婚礼，我们都去参加，姑姑让我给大家读自己的诗，我说：'这是婚礼，人家不愿听我读诗。'姑姑听了，不以为然，说：'你是写诗的人，多金贵呀。'姑姑放下身段，到处向人吹捧我，我心里真是五味杂陈。姑姑没有什么文学功底，可是，看到我写的诗，姑姑的心情，以'如获至宝'来形容也不算过分。听表哥说，姑姑常常一个人坐在角落里读我的诗，一坐就是几个小时，有时候,表哥悄悄走过去,就会看到姑姑一个独自在垂泪。有一次,我跟姑姑闲谈,谈到耕读传世的问题,姑姑说:'你的祖父是名医,最爱读书。不做良相,就做良医。'"

此后我就看到黎婕好那种故作惊讶的样子:"书香门第,名医世家,太让我崇拜了!"

我想,在这样的一种软风频频吹拂的"美人计"面前,任何男人都会被降服的。看到向春来脸上那种光彩四射的神情,我想,以前,他跟叶紫苏在一起的时候,也没有过这样激动的样子。

我的自制力在哪里?当我感觉我的自制力产生了某种动摇时,我就要寻找一个支撑点,或者我也可以臆想或创造一个精神导师或灵魂伴侣,否则,我的情绪就有可能失控。

我找来找去,也找不到可以替代向春来的偶像。这真是一种悲剧,不,或者说是喜剧。多么可笑啊!我们认识这么久,都没能建立起亲密关系。在人家又获得了知心爱人的这一刻,我竟然激活了自己的所谓的爱情。

我对向春来,究竟是一种什么样的幻想呢?

我不了解男人,我也不了解我自己。男人的思维方式与女人不同,男人是神秘的生命个体,以我的脑力永远无法勘破隐藏在他们心中的想法。

我注意到,黎婕好总是变换她的发式。这一天,她将辫子打成松松散散的样子,在辫子上插了一串妃色小花,好像是绢制的,显得很俏皮。看来,她是为向春来而特意打扮的,就连唇膏都比平时诱人。

她和向春来一起离开报社的时候,大家都起哄,有的说:"人家郎情妾意,你们跟着吵什么?"

有的故意发嗲:"我也想跟着?"

"人家去哪儿你们也不知,巫山神女,梦游高唐……"

黎婕好笑着拧了一下腰身,很俏皮,也很大方,嗓清喉嫩地说:"我们找个桃花源,不知所终。"她瞟我一眼,那得意非凡的样子,充满战胜者的自豪。

这是我第一次体验到女子之间不见硝烟的竞争,我算是开了眼界了。以前,我的脸太过平平,年纪也小,从来没有同性将我视为对手,这一次,我的存在,好像影响到了黎婕好,因此,她将自己与向春来的腻友关系表现得格外夸张。我并不是向春来的什么人,这一点是肯定的。从小我就认识向春来,他与叶紫苏要好,而我是叶紫苏的邻居兼朋友。

我与向春来,始终是两条平行线。令我感觉奇怪的是,黎婕好的一举一动,却令我心中刺痛。被嫉妒激活的爱情,是真正的爱情吗?再说,现在也不是谈情说爱的时候。不,这不是爱情,是欲望,占有的欲望,攀比的欲望,甚至是杀戮的欲望。这样一想,好可怕啊。欲望未必就是乏善可陈的坏东西,欲望是一种动力,缺少了这个动力,人的活力就会降低。我得承认,自从看到黎婕好缠绕着向春来的一幕幕话剧,我深藏于内心的某种欲望也如同老虎出笼一般,难以约束了。

黎婕好经过我身边的时候,一阵浓烈的香水味道袭击了我。她经常说,香水的味道分为几个阶段,起初是玉兰香,然后是茉莉香……向春来看着黎婕好的眼神,像香水味道一样复杂。黎婕好给我带来的是一种情爱启蒙,这时,我才意识到,当年,向春来与叶紫苏只是战友,而此刻的他,与黎婕好则是你侬我侬的情侣。

情侣之间有许多物质欲望和肉体欲望,或许也会有精神追求?

我想:人是多么容易被影响甚至被腐化呀!就连向春来也成

为一个好色之徒,看来,人是多么善变啊。

色授魂与,颠倒衣裳。

望着黎婕好的背影,我又想到古人的一句话:女子不可以色示人。这是言为复讲给我听的。色,就是容貌吗?除了容貌,还有风度、气质、着装、仪态等,这些都是女人的资本。虽然我的脸已经是一张新脸了,可是,我却并不具备与这张新脸相匹配的优势。以前,我没有太多的心思来关注我自己的"色",可是,遇到黎婕好之后,我对自己的形象有了一个新的评价。我觉得我不如她,而这一点,对于我完成任务也是有所影响的。

负责我们这个副刊版面和娱乐版面的高先生对黎婕好就十分偏爱,总是将一些重要采访任务交给黎婕好,而让我做一些打下手的工作。这样一来,我就很难完成万阿姨交给我的任务。

有一天,万阿姨问我:"黎府要举办一次宴会,你要争取到采访的机会。"我想说我做不到,可是,万阿姨那严厉的表情,让我咽回了这句认输的话。

抢,这个字第一次出现在我脑海里。以前,我总是随遇而安,甚至逆来顺受,这一次,我想到了这个"抢"字。

看起来笨笨的我,到了紧急关头,也能要一些小聪明。这天,我将黎先生赠给我的玉蝴蝶带到报社,给同伴们看,并且告诉他们,这就是黎府的传家宝。黎婕好的眼睛里几乎喷出火来。她告诉大家她也有一只,因为她是黎府二老爷黎剑雄的义女。

大家都是同事,听了我们的吹嘘和炫耀,只好虚头巴脑地恭维一通。高先生向来瞧不起我,现在看到我的玉蝴蝶,将我当作有着神秘背景的人,马上换了一副嘴脸,把我叫到他的个人办公室,问我:"你怎么跟黎先生相识的呢?"我事先编好了故事,就说:"有一次,我捡到一个梳妆匣,其中有几件宝贝,我都不认识。看到报上的寻物启事,我就给黎先生送去了。他就把这个玉蝴蝶送给我,算是谢仪。"

"看不出,你小小的年纪,还有这样的大靠山,怪不得别人介绍你来我们报社呢。你跟黎二先生熟不熟呢?"

我说:"黎先生曾跟我提起过一些往事。"

从此,高先生对我真是刮目相看,甚至派我去采访黎府的宴会。这些事,很快就传到黎婕好的耳朵里了,她看我的时候,眉毛都挑到鬓角里去了,一双大眼睛瞪得像两个铜铃铛,拿东拿西也摔摔打打的,嘴里说:"有些女人,就是贱,想在本小姐面前出风头,找死!"

二十九

无论男女,本分做人,认真做事,足矣!出风头,是一件多么愚蠢的事啊!我记得林嘉树爸爸曾经这样教导过我,可是,为了更好地完成任务,我必须改变过去那种木讷、内敛的样子,做一个新人——一个在拥有新脸的同时拥有新个性的新人。许多年之后回想这一切,我自己都感慨不已——太难了,一切都太难了!

到了黎府召开宴会的那天,我很早就到了。以前我在这里充当过图书馆管理员,可是换脸之后,没人认识我。因此,看门人让我在门外等着。

黎婕好站在台阶上。她是黎剑雄的义女,这次黎剑雄在黎府召开宴会,她也算半个东道主了。黎婕好的打扮,真是张扬到极点。简单点说吧,"花枝招展、浓妆艳抹"八个字真的无法涵盖她的装束打扮,她像极了火凤凰,周身上下裹在一件洋纱裙里,本来就高挑的身材,配上精致的高跟鞋,简直就是人中之凤,风头十足。

应该说,黎婕好的光环,让在场的所有女人都黯然失色了。

优越感,是她驾驭女人的利器,同时,也是她猎获男人的诱饵。

她向里面跑的时候,像一片红云。我发现向春来的视线一直随着她的动作而变化。

当她再次出现时,换上了一件西式裙,而那个貂皮围脖更显得别致。她与向春来在一起跳舞,他用赞赏的目光望着她,并且体贴地问她,是否喝点什么。

她看到我,我只好走上前跟他们打招呼。她看也不看我,冷得像冬天树枝上的霜,与刚才的风情万种形成鲜明对比。

"咬牙也要争气啊,虽然牙不齐,还掉了几粒牙,可是,咬牙龈、咬嘴唇或者咬手指甲。"

"会相面是最拿手的,你看预示她将来必定发达的是鼻子,鼻孔朝天,豪气冲天。"

品头论足是她的拿手好戏,这样就可以将我击败。

"我只相信我自己。"我听到黎婕好的声音,顺着这声音看去,向春来低声下气在哄她劝她。"我只相信我自己"是黎婕好的信念,她是一个高度自恋的人,而这种自恋是她自我保护的利器。我想,她从小在黎剑雄家长大,那种寄人篱下的生活,培养了她以自我为中心的个性,因此,她要压下所有女子的风头,她认为这是她能够存活下去的先提条件。

当着向春来的面,她要把我打下去。

我想到我在《诗云》报社看过的一则资料:

　　寒山问拾得曰:世间谤我、欺我、辱我、笑我、轻我、贱我、恶我、骗我,如何处治乎? 拾得云:只是忍他、让他、由他、避他、耐他、敬他、不要理他，再待几年你且看他。

　　唾面自干的我，或许会被向春来所轻视。在我与黎婕好之间，向春来一向就是以和稀泥的方式来调解，此时，他趁黎婕好去跟别人寒暄，小声对我说："这有什么，她说的也是事实吧，不过就是大小姐脾气罢了。"

　　黎婕好和向春来走了，我走到阳台去看花，却意外地发现了叶凤萧。本来我有点惊讶，可是，从她漠然的眼神看来，她根本没认出我来。我的脸变了，而且她这么浅薄的人，她不具备洞察一切事物的能力。从叶凤萧的表情和动作看，她身边的老者一定很有身份地位，凭我对叶凤萧的了解，她在富贵人面前是极力奉承的，即使卑躬屈膝也不在乎，反之，在穷苦人面前，则傲气十足。她所巴结的这位老者并不怎么买她的账，一直准备中止她的媚语。"贺老，您这么韬光养晦，真是高人一等啊。"她说话时的神情还是张扬的，不过，是拍马屁式的张扬。她想要做什么呢？正在这时，有一位中年人出来，扶着老者走了，叶凤萧一直哈着腰目送人家离开，直到人家的身影不见了，她才直起腰，脸上变出一副趾高气扬的神情。

　　更令我惊讶的是，门遇春也出现了。她倒比以前更漂亮了，看上去珠圆玉润的，不过，她站在叶凤萧跟前，就像矮了半截似的。

　　"我这些日子，嘻，罗锅上山——钱紧。"门遇春的表情像是乞讨。叶凤萧则表现得更高傲了，话也说得难听："不是给你找了一个冤大头了吗？"

　　"别提那个鬓鸟了，说大话使小钱。"

　　门遇春粗门大嗓的，很不体面，有几位贵妇瞟了她一眼，表现出不屑一顾的样子。叶凤萧急忙拦着门遇春，说："晚上，我再跟你谈。"眼观六路的她，又发现了下一个目标，急忙堆上笑容，款款地向人家走过去。门遇春看她走远了，"呸"了一声，小声说："嘛玩意儿，不就是一个交际花姨太太吗？有了孩子都不敢生，还悄悄打胎，哼，嘛事瞒得了我。"她这么唠叨着，也走了。我很想问问她奶奶怎么样了，可是，我怕被她黏上，她这种女人常被天津人称为"热铁"，一黏上就难以摆脱了。这时，有一个镶着大金牙的黑胖子走过来，半恼半笑地说："你站在这儿干吗？又勾搭人儿呢？"两个人笑骂起来。然后就说起家里的事，门遇春也拉开了话匣子："别提了，我嫁给林松渚算是倒了血霉了。那家伙死了，家里还有个奶奶，林松渚的奶奶也死了，孩子被林松渚妈妈带走了。这都是叶凤萧帮我料理的。我怎么这么命苦？遇人不淑啊。林松渚还有个妹妹，不明不白地来了，又走了，叫林子衿，我要找到她，让她养着我。她的哥哥和奶奶都是我给送的终，再说了，那个丫头不是什么好人……"她与那个金牙男人交头接耳起来，不知说些什么。

我在旁边听着这些无耻的话，气得要命。这个女人，她还不知道，她的亲生儿子已经被叶凤萧害死了，她这个愚蠢的女人，却还妄想依附于叶凤萧以谋求荣华富贵。幸亏她没认出我来，否则，我会被她害死的。

天下之大，无奇不有。天地间居然有门遇春这样的妈妈，对儿子的死活毫不关心，一心只想着从别人那里捞取好处。或许，她认为她的儿子只不过是一时性欲勃发的产物罢了，至于儿子的生死荣辱，她全不在意。

当黎婕好和向春来再次出现的时候，又换了行头，这次是草裙妆，一身用草编的衣裙，短得能够看见大腿的汗毛，脚丫子也是光着的，脚指甲上涂着血红的指甲油。

她起舞了。一边舞，一边瞟着向春来。不断有热烈的气息从她肌体中散发出来，于是，我们看到了在那个年代最性感的一幕——她以一个卧鱼的动作伏在向春来腿边。

有人鼓掌。

黎婕好却不急于起身,而是用炫耀的目光看着我——她的好胜心实在是太强了。

这时,我却发现,向春来不见了。

三十

火光出现的时候,我还以为是幻觉呢。

"业障"叶玉璋和几个西装男子冲进来,拔枪,开枪,现场大乱。"业障"叶玉璋簇拥着叶凤萧极力奉承的那位贺老先生,往客厅外奔跑。火光和浓烟,遮住了彼此的面容。狗的狂吠声,闹得人心慌。"业障"叶玉璋没有认出我,却用胳膊肘击打着我:"找死啊!"混乱中,我绊倒了,将他也绊倒。他的枪正对准我,向春来冲上来。二人滚到一起。叶玉璋揪着向春来的衣襟大吼:"把你这个共党押到警备司令部去!"又有几位向春来的伙伴,跟叶玉璋的人厮打起来。

黎婕好扶着贺老先生向客厅后门跑去。我注意到,她离开的时候,用口红在客厅落地窗玻璃上画了一个大大的问号。这个动作最能体现她张扬的性格,即使是面临危险的逃离时刻,也要将自己的情绪一泻千里地表达出来。

三十一

我,夹杂在人群中,被这场猝不及防的暴乱弄得晕头转向。因此,当我被两个大汉架起来,送上一辆汽车时,我是无法判断对方是善意还是歹意。我眼睛一闭,表示出一种听天由命的样子。

听了一会儿,听到一些关键词汇如"押送""共党"等,我就知道这一去凶多吉少了。

我又一次想到死亡。眼前一黑,万事成空,其实人生最终总会到那个境界的。而现在,我想的是向春来的安危,另外,也不知那位老者怎样了。

这里的建筑看起来十分坚固,墙壁上污渍和血渍,令人心悸。经过一个小操场时,我看到院外的高楼,心想,我将要与世隔绝了。我将这里比作时空隧道里的一个洞穴,或许我就将在这里结束生命。假如生命将要结束,我最想见的,就是向春来。我看到前方有几间低矮破旧的小屋,很远就闻到臭气,知道是厕所,我说我想小便,特务说不行。往前走,来到一间潮湿而阴冷的囚室前,铁门上有一个长方形小洞,可以看到室内外的半张人脸。门里门外弥漫着昏黄的灯光,这灯,瓦数很小,却日夜照着。

"你叫什么?"

"易为春。"

"你在火灾现场做什么?"

"我是报社记者,我来采访。"

我的头很晕,为了避免失言,我一直反复说着同样的话。审讯我的人,长着一副魔鬼的样子,嘴里一直骂骂咧咧的,显得很不耐烦。他手下几个喽啰,神头鬼脸的,很可怕。审讯我的人一皱眉,这几个喽啰就打我。他们倒没有用刑具,只是用手打我,把我的脸扇得火辣辣地疼。

痛感袭来,犹如雷滚九天,一阵宁静一阵喧嚣。被痛感控制着的我,几乎都感觉不到自己的存在了,肉身与大脑一齐缴械,但是,疼痛之神并不饶恕,一阵一阵波浪式的疼痛抽打着散了架的肉身。天啊,我的肉体说,我想服服帖帖地听上天的话,我再也没有什么主张,只求疼痛能够戛然而止!什么药都可以投入嘴中,只要疼痛能够停止,肉体是不怕忍受苦涩味道的。我的灵魂说,如果有一天,死神来了,疼痛戛然而止,岂不是好事一桩?死亡的好处还是很大的啊。疼痛是扎了根的,"顽强拼搏"四个字是贵为人类的我们对疼痛之神的回敬。

又是一阵辱骂和耳光。

羞辱,暗无天日的羞辱,我感觉人格已经丧失。我担心被他们侮辱,就假装要昏厥的样子。

我在心中祈求着,愿上天保佑我,我希望早一点死掉,以保证我的清白。原来,死亡是这么一回事,唉。在这生死关头,我必须以某个人为精神导师或精神偶像,才能挺过去。

我暗暗地想:我想领你去看,看我孤独时坐过的石凳;我想走到你的身边,陪你一起感叹落日的余晖。

居然在牢中过了一夜。噩梦,被人追杀,是身边两个漂亮女子惹的祸,一起跑。进了一个洞穴,爬梯子,从高窗子爬到外面,顺着梯子下去。她们手牵手离开了,我却困在窗上,下不去了。魔鬼追上来,我则被车裂而死。惊醒后,才知道自己是裹着一身冷汗从噩梦中挣脱出来的。浑身无力,晕头转向,却从噩梦中还挣脱了。

醒之前,我一腿蹬空。

有人说在睡眠中蹬一下腿就是死一次,能够醒来就说明死神暂时将此人释放,这样的说法让我惊悚不安,照此说法,我已经死过了。

我的后背是一个重灾区,酸痛不止,必须努力按压才可缓解,最后经过自己拳头的击打,才舒缓如小夜曲,不再疼痛。后背的痛感消失之后,我想梳梳头。是的,我开始关心自己的外貌,平时不关心,那是因为环境所限,现在死到临头,不能视而不见了。我任凭大脑做最后的旋转,是啊,肌体濒临灭亡了,大脑还得运转。我希望能够体面地迎接生命最后的一刻。

这时,一阵脚步声越来越近。

是叶凤萧。她挑起眉毛,居高临下看着我。我担心她认出我来,不敢抬头。我想,幸亏我这阵子跟黎婕好较劲,有意识地改变体形和嗓音,这样就不容易被叶凤萧发现。

她问:"扶着贺老先生离开的是你的同事?她住在哪里?"我摇头。

"哪位贺老先生? 我还真不知道。"

叶凤萧正要说什么,一个中年男人走进来。此人一脸油光,目光狐疑,他揪着我的头发,揪得很高,又放下,用沙哑的嗓子说:"以后有什么事,打这个电话,告诉我们。"

我就这样被放出去,不可能吧?

叶凤萧急了:"不能放她走,她在现场的表现十分可疑。"中年男人做了一手势,制止叶凤萧。

我被人押到外面。

走到台阶跟前,我感觉腿有点沉,可是,还是大步跨上去了。到了一楼,光线骤然强烈,我的眼睛有点酸涩。

初金凤阿姨,像一位女王那样站着,等着我。

我心想,初金凤阿姨真是十八般武艺样样精通,人脉太广了,这么快,就把我从死神手里夺过来了。

从我站的位置走向初金凤,有百十步,可是,我走的时候,那感觉就像从一个星球走到另一个星球,我甚至想跑,跑到初金凤阿姨怀里,抱住她,把我的恐惧、担忧和疑问一股脑倾诉给她。

她向特务们点点头。她那戴着白手套的手,捏着一个信封。她把这个信封交给那个满脸是油的家伙,就扶着我的肩膀,走了。

初金凤阿姨带我上了汽车，她用白皙的手抚弄我的衣服，柔柔地说："受罪了，孩子，回到家咱就把这衣服都扔掉。"

来到初金凤阿姨的家，我被那种排场和气势惊动了。她说："现在我是国民党市政府请来的，身份是香港某公司高层。这是英式小洋楼，你看，坐南朝北，清水墙，筒瓦顶。房屋为砖木结构。这屋里全是菲律宾木地板，天花板为圆形灰线和方框灰线，多漂亮。"

进了屋，女仆迎上来，诧异地看着我。初金凤阿姨说："吴妈，这是我的远房亲戚，刚从乡下来。"她对我说："噢，为春，你先洗澡去吧。"

温暖的水从莲蓬里冲出来，激到我身上，我呻吟了一下，好痛快。刚从死神阴影中挣脱出来，在这样洁净而高雅的浴室中，我有一点恍如隔世的感觉。人是地行仙，刚刚我还身陷囹圄，此刻，就仿佛在天堂上了。

晚上，初金凤阿姨让女仆给我煮了人参鸡汤。她说我的脸色不好看。

吃完饭，她就让我睡觉。我想知道我们是在从事什么工作，就问她。她笑了，轻抚我的脸颊说："子衿不是小孩子了，长大了。"她说，她一直在香港某公司，实际上负责民主人士的安全工作。现在已经有好几批民主人士到了解放区，不过，今后任务依然艰巨。

"那个贺老先生是什么人？叶凤萧一直想巴结人家，人家不理她。"

"明天，我带你去拜访贺老先生，其实他就在咱们这附近。我们要保护贺老先生，争取把他带到解放区去。今天国民党特务放火制造混乱，就是打算劫持贺老先生。"

初金凤阿姨让我休息，我不累，跟她聊起来。她问起我在报社的工作，又问我在黎府的见闻，忽然说："黎婕好是贺老先生的外

144

孙女,不过,他们断绝关系了。"

我的脑袋里装满了疑问,就问个不停,初金凤阿姨说:"对待黎婕好,要团结,不要意气用事。她这个人,将来或许会派上大用场。"

凌晨时分,我是被月光照醒的。高升上去的月亮,跟我捉迷藏,我看不见它了,只能沐浴着它的光芒。这光芒很阴柔,也很抒情,女人与月,天然的谐调,像一首音韵优美的诗。

在窗棂上,我看到了梦的影子。刚才的梦境,是不祥的,有人去世了。这个人,或许是左忆青妈妈,或许是别人。从房间的天窗上,我看到哀伤的旗子,然后是杂沓的脚步声,有人在低声哭泣,或许这哭声就来自我的胸腔也未可知。丧事的热闹,对于我们这个民族来说,是人们司空见惯的,因此,当众人张罗着孝衣和棺木以及相应的场面时,还有相当多的看客在远远地观望。我却看到一朵莲花在半空中浮动。就这样,我醒了。

黎婕好将来要派上大用场。这句话,像一枚钉子,刺得我心痛。嚼碎钉子,咽下去,成为一个钢铁女侠?怪哉。我的血是热的,我的表情却是冷的,甚至是一个反应迟钝的姿态。以前我与向春来有许多单独相处的机会,都被我白白放过了。言为复跟我讲过,《红楼梦》中的晴雯说:"早知枉担了虚名,就早打正主意了。"想到这句,我好悔!

黎婕好这个火凤凰,是个危险的家伙。我被这想法吓了一跳,或许是我想歪了,或许我的直觉是准确的。

女人看女人,往往看得很准。

三十二

经过这次劫难,我觉得自己更像战士了,至少,我被捕过,虽未受刑,却也历练过那种阴森恐怖的氛围。不过,对向春来的惦念,还是让我抑郁寡欢。黎婕好一直没来报社,向春来也无影无踪。

初金凤阿姨说:"只有做到泰山崩于前而不变色,才能做好咱们这个工作。"我想,好吧,我就先安心工作吧。

报社里的同事们知道我被特务抓过,都称我为"女英雄",有几位还说我有背景,否则,怎么能很快就被放回来了。这样一来,大家对我反而比以前客气了。人,都想给自己留条后路。这也是我对人情世故的深刻领悟。

人是简单的,也是复杂的。是啊,确实如此。这些同事是简单而复杂的,黎婕好也是,还有那个叶凤萧,更是阴魂不散。叶凤萧知道我在这家报社工作,就会来找我。我知道她的身份,却又无可奈何,只能与她周旋。

我发现,报社里的摄影师牟家英跟叶凤萧有来往。牟家英是一个落魄的摄影师,听说他曾经因高价出售某位权贵的照片而惹祸上身,从此就一蹶不振。牟家英能在这家报社混事由,也是通过什么关系才来的。有一天我无意中发现,牟家英竟然坐着叶凤萧的汽车来到报社。那天,我写字写累了,在窗口站一站,看到街上广告牌换了明星的照片,正看着,我发现一辆汽车驶来,停下,下车的是摄影师牟家英,而车上的人,正是叶凤萧。他们在一起干什么。从此,我对牟家英就起了疑心。

我把这件事告诉了初金凤阿姨。

过了几天,初金凤阿姨告诉我她找到牟家英了,并且说,她要约牟家英在咖啡厅见面。

我也想打开心里的谜团,而初金凤阿姨说,报社中有一些经常造出假新闻,比如民主人士失踪事件,就有记者说,这是中共所为。也就是说,报社中的人,不一定都是真正的记者、编辑或摄影师,有些人,打着报社员工的旗号而从事特务活动。

我等着初金凤阿姨给我答案。

初金凤阿姨回家时,脸上表情有点复杂。

初金凤阿姨从包里拿出一些照片。其中一张,太像荣子青妈妈了。初金凤阿姨说:"这个人叫荣子秀,当年,牟家英照这些照片,是为了写一部《母爱书》,因此,他专挑孕产妇来拍照。在三岔口医院,他把许多产妇和婴儿的指纹和脚印都拍下来,还记下她们的名字,也记下她们小孩子的编号。这是荣子秀丈夫的照片。"

荣子秀丈夫写的信字迹潦草,内容也简单:荣子青,你扔下儿子跑了,我没钱了,速回。

"踏破铁鞋无觅处,得来全不费工夫。想不到,那个被叶凤萧收买的摄影师,就在我们身边。"

初金凤阿姨盯着我的眼睛,说:"如果你……还想找到你的亲生妈妈,你的指纹,可以去验一下,她的照片可以证明一些问题。"

我,哆嗦了一下。如果证实了我是荣子秀的孩子,会怎样? 不管怎样,总比做"大花蚊子"文秀玉的女儿强。不过,荣子秀这样的女人,也令我有退避三舍之感。

"儿不嫌母丑。"我仿佛是在跟自己谈判。

初金凤阿姨神通广大,很快就将指纹比对一事联系妥了。我又退缩了。人在天地之间,总是有所出处的,而这个出处,身不由己,难以言说。有多少人对自己的出身是无条件接受的? 或许,公主是认可自己出身的,王子也是这样的。可我只是一个普通的女孩子,我希望父母是怎样的而事实又是怎样的,这二者之间会有很大的出入吗?

三十三

十七岁是一个危险的年纪。我渴望母爱，却在追寻母爱的道路上连连遇挫，因此，随着年龄的增长，一个人对母亲的挚爱之情，会像种子顶破土壤一样，无限制地生长起来。

我想叶紫苏了，她说红色萱草花代表母爱。我想为叶紫苏寻找一束红色的萱草花。叶紫苏是一个有主见有决断的人，虽然比我大不了几岁，却是我的精神导师。然而，她不在了。只有我们这样的同龄女子，才能具有相互倾诉的可能。

有时，我呆呆地看着自己的手。手，相对于我这架血肉之躯来说，是最活络也是最辛苦的。它的活动，保障了我的生存和发展，同时，它也带有某种特有的印记，这种印记能够证明我是我本人。比如指纹。我从未想过这种永远的证明就刻在我的手上。这指纹证明了一件事，我是荣子秀的亲生女儿。这么多年以来的谜底终于被这个名叫牟家英的摄影师揭开了。

牟家英带来一封信，初金凤阿姨转交给我。

闺女，妈妈不敢认你，怕受连累，可是，我很穷，我要钱。你爸爸病得快死了。你爸爸的儿子疯了。我把他锁（她不会写"锁"字，就画了一把大锁）起来了。

牟家英私下找我要钱。我说我没钱。他冷笑着说："我也曾经是一个有爱心有梦想的人，你知道吗？人生就是三尾巴枪打兔子，没准！我也得喂脑袋啊。当年，我也是有梦想的，为什么拍摄这些照片？因为我想写一本《母爱书》，后来，我的日子不好过，就觉得当年的梦想太可笑了。人穷志短，马瘦毛长。你的亲生爸爸，被人打折了腿，为什么，偷啊。饥寒生盗心。"

我的亲生父亲是小偷，亲生妈妈就是这样一个唯利是图的女子。还有一个疯疯癫癫的哥哥。

气馁。

牟家英一直以这个秘密为借口来敲诈我,他说:"你是荣子秀的闺女,你叫厉小壹。当时你的父母不知给你起什么名字,荣子秀跟厉什么来着,就是你那个亲生爸爸,荣子秀说,你跟我姐姐生过孩子,那不算数,跟我生的这个才是第一个孩子,所以叫占一。我觉得这名字不雅,就给改成'小壹'。我受多大累啊,受累不讨好!保媒拉纤的还能得个谢媒钱呢,你这倒好,我给你们母女忙活一场,你就这么抠门儿,唾沫粘家雀。"

我说我没钱。

我周围人际关系,如同波涛万顷,总是令我心悸,因此,我总觉得自己的情感世界正在陷落。

初金凤阿姨说:"我们的活动经费也很紧张,不过,总能想想办法。再说这个荣子秀,确实很可怜。"

三十四

当年都统衙门拆了天津卫的城墙,建了这四条马路,把老城圈在一个隐秘而古老的圈子里。当初外祖父家也在这个古老的圈子里。后来,外祖父牺牲了,外祖母和女儿们就搬到东马路之外。又过来了一段时间,再次搬家,搬到西马路之外。东门贵,西门贱,北门富,南门穷。最后,外祖母带着孩子们搬到西门外的掩骨会。

我来到掩骨会五十三号院的时候,打听厉家住在哪儿,有人一指,那边。

那道门,挂着一个旧式的红窗帘。门额上挂着绣了喜鹊登枝之类图案的那种红色花布,走过的时候,那帘子剐蹭我的头发。细看,那帘子的布丝挂断了一些,垂下来,乱糟糟的。我用手去扶那些乱布条子,一眼瞥见挂在门框上的蒜辫子,老旧木门,停滞在了岁月的某一个节点上。乍一见到荣子秀妈妈,我就有一种奇怪的感觉,她身体不好而且活不长久。荣子秀妈妈脸上铁锈般的颜色,眼白,则浓黄而有黑斑。

初见的时候,料到一个人的死,这是多么残酷的事,更何况她是我的亲生母亲。想当年,胡同里的漂亮姑娘都想嫁到胡同外面去,正如大山的苦孩子总想逃出大山是一个道理,本也无可厚非;胡同里的男子就想从军打仗,挣一份功名,希望有一对硬翅膀以便远走高飞,"一览众山小",本也无可厚非;胡同里的贫嘴们就想伶牙俐齿八面玲珑,把杂七杂八的事都糊圆了,把苦日子熬成好日子,本也无可厚非;胡同里的大妈们就想把孩子们一个个拉扯大,七子八婿,老来得继,本也无可厚非;胡同里的鸡吵鹅斗、鸡毛蒜皮,既有可能升级为你死我活的杀父之仇、夺妻之恨,也有可能化解为不痛不痒的小恩小怨;胡同里的小流氓既有"兔子不吃窝边草"的市井英雄,也有六亲不认、心狠手辣的江洋大盗……

然而,胡同大杂院却出了一个荣子青,年纪轻轻就成为抗战女英雄,而孪生姐妹荣子秀却是怎样的人生格局呢?一直以来,荣子秀妈妈在这个大杂院里跟三姑六婆们在一起,打架斗嘴传闲话,外带占小便宜,无谓地消耗着自己的时间。虽然荣子秀与荣子青是孪生姐妹,两个人看到想到和得到的东西却不一样,而且,两个人心中的苦与乐、爱与恨、获得与丢失、希望与绝望也相去霄壤。

小胡同大杂院的人们,用诧异的目光看着我,窃窃私语,猜测我的行为动机。我看到他们那迟钝、倦怠的目光,忽然悟到:这里生活过的人有动态的和静态的两种生活方式。他们是静态的,他们生于斯,长于斯,老于斯,甚至到死于斯,视线所及只有眼前这么大的空间,永远不会将目光对着外面的世界张望一眼。而荣子青妈妈那样的人,是动态的,他们将足迹踏遍了外面世界的每一道沟坎,一旦回到这里,体味着旧日时光,一定会为自己的奋斗而喝彩。

真想不到,我就是去上个茅房,这么一会儿工夫,我的包袱就被人翻过了。临来的时候,我无意中打了一个死结,就算是记号吧,现在却被扭断了。

饥寒生盗心,此言不谬。

我由一个热血青年又变成大杂院女子,二者之间,隔着千山万水似的鸿沟吗?

穿着古铜绿色九镶九滚大袄的女子,是我的外祖母。宽袍大袖,发际钗横,隆重盛妆,庄严宝相。她的嘴,与我最相像,而眼睛,则更为饱满晶莹、硕大有神。

她是我亲生母亲的母亲,生长于一个大户人家。她不可能出现在我的故事中,然而,她或多或少影响着她的后代女性。影与响,前者诉诸视觉,后者诉诸听觉,二者合计,传诸后世。

"以前咱们家有那么一个院子,院里有楼,而且有仆人。现在倒好,吃上顿没下顿,造孽啊。不修今生修来世。都怨你那个没正文的姥爷,还有你那个没正文的大姨荣子青……"

听着荣子秀妈妈的叹息,我无话可说,我没想到,我会在这样消极的情绪中,母女相认。

她瞟一眼我,又定定地看地面。她反反复复地看我,看地面,动作显得有些机械。

邻居中的婶子大娘都拥到门口来看热闹,一脸的稀奇古怪的表情,让我紧张。荣子秀妈妈就叫婶子大娘进来坐,那些人一边往屋里蹭,一边说:"我家炉子上还坐着锅呢。"这样说着,都在炕上坐下来,盯着我看。囚禁于卑微之中的底层人,试图挣开精神绳索,却无从下手,于是,对于外来的人,既好奇又羡慕,同时还有一种莫明其妙的憎恶。

这些婶子大娘是想来沾光的,因此,她们与荣子秀妈妈之间,彼此观望,各自盘算,恰如鱼缸内外——大眼瞪小眼,人心隔肚皮。

"这是我丢了的那个闺女,找回来了。别看这孩子才十几岁啊,十几来着,我这脑子,也糊涂了,别管怎么说,她挣钱可多呢。"

一听这话,那些婶子大娘眼里都放出一种光,一种特别奇怪的光。

"快给你闺女做一件新衣服。"

"我可没钱。我还等着闺女还我十月怀胎的钱呢。"

我发现,荣子秀妈妈和这些婶子大娘,万变不离其宗——钱。说来说去,也是钱钱钱。

所谓母女,长久不见,一旦重逢,能够在身体上相互碰撞而不感觉违和,才是血缘至上的依据。可是,当荣子秀妈妈用手在我身上丈量时,我感觉又痛又痒很不舒服,就逃了,她愤愤不平地说:"还不让我碰,早晚还不是得让男人碰。"

一句话,把我的心说凉了。

人不是不可以选择自己的出身的。荣子秀妈妈不过是要钱要得狠一些,别的也没什么,我发烧时,她还来给我送过饭。不过,她很快就不愿意来了。只是通过那个摄影师作为中间,找我要钱。

摄影师牟家英告诉我,特务们找他麻烦,也找荣子秀麻烦,说他有通共嫌疑。牟家英那对三角眼盯着我:"你有个姨,在共产党那边,对不对?"

这一问,吓我一跳。

我负气般地说:"你们怕连累,以后别理我了!"

"吃饱了饭打厨子!我给你们跑腿儿,现在,你们母女重逢了,相认了,过河拆桥啊!"那一脸的无赖表情,真是令人拍案叫绝。

牟家英假装叹气:"谁让我心眼儿好呢。好心没好报!"在市井中,许多人都说自己是一个善良的人,我很奇怪,为什么人们要把自己定义为绝对意义上的善?当我进行自我反思的时候,我发现我自己并不具有那种纯粹意义上的善。当然,我在人堆中还属于那种窝囊废类型。窝囊废固然不等于善良,不过,窝囊废对别人的伤害毕竟小多了。牟家英并不是那种弱肉强食、贪天之功的家伙,可是,也算不得善类。既然他的心已经被欲望挟持了,就应该找到自我救赎之路,然而,他是做不到的。

自我救赎的道路上为什么人迹罕至呢?

初金凤阿姨说:"防人之心不可无,你得躲一躲,万一被牟家英出卖呢。我也搬家。"

三十五

老实说,荣子秀妈妈让我感觉到失望了。

我是为了躲开亲生妈妈而去的南方,陪我去的,正是向春来。他归队了。他说他这一段时间并没有跟黎婕好一起消失。他还说,这次我们去南方,正是为了寻找黎婕好的下落。听了这话,我心里很不高兴,可是,初金凤阿姨和万阿姨都说,这次任务派我跟向春来一起去完成。我想,两位阿姨也是想要帮我一把吧。

我太在乎向春来了,因此,跟他在一起特别紧张。我对自己的相貌着装也比平时在意,可是,局促不安的我,不是衣襟上有块油渍就是袖子开了线,很狼狈。向春来说:"从小我就认识你。你还保持本色就好了。在我面前别装样子。"

火车不停地喘息,对我是一种诱惑。轮子的滚动,用尽全力,压痛了铁轨,也在所不惜。然而,火车并不盲目奔跑,它有着清晰而准确的目的地。我们不是,我们茫茫然,不知下一步做什么,一直在瞎撞。

并肩坐着,我却怕他提到黎婕好。是啊,总有一些魅是祛不掉的,或者压根就不想祛魅。

梦,或许早已沦陷在盲目攀比和斤斤计较中了,原本"一泓清可沁诗脾",此刻却"回头不似在山时"。

话锋一转,他忽然"悲愤填膺"起来,他说黎婕好快要疯了,头发一薅一大把,人也瘦得只剩一把骨头。我忙问何故,他说:"她天赋好,可是命不好……她所追求的是'欲上青天揽明月',可是,她从小就陷入父母的婚姻危机中。"

我想,她那种桀骜不驯的人,也有烦恼和痛苦啊。

"她找我倾诉,我就相当于一个免费的耳朵罢了。你倒怀疑我跟她有什么关系。"

我想到黎婕好的刻薄和泼辣,那些散发着女性荷尔蒙味道的谩骂讽刺,她的话,既有情敌的尖锐刻薄,又有美女的妖娆风韵,兵荒马乱,一片狼藉。

她为何不能将日子过成云淡风轻的样子?被有毒的罂粟花附体,却忘了——人在江湖,心无大爱,迷路的孩子是找不到归宿的。

可是,我选择了缄默。

向春来给我看一张信纸。这是粉色信笺,上面点点桃花,是用毛笔画的,颇有情趣。

蛊

在竞争的泥土里

我们终将颗粒无收

毒舌的狂欢

是蛇行千里的本质

向春来说这是黎婕好写的诗。我的心被刺痛了。这个美女居然还有一些文才,我更恨她了——最好不要找到她。她已经去了南方。

"这个任性的刁蛮的渴望得到爱的女子,冲冠一怒为爱情。"这是她写的《遥不可及的母爱》:

我有九条命,您不信?如果不是死神手软,我已经死去九次了。

第一次与死神擦肩而过的时候,我还是个女婴。被遗弃。生父生母遗弃我,或许是可以谅解的,处于张皇失措的境遇中,他们也无能为力,我们都必须接受这样的现实。然而,当我以婴儿的面目与这个世界对峙时,一幕仿佛蓄谋已久的悲剧上演了,这一幕让我感觉那么措手不及。

这世界对待我这样一个女婴的态度是那样暧昧,暧昧到我几乎无法用语言来描述。那就听一听我所讲的故事吧?我的故事,是一沓稿纸,也是一缕空气。

"黎婕好的母亲,才艺双绝,外公给她安排的婚姻,门当户对,对方是一个大画家,可是,她的母亲却爱上了一个中统特务。后来,双双失踪。"

"我们的任务那么紧急,为什么去找黎婕好?"

"找到黎婕好就是一项非常重要的任务。"

三十六

江南好,风景旧曾谙。

这是我第一次来到梦中江南。以前在《诗云》报社,听到言为复吟诗诵词,觉得这两句很好听,言为复就说:"是啊,我的家乡在江南,以后我带你去。"

空竹山的树林,是个谈恋爱的好地方,然而,若只我一人是不敢来的。即使与向春来结伴而来,我也提心吊胆,惊恐万状。太空旷了,周围或许有兽类,然而,一旦恶徒到来,人是无力逃亡的,更无力反抗。只有一死了。然,这种空旷之美,深深震撼了我。

笑是从心里溢出来的。我一直仰望树梢的天空,好美。想到黎婕好发表在报纸上的游记,那种见物不见人的文字,根本达不到物我两忘、天人合一的境界,我觉得此刻的自己,即使什么也不写,也是享福的,竹山之美,美得一无负累,身心和谐。

"血雨腥风啊。你还妄想着花前月下的。"

爱情或者说情欲就像虱子,平时潜伏在旧棉絮中,一遇暖流,它就会变得活跃。

忽然,我从后面抱住了向春来。

"让你小心点吧,你就是不听……摔跟头了吧?"他正数落着我,回头一看,情形不对,愣住了。

几乎就是一场梦。我在叶家大院看到过的,叶紫苏家的祖宗画像上的神仙一般的人物,出现了。她,竟然是叶紫苏。

树梢上的天空,射过来一束光,那光罩定了她。

在逆光的画面中,叶紫苏那圆圆的头上,每根头发都似乎纤毫毕现,细腻而柔和。披肩柔和的线条,正是她纤弱美丽的身体的轮廓。她的声音似乎从遥远的天上传来:"小林子,我们又见面了。"

三十七

纸窗木榻,水墨画卷,瓶中的折枝梅花,案头的线装书,毛笔宣纸,这是我所向往的书房。这就是叶紫苏所在的地下交通站。她显得更高挑了,神清气爽,飒爽英姿,看着就给人一种精明能干的感觉。

她说:"咱们开个会吧。还有几位同志没来,我们等一会儿。"

言为复就是那几位同志之一,原来他是从相邻省份过来的。

天啊。我以为我是在做梦,这世界竟然这么小,远过长江,来到江南,依然与故人重逢,特别是叶紫苏这样死而复生的人,言为复这样行踪不定的人,全都重逢了。

叶紫苏却没有这般多愁善感,看得出,她对于我们的到来,以及我们到来之后将要执行的任务,知道得一清二楚。她干脆利落地说:"黎婕妤在这个江南小镇住了几天了,一直在寻找她的生母。我们已经调查过了,她的生母在静修庵出家了,而她那个画家父亲,跟国民党特务走得很近,这一点,倒是与那个黎二先生一拍即合。万一,这些人倒向国民党那边去,就会有负面影响。"

看来,每一个人的内心世界里都藏着一个故事。在黎婕妤那靓丽的外表之下,竟然隐藏了这许多的眼泪与叹息。她的亲生妈妈贺明君,是一个感情丰富的女人,从年轻时候起,她就爱上一个国民党军统特务。而贺明君的父亲却将女儿嫁给一个画家。婚后生下黎婕好不久,贺明君与那个国民党军统特务私奔了。直到国民党中统头子戴笠出事之后,贺明君的第二任丈夫也莫明其妙地死掉了。看破红尘的贺明君,从此皈依佛门,不问世事。当年,贺明君一走,黎婕好的那个画家爸爸也离家出走了,就这样,黎婕好成为黎二先生的养女,甚至连姓氏都改为"黎"。

当我知道了黎婕好的身世之后,以前对她的嫉恨,似乎淡化了许多。然而,并不是说,我从此就可以和她亲如姐妹了,说老实话,做到这一点,还是很难的。

我注意观察向春来,他的表情变幻莫测,在专注倾听的过程中,他显得那么恍惚和尴尬。

言为复说:"《聊斋志异·考城隍》上讲:有心为善,虽善不赏;无心为恶,虽恶不惩。黎婕好的那个国民党特务爸爸已经死于空难了,且不管他,黎婕好的妈妈,虽说已经遁入空门,号称四大皆空,可是,多次搭救我们这些地下党工作人员,况且,贺明君是贺老先生一桩未了的心事,如果我们能够动员她们母女回到天津,对于做贺老先生思想工作来说,是很有帮助的。你们冒着炮火,来到江南小镇,一定会有所收获的。"

我听得头晕,然而,慢慢想,还是能够大致列出一个提纲来的。而且言为复也在散会之后慢慢给我讲解。

三十八

静修庵到了。黎婕好的亲生母亲——清师太就在这里修行。一清师太的第二任丈夫——那个国民党特务死了,她是幸存者。这个幸存者,在这个乌托邦的尼姑庵里,与世隔绝般地存活着。附近,或远一些的地方,阴谋、灾难或战争等,正滚滚而来,她却还端

158

坐在蒲团上,青灯黄卷,一心礼佛。

我和言为复还有几位我不认识的同志编为第一组,叶紫苏和向春来等编为第二组。

两组人员到了静修庵,装作上香的人,鱼贯而入。

一只硕大的蝴蝶,大如团扇,周身黑色,体形粗大,黑旋风般地掠过,令我心头一震。我说不上来有什么感觉,总是觉得怪怪的。一般来说,蝴蝶都是双双起舞,而这只蝴蝶却形单影只。更令我惊讶的是,这只蝴蝶的翅膀图案竟然不是对称的,一只翅膀上是美丽的仙子,另一只翅膀上则是一个骷髅。我正想靠近一点去看,这蝴蝶忽地一闪,不见了。我觉得这可能是神的旨意。于是,我赶跑跪下磕头,虔诚地望了望神像,神像威严,倔强而灵动,有地域风格。我不敢多看佛像,怕冲撞了神灵,在功德箱放了零钱,退出来。我一抬头时,看见一位中年尼姑,正定定地看着我。后来我才知道,她就是我们来找的一清师太。

言为复看着我,小声说:"你都快成小老太太了。"

我说:"我许了一个愿。"

言为复问我:"许了什么愿?"

我看了言为复一眼,心想:心到神知,我的愿望只能让神灵知道,你一个凡人怎么能打听这些?

这是迷信啊!

我担心言为复会告诉其他战友,如果大家知道我是一个迷信的人,会不会将我抛弃在这个江南小镇?我在这里可是举目无亲呀!

我正想心事,只见叶紫苏来了。今天,她穿了一件浅蓝色大襟小袄,下身是黑裙子,显得庄重而朴实。她说:"你们等着,我先去拜见一下一清师太。"

叶紫苏很快就出来了。

我们都感觉到了,叶紫苏与一清师太的谈话,没有达成预定的目标。叶紫苏小声说:"一清师太说,她不想与任何人交谈,她已经四大皆空了。"

我一半玩笑一半负气地说:"那就只好让她女儿黎婕好去和她谈了。让向春来去请黎婕好,他俩——高山流水遇知音,他去请,黎婕好肯定给面子。"

叶紫苏的表情特别严峻。正如在叶家大院的时候一样,每当我说错什么,做错什么,她都是这种严峻的表情。说实话,这样的表情也与她闺中少女的身份很不相宜。我觉得她是一个超人,具有一种超世俗的力量,甚至具有超越生死的力量,否则她怎会死而复生?

叶紫苏说:"黎婕好被绑架了,危在旦夕。我来拜见一清师太,也是为了打听她那个画家丈夫的下落,因为能够救黎婕好的,恐怕也只有这个画家丈夫了。"

画家丈夫叫什么?

"古半千。据说这个人最崇拜古代一个什么画家,那人号'半千',于是,他也号'半千'。"

叶紫苏说:"这个江南小镇是黎婕好的亲生妈妈贺明君的故乡,因此,黎婕好在这里遍地是熟人,这阵子,她一直住在一个亲戚家,她被绑架之后,那个亲戚全家逃跑了。

我小声跟言为复商量:"让我去吧,我跟一清师太谈谈。"

言为复就把这个想法跟大家说了。我看到向春来脸上的惊诧,也看到叶紫苏脸上的不服气。

这时我才发现,从我们在叶家大院做邻居时起,叶紫苏和我之间就形成了一种支配与被支配的关系,那是一种惯性。她告诉我应该怎么做，我按照她所说的去做，我是她调教出来的小丫头。从少年到青年，无数懵懂的岁月，我们就是这样相伴相生。忽然有一天，世界在我眼里清晰起来。朦胧不再，灵光乍现。曾经，最光耀的一刻，青春得到涅槃；现在，光线射向了另一边。以前，我从她的眼神获得了大量信息，此时，我希望她也能从我的眼神中获取等量的信息。

不论是叶紫苏这个同性朋友的眼神，还是向春来和言为复这些异性青年的眼神，都具有确定了我存在意义的意义。我渴望得到她或他的肯定。是的，我长大了，我开始呈现出与别人不一样的特质。我觉得叶紫苏可能还把我当成叶家大院里那个懵懵懂懂的小丫头。

我们快快不快地往回走，到了叶紫苏家，她就独自走进自己的小书房。我和叶紫苏这一对在患难中结下深厚姐妹情谊的人，产生了某种说不清道不明的隔阂。

半天，叶紫苏才从她屋里出来，说："北方来电报，时间紧迫，战火将燃，速回。"所有人的表情都凝重起来。

饭菜都凉了，我们才用热水泡了半碗饭，吃掉，然后，各回各屋，休息。

我的屋里，有一个藤箱，里面有一些书，可是，我也无心去看。我用案头的毛笔随便写着什么。写了半天，都是下面这十四个字：

泥沾指爪终无迹，絮引诗文尚有思。

小时候，我在某个寺庙前的一幕，又兜上心头。那时，我还落在坏人手里，无意中看到那寺庙的后山墙，我的眼前顿时一亮，冥冥之间，有个声音传来："六丁六甲会保护你。"后来，我就感觉有一种特别力量在半空中,遇难成祥,逢凶化吉。每隔一段时间就会陷入冥想,一动不动。他们不会用我去劝说一清师太的。为什么用我这样的人?激情来得快,灵感来得及时,每次临时发挥都出人意料,精彩过人,可是,破坏力也来得快,不仅自己崩溃,也会导致别人陷入崩溃的境地。

累了,我就倒在灰格布床单上,继续冥想。

梦,不期而至的梦。站在荒漠中的我,任凭飞沙走石抽打我,不,是嫂子门遇春在打我。哥哥林松渚的眼神,如六月天上的云,飘忽不定。我对哥哥的怜悯变成怒不可遏。血光乍现,拳头频频,强悍的风,刮起来。血光四溅的这个我,是我吗?楼下有只狗,名叫阿黑,有人用铁钉扎进阿黑的头,被打的阿黑惨叫着,刺激着我的神经。阿黑被扔下楼去的一瞬间,我崩溃了。时间到了,快跑,来不及了,战争爆发了,而任务还没完成……

梦,导致梦魇,我向外就跑,啊啊,我心里想,来不及了,一切都来不及了,世界末日到来了,任务没完成,一切都失败了……

"你干吗呀?"

熟悉的声音,一下子唤醒我。我看看叶紫苏,又看看房间,才想起这里不是天津,这里是江南小镇,这是夜晚,而不是执行任务的时间段。

听着叶紫苏这熟悉的天津口音,我忽然想起叶家大院,是叶紫苏教我识字读书,我的文化萌芽也始于叶家大院。

我们相视而笑,一切又回到少年时代。

我们谈起过去,也谈到后来的经历,最后,谈到目前的工作。

叶紫苏说:"你知道吗?我的父亲叶与良一直都活着,他去了延安。战友把我救活了之后,我跟我的父亲恢复了联系。父亲来信告诉我,我们都是幸存者,成千上万的先烈,为革命献出宝贵的生命。胜利,失败,再胜利,再失败。我们也要有这种坚定不移的革命意志。为什么我们会因为一些女性间的小小的攀比和竞争,来影响工作呢?林子衿,易为春,我向你道歉。"

我们俩揭开窗帘的一角,我说:"咦,星空这么美。"

"是啊。"

"我们小时候,在叶家大院,看星星,你还记得吗?"

"我记得。"

这是我见过的最美的星空。

"你看北斗七星。"叶紫苏用手向天上指点着,我仰头看着,一会儿看天空,一会儿看叶紫苏,心里都很陶醉。那蓝得清碧的夜空上,七颗盈盈闪耀的星星联结成一道优美的弧线,幻化成一个遥远而又诱人的未知世界。斗柄,勺子,熠熠生辉。但是,夜色中,叶紫苏那双大眼睛更深邃,眼光中的柔和的笑意让人心里痒痒的。她不说话了,我们都在心里许愿。那个愿望是秘密的,也是美好的。

"我告诉你哪个是牛郎星和织女星。看,那颗大星,前后各有一颗小星,那是牛郎领着他的一儿一女,对面那个是织女。他们每年可以相见一次。"

"你还记得我们在叶家大院里读过的那些诗句吗?共君今夜不须睡,未到天明犹是春。仰望星空的这一刻,真是诗情画意,万分美好。不过,这时候的我,跟叶家大院时的我,感觉不太一样。我们都长大了,留恋去年的时光,恐怕春日迟迟青春枯萎,这是一种对人生的思考,守住年龄、守住岁月、守住亲情、守信记忆。"叶紫苏的话,让我看到了从前的她,也看到了未来的她。她永远都是那么善于思考,这一点,对我影响很大。

饿了。

是啊,可是厨房已经没有饭了。只有厨房大嫂剩下的青菜。我们就像小时候一样嚼着这些青菜,一边嚼,一边笑。

叶紫苏说:"嚼得菜根,百事可为。"我们开心地笑起来。就这样,我们战胜了小我。为了革命事业,我们团结得像一个人似的。我们可以自豪地宣告:大我战胜了小我,我们是好样的。

三十九

完成任务可不像嚼菜根那样容易。时间越来越紧迫了,我们请求延迟回津。为了完成任务,我天天都到静修庵去烧香,还得装出从容不迫的样子。

我常常坐在寺庙院中的小石凳上诵经。一来二去,一清师太的徒弟注意到我。

这徒弟对我很好,每当天气不好的时候,她就给我一杯热水。有一天,她问我是不是想出家。我说我有过这想法。她问为什么,我说一言难尽。她就告诉我,她是一个贫苦人家的女儿,一生下来,她的父亲就要把她扔进热水锅,在她那个村庄,溺死女婴的情况并不少见。她的母亲拼死拼命把她保全下来。她的父亲就是不肯白养一个赔钱货,她的母亲万般无奈,只好把她送到尼姑庵。

"是啊,这世上不知共有多少人,有一半人爱你,也有一半人恨你。不过,假如这世上有人爱着你,你就有机会成为这世上的强者。有一样本事,被人爱戴,同时,也会被人憎恨。爱你的人欲你生,恨你的人欲你死。这两种力量抗衡的结果,可能是悲剧。同样,一个女婴,往往被瞧不起女人的家长看成包袱。"

叶紫苏嫌我动作太慢,她说:"如果照你这样做,猴年马月才能引起一清师太的注意,万一天津与这江南小镇的电讯中断了,交通再中断,咱们下一步的任务就完不成了。"

我也有这种焦虑情绪，可是，欲速则不达。这天，我在尼姑庵小院的石桌前，写着我的那副对联：泥沾指爪终无迹，絮引诗文尚有思。

一清师太的徒弟对我的书法很感兴趣，就拿给她的师父看。就这样，我这个人，终于引起了一清师太的注意，这一天，她派徒弟把我叫到她的禅室。一清师太的徒弟悄悄对我说："师父的禅室，从来不让外人进。"我点点头，说："我知道。"

一清师太，贺明君，不论她的名字怎样变幻，作为女性，她都是美丽的，怪不得黎婕好那样美丽，有道是，有其母必有其女。

我定定地看着贺明君，心想：她是一个为了爱情赴汤蹈火的人，这样做也是对的。两个特别般配的人，生一串孩子，像紫藤花开那样，美到骨子里。可是，我还是觉得她跟那个国民党军统特务私奔的行为，是不理智的。

许多年以后，我对于我长于应对、善于游说的潜力还是很得意。平时，我显得有些木讷，可是，到了关键时刻，却能凭借三寸不烂之舌去完成任务，这难道不是值得我骄傲和自豪的事吗？其实，我与一清师太之间，可能存在着某种因缘。这种因缘是无法用语言说清的，甚至不符合一般的人生逻辑。有些人，素不相识，萍水相逢，只是彼此看了一眼，就会产生一种促膝谈心的冲动，这是什么原因造成的呢？我也说不清。

我坐在一清师太对面，起初还想着我们的任务，后来，我就真的跟她说起我的心事来了。我讲着我自己的经历，出生时与父母失散、被地痞流氓关在黑作坊里当小苦力、被好人救出来到叶家大院等，讲着讲着，我看到她那美丽的杏核眼中溢满了泪水，她敲着木鱼的手，抖得很厉害。

我就这样信马由缰地说着，还说到了我的侄子小屯，我说：

"我嫂子对我不好,可是,嫂子生的这个孩子对我还挺好。有时,我嫌他烦,就不理他。他黏着我,左边亲我一下,右边拱我一下,直到我抱起他,他才安心。有一次,我抱着小侄子,在胡同里碰到一只狗,那狗很凶,我有点怕。小侄子说,姑姑你别怕,我会保护你的。旁人都笑他,说,你还让你姑姑抱着呢,还吹牛说你要保护你姑姑。后来,我小侄子就死了……"

我们两个人相对垂泪的时候,一清师太的徒弟都不敢说话。她们都很诧异,为什么我这个听起来家长里短的故事会让她们的师父潸然泪下。我不是故意骗取一清师太的信任,当我讲到侄子小屯的事情时,真的很伤心。女人在一起,能够相对垂泪,是很难得的,特别是我这样的陌生人,赢得一清师太的信任,我也很意外。

一清师太说:"我也算有些阅历了,我看你面相就很忠厚,而且重感情。"

我低下头,依然沉浸在失去小屯的悲伤情绪中。

这时,一清师太的徒弟取来一幅画。一清师太打开这画,说:"这是古半千当年赠送给我的一幅画,是他未成名时的作品。"这是一幅仕女图,我只看了一眼,就确定,画面上的人物就是一清师太。

一清师太摆摆手,她的徒弟们全都退下了。

她郑重其事地说:"或许你不会相信,当年,我并不是跟人私奔。"她看看我,我诚实地表达了我的猜疑。她点点头:"你是一个特别实在的姑娘,我相信你。真的,我不是跟人私奔,那个人是一个特务,我不喜欢他。可是,他绑架了我。当着我的面,你知道他做了什么吗?"我摇摇头,她痛苦地咽了口唾沫,仿佛被什么东西卡住了似的,喘不上气来。我让她喝口水,她从身后,取出一个日记本:"你看这一段。"

她知道我的秘密。不,这个秘密,是天大的秘密,关系着几位重要大人物的生死。这个重要大人物的生死也关系着党国的命运。我必须除掉她。她只是有点饶舌,有点虚荣,有点嫉妒,可是,她威胁到了……她也有记日记的习惯。不过,她把和我见面的细节记在日历上。地点、人名和事件。疏忽了。她的男朋友知道这一细节。男朋友把这一细节告诉了我。我来找你。你说,我都拿话把你领到这儿了……苟全我的性命,完成那个大的工作目标。什么都可以搜查得到,我脑子里的东西,你有办法吗,毒打。是啊。可是他将要出声,我将被捕,被杀。于是,两个字浮现:杀人。她被杀的一幕,像一本教材展现在我面前。武器都能搜查得到,赤手空拳,可是,我有武功。谁也不会相信,我这么一个人,其实是有武功的。他居然没有还手之力。这么容易,就将他制服了。真的结束掉他的生命吗,我犹豫了片刻,看见他眼神中的侥幸和蔑视,我终于出手了。扼住他喉管的那一刻,他居然笑了一下。我不知道他在笑什么,时间来不及了,我必须干脆利落,不能留下任何蛛丝马迹。主人不在,总有那么一种说不上来的不自在,或者说是紧张焦虑和不安全。

这日记写得有点乱,显然,写日记的人,并不是什么才高八斗的文学家,只不过,有一种记录人生的愿望罢了。引起我注意的是,日记本的扉页上有这么一句话:杀人未必有做一碗炸酱面那么难。

一清师太接着说:"他竟然当着我的面,把这个仇家的孩子给杀了。现在想起来,我都害怕。他的意思是说,如果我不听从他的摆布,他也会杀了我的女儿,我的女儿古婕妤当时只有八个月……他杀那个仇家的孩子时，手段特别残忍，先用糖果把孩子迷昏过去。然后，一刀把孩子的生殖器割下来，不，不，不，一想到这个，我眼前都是血……阿弥陀佛，罪过罪过……前些天听说他被他们内部的人给杀了。"

一清师太全身发抖，脸也变成灰色。

"他不可能再伤害到你的女儿了。"

一清师太忽然发出恐惧的呻吟："老天，这是做的什么孽啊！他生前参与了那么多暗杀活动，结下无数仇敌，有一天，一个黑衣人来找我，说，他们找到了我的女儿，要杀了我女儿……"

说到这里，我发现，一清师太已经有点精神癫狂的表现了，她四处寻找，仿佛这禅室的每一个角落都藏着杀手。

我一时语塞。这么复杂的情况，我无法去分析和解决。我就说："一清师太，不知咱们这江南小镇能否种植红色萱草，是的，萱草，只要萱草开花了，你的女儿就一定平安无事！"说着，我就背诵起唐代孟郊《游子》："萱草生堂阶，游子行天涯；慈亲倚堂门，不见萱草花。"

泪流满面的一清师太点点头，说："我跟这个特务在一起这么多年，还生了一个儿子，他，竟然跟他的父亲一样，也做了特务。看到自己的孩子成为自己最讨厌的人，我的心，好像被利刃切割，一刀刀地，被切得鲜血淋漓。"大约是为了克制自己的情绪，她把手里的木鱼敲得很急，嘴里也念念有词："心无挂碍。无挂碍故，无有恐怖，远离颠倒梦想……"

南方的雨，说来就来。大雨裹住寺庙，就像妈妈抱紧婴儿，又如恋人在风中牵着手。亮一亮，下一丈。这雨，是跟人较劲的，你一出行，雨就袭击。正当我站在墙角发呆犹豫时，言为复来接我了。他用一把大伞把我罩定，说："向前向前再向前。"一个炸响在头顶的雷，惊人地袭击了我脆弱的神经。我听着雷霆九滚的声音,仿佛置身于荒野之中,有一种孤独到极点的快感。雨越下越大,我们只好在此盘桓,躲避暴风雨的袭击。所有的雨点都砸在地面上,激起一层薄薄的雾气,整个街道,是一匹仙女编织成的纱,软香罗一般,罩着一个越来越不清晰的梦。我们站在寺庙大门的过道里, 大雨拉扯不断,扯得十分均匀的雨丝粗大起来,形成一个天然的帘幕,将寺庙与广大世界隔离开来。我看着言为复,他正在吟诗。像平时一样,一进入诗歌的世界,周身就有节奏地颤动起来。那乌黑的眸子跳跃着激情的火花,一脸的沉醉,那浅铜色的肤色溢出一种奇光异彩。外面还是连绵不断的雨帘。这个世界仿佛在这一刻停滞了,言为复说:"真希望时光永远不要流走。可惜,世上很多人或事,往往都是昙花一现。"整个城市小镇仿佛被什么掏空了一般。我们都想到了同一个问题,几乎异口同声地说:"为什么和异性在一起的时候,才能达到这种灵魂相互沟通的境界?"说完之后,我们的脸都红了,也不等对方答复,就奔跑起来。想不到,在这种天气里,居然有人在油炸辣椒,因为空气清冽,其香味各外诱人,这香味一下子,将我引回到世俗乐趣中。雨点小了,我们越跑越快。不过,即使这样,回到叶紫苏的寓所时,我们的衣服也湿透了。

四十

古半千瘦得如同枯干的芦苇,好像稍一用力就会折断。与他握手时都不敢用力,他手上的骨头好像能把人的皮肤扎破。

壁上是他书写的条幅,语句出自《赤壁赋》:惟江上之清风,与山间之明月,耳得之而为声,目遇之而成色。

我们跟他谈起他的妻女,他却用毛笔写起字来,写的是:博弈之道,贵乎严谨。高者在腹,下者在边,中者在角,此棋家之常法。

"黎婕好是你的亲生女儿,你会见死不救吗?那么多年以来,在她心目中,你是她的爸爸。"

"亲生,亲生,亲生!你问贺明君,究竟谁是黎婕好的亲生父亲?不论亲疏,只论艺境。"

古半千继续在宣纸上写着:"宁输一子,不失一先。击左则视右,攻后则瞻前。有先而后,有后而先。两生勿断,皆活勿连。阔不可太疏,密不可太促。与其恋子以求生,不若弃之而取胜;与其无事而独行,不若固之而自补。彼众我寡,先谋其生;我众彼寡,务张其势。善胜者不争,善阵者不战;善战者不败,善败者不乱。夫棋始以正合,终以奇胜。凡敌无事而自补者,有侵绝之意;弃小而不救者,有图大之心。随手而下者,无谋之人;不思而应者,取败之道。《诗》云:'惴惴小心,如临于谷。'此之谓也。"

言为复急得一拍桌子:"我们不是来看你写字的。"

"你们来干什么,你们这些人,第一次伤害,第二次伤害,第三次伤害,来看我的笑话吗?"

我们都被古半千的歇斯底里惊吓到了。

"牛不喝水强按头!误了我一生,也误了她啊!"绝望的声音从窗棂透出,在空气中荡漾着。

四十一

古半千与一清师太要见面了。一清师太告诉我:"当我与古半千到了真正疏远的那一刻时,我的心痛得厉害,我的泪水会不经意地流下来。这是我短暂人生的最后一次锥心刺骨的情爱,却永远地失去了。痛呀,痛。这世上有许多因疾病、人际关系或者身份地位的阻隔而劳燕分飞的男女,上天给予他们的痛苦是精神财富还是惩戒手段呢?"

古半千走进尼姑庵时,自言自语地说:"各有因缘莫羡人。"我不太理解,就看着言为复,言为复小声对我说:"东汉诗人写了两句诗:'男儿爱后妇,女子重前夫。'"

一清师太遥遥看见了古半千,叹息一声:"形同草木之脆啊,年轻时看芦苇,是绿色植物,中年时则听到它最后的鸣咽,它呈现出那种焦黄薄脆,令人怆然泪下的衰败形色。我们都渐次衰老了,生命的真相开始呈现出来了。"

心灵与心灵的距离是很微妙的,过远则冷漠、洒脱,过近则亲切、熟透,不过,时远时近也很折磨人。

我们都有一种精神震动的感觉。他们二人这令人心碎的爱情,将他们折磨成这种样子,我们也无计可施了。

一清师太的脸色是暗黑的,眼眶青青的,特别是眼部的下方,像抹上了浓浓的黑色眼影。是谁偷走了她明媚的双颊、水亮水亮的眸子和永远稚气的笑容?

古半千告诉大家,黎婕好曾经来找他,他们只是谈了谈别后杂事,她就走了。说到这儿,古半千忽然说:"昨天,黎二先生给我发来电报说,有人到我前岳丈家,劝他老人家到南京去。还影影绰绰地说,如果老人家不合作,就会威胁到婕好的安全。"

四十二

回到叶紫苏家,向春来忽然说:"我知道黎婕好在这里有一个要好的人。"

向春来告诉大家,黎婕好曾经怀过一个小孩子,却流产了。他摇摇头,说:"你们别想这个孩子是谁的,我也不敢问。

我却为那个婴儿而抱冤。是啊,婴儿是无辜的。婴儿并不知道自己产生于何时何地,也不知道自己降生于这个世界之后会有怎样的遭遇。生命似乎是一个不可预见的存在,是个奇迹。对于所有婴儿来说,生命是精子与卵子或庄严或轻佻或激动人心或漫不经心的产物。

向春来忽然说:"像黎婕好这么优秀的女人是不可能有孩子的。"

"为什么?"

"上天不喜欢圆满的人生。"

"子孙万代,是圆满人生的标配之一吗?"

"大概是吧?反正她也生不了了。一个不留神,她的子宫就……她流产了,医生说她今后不可能有小孩子了,她才二十岁啊。她这个人完了,她自己肯定也知道。命运这个东西,真是的,命运真是令人啼笑皆非啊。"

叶紫苏说:"不要慨叹命运了,你想想,那个人是怎样的?"

向春来从口袋里取出一张纸,上面还是黎婕好的诗:

婴儿与花儿

一朵花

裸露着生殖器

是美的

她说她像婴儿一样单纯

我信

她说婴儿的生殖器

像白纸一样单纯

我不信

婴儿的生殖器

包藏着男尊女卑的祸心

也包藏着女人祸水的危机

此外

还包藏着

世俗者用来装点门面的说辞

她不承认

婴儿与花儿

是硬币的正反面

什么都看透

还认为

花儿很美

是一种勇气

或矫情

"我们把这首诗发表到当地报纸上。"

言为复在报社工作过，三句话不离本行。我也在报社工作过，却没有这种灵感。

果然，这首诗发表之后，有人到报社来找黎婕好。这个男人叫邵俊冬，是本地人，也是一位诗人。邵俊冬在本地有许多朋友，可以利用他的人脉来寻找黎婕好的下落。就在我们的工作有了一些眉目的时候，天津地下党打来电报，让我、叶紫苏、向春来和言为复立即回津。

叶紫苏嘱咐我："一定要学会善意的谎言。我们告诉古半千和一清师太，我们的同人已经在天津找到黎婕好了。"

我们这句话,对于古半千和一清师太来说,无疑是一剂强心剂。一清师太为此而还俗,在我们回津之后,贺明君也和古半千一起来到天津。

四十三

岁月的墙壁,受尽了狂风暴雨的摧折,渐渐倾颓,片片墙灰飘然而落。一路走来,谁又不是风霜满面,跌跌撞撞?无论是蔷薇的梦,还是小野花的梦,又或者是国色天香牡丹梦,有梦总是好的。对于梦想,我的感觉是,宁可信其有,不可信其无。

母女重逢,真的是难以逾越的梦吗?此刻,我真的希望我们的同志能够寻找到黎婕好了,因为我不忍心看到贺明君以泪洗面的样子。

有时,我甚至会梦见黎婕好,在梦境中,她是一个做错事的孩子,在宇宙中披头散发地奔跑。

正如黑与白的对立,短暂与永恒的交替,我的情感,常常从十分的冷过渡到十分的热,反之亦然。

我只是希望天下母女都能天长地久地在一起,和睦相处。由此,我就开始思念荣子秀妈妈了。是的,她有世俗的一面,不过,假如这世界缺少了荣子秀妈妈那粗放型的大笑,似乎就是一个巨大的空洞。

我跟贺明君来到贺家。现在,贺老先生为避免各类说客的骚扰,住在贺家花园里。

贺明君说:"小时候,我跟父亲在这儿读诗。"说的时候,眼圈红了。生命在秋冬交替的时节戛然而止。正想着,一片落叶锵然落下,几乎砸中我的额头。我正在去捡这片叶子,忽然被眼前景象所震慑，它所有的落叶一样一头扎进小草的怀中，仿佛在寻求小草的体温，尽管它们都很冷。在最冷的季节里，落叶与小草彼此依偎，彼此点亮，彼此温暖。

我想起《诗经》上的句子："蟋蟀在堂，岁聿其暮。今我不乐，日月其除。"岁月自顾自地走了，人们在这空荡荡的园子里盘桓着，栖息着，出生入死，死而复生，仿佛有所收获，又仿佛浑然不觉，就这样踏踏实实地迎着冷风，走啊走，乐此不疲地走，力争走好余下的路。

留得残荷听雨声。可是，天津的冬天很冷，湖里的枯荷都瑟缩着，立在冰层中。

荷叶长成荷塘设计的样子？不，设计师的造景策略不能约束荷叶，荷叶的样子符合大自然的规律。母女之间，或许就是荷塘与荷叶的关系。特别是我们这种有着特殊际遇的母女，与一般的母女更是不同。我们的母亲在她们的人生轨迹中，创造了我们，也曾或简单或复杂地设计过我们的人生，可惜，命运的车轮把这一切都碾碎了。我们有我们的个性和人生，我们往往颠覆了亲生妈妈的想象，从这一角度来说，我和黎婕好还真有几分相像。

湖边有一道堤，是大小不同的石板组成的，曲曲弯弯的，看着很有诗意。我们穿这条石板小径，来到贺老先生的书房。正面墙壁上是郑板桥为苏州网师园濯缨水阁写的对联：

曾三颜四

禹寸陶分

书房里摆放着的那个金面具也是吸引我视线的摆设。常言道，男看鼻子女看眼。那个金面具的鼻形真漂亮，笔直坚挺，令人遥想起某个伟岸坚毅的男子;眼形则是令人惊艳的丹凤眼,刹那间,一位眼波欲流、明眸善睐的女子从天而降。这金面具还真有魔力,能令人堕入幻境而不自知。遐思中,我想起一段话却记不起这段话出自哪本书,那段话是这样的:刻削之道,鼻莫如大,目莫如小。鼻大可小,小不可大也;目小可大,大不可小也。这段话说得对。这金面具的鼻子是一点点削减才形成这样的锐气锋芒,而金面具的眼睛则是一点点扩充才拥有这种媚态的。

一见这个金面具,贺明君就兴奋地说:"我从小就喜欢这个金面具。我回家了……"说到"回家"二字,她的脸就被泪水打湿了。她回头问我:"我什么时候可以见到我的女儿古婕好?"

我是一个老实人,听到她这样急切地问问题,一时语塞。

幸好,有人来解围。是初金凤阿姨,她告诉我,贺老先生在等我们。我把贺明君送进去,自己就退出来了。人家父女之间的事,我感觉我听太多不合适。初金凤阿姨说:"以后咱们俩就住在这个园子里了。"我听了很高兴,心想,初金凤阿姨永远神通广大,什么事都能办成。初金凤阿姨郑重地说:"记住,你的名字还是易为春。不过,你住在这儿,要与世隔绝,除了照顾贺老先生父女俩和那个画家古半千之外,不许与任何人接触,包括你的荣子秀妈妈,这是纪律。"她都把我说晕了,可是,我知道,我必须听初金凤的话。

初金凤阿姨的声音更细弱了,几乎就是耳语:"记住,不论我是否在这里,你,不许出去,不许与外界任何人接触。如果有人前来跟你接头,上句是:树欲静而风不止。下句是:荷花出水有高低。一定要注意,不能出去。平津战役可能一触即发,也可能和平解决,咱们的工作就是照顾贺老先生父女和画家古半千,并且还要完成以下任务……不要跟任何人说起这些事。你知道吗?陆医生在安妮医院雇用过的一名护士,实际上是为军统站工作的特务,

176

已经被我们除掉了。加强防范，切记！"

我已经记不清那些护士了。不过，我细想了一下，好像有一个小眼睛的女人，给我化装时嫌我的脚长得不好看，也不知初金凤阿姨所说的军统站特务是不是这个护士。有一件事我一直没有问。这一天，我终于知道答案了——左忆青妈妈已经去世了。当时，如果不是左忆青妈妈贸然认下叶凤萧这个心如蛇蝎的女儿，或许也不会落得这个下场。

除了叹息，我还能说什么？左忆青妈妈带着太多的遗憾离开这个世界，她最大的遗憾就是女儿的堕落。叶凤萧的照片在各类小报上时常出现，看得出来，她极力向上爬，但是，由于起点太低，总是难以如愿。在叶家大院时，我就发现叶凤萧有一种踩着别人出风头的阴暗心理，后来，发生了那么多事，她的心理发生了严重扭曲，直到害死左忆青妈妈，她都执迷不悟。现在的叶凤萧已是一个十足的恶人，在她心目中，早就缺失了仁义礼智信，她连亲生妈妈都会害，对我们这些少年时代的伙伴也会痛下杀手，因此，我不仅为自己担心，同时，也为叶紫苏和向春来担心，毕竟，我们都在同一座城市里，说不定哪一天就会狭路相逢。

那个女巫在我梦里出现的时候，我记得女巫的教训，不许哭。居然许久没哭了，哭的功能几乎丧失。女巫说，一个什么人去世了，女巫带着我回到乡下。摆在我们面前的是薄木棺材，一片灰白色的人趴在地上时，有人在铲土，一丝丝的黄土扬起来让纱巾飞舞在风中的场景是那么美。我看呆了，女巫却踹了我一脚，让你不哭！是啊，真的需要我哭了，我却无比迟钝，哭不出来，怎么办？老天爷救救我，老天爷教教我，我哭不出来啊，这可怎么办？在淡蓝色的梦中，我穿一件浅绛色格子裙，跑着，去采摘一束野菊，有个人站在草丛中，说："别跑，看着点脚底下。"那片粉红色的马樱花飘飞起来,笼罩着那个英气勃发的年轻人的面孔。

得知左忆青妈妈去世之后,我总是噩梦不断。有时,我会到厨房盯着炉灶上被红色火苗拥抱着的赤铜热水壶发呆。不必回忆不必惦念不必言语,左忆青妈妈那件绣满栀子花的长裙埋在樟木箱底。谁家晚风吹来浓重的炊烟? 谁的腰肢唤起长裙的回忆? 渴望与人心心相印,女儿与妈妈的血肉亲情,不正像这火苗拥抱热火壶的样子吗? 沸腾的回忆,还原了我与左忆青妈妈相聚过的那些日子,声嘶力竭的死神,摧折了左忆青妈妈绣花长裙下的美丽细腰。我,无处逃逸无处疯癫无处痊愈。梦中那水草丰美的世界,期待我们母女的到来,世界呈现出最美好的笑容。却只见红色火苗拥抱着热水壶,直至永远。壶中的回忆不再沸腾,我变得越来越冷静,这就是长大以后心智成熟的表现吗?

我的直觉告诉我,叶凤萧阴魂不散,她一直在暗中窥视着贺老先生并且想把他弄到手,这是她向上爬的一个机会。

从这一天起,我就把"眼观六路,耳听八方"这八个字每天念上几遍,显然,我们的工作环境越来越残酷,必须要提高警惕。我想到叶紫苏、向春来、言为复这几个人,对于她或他,我也要守口如瓶。

四十四

在这个贺家花园里,我思考着人生的各种问题。有时候,我会在这个园子里散步。空旷而冷寂的园中,只有我和几只流浪猫。

偶尔与流浪猫狭路相逢,我们彼此警惕一会儿,便各自走开。流浪猫躲进竹林里,透着几分文雅,又显得楚楚可怜。漂泊和孤独,是这些流浪猫的人生写照,难道理解它们的只有我?

园中树木落尽叶子,枯树枝倒像是素描纸上画出来的,映着古朴的旧楼,似乎在梦境中出现过。来不及处理的枯叶,层层渲染,颜色诱人,踩上去,就像踩在厚厚的地毯上一样,舒适而安逸。历经春之峥嵘,夏之绚烂,秋之惊艳,到了这萧索的冬季,树叶仿佛陷入了沉沉的睡梦。是啊,每一片叶子都是有名有姓的,它们虽然坠落了,那些缥缈的思绪却在大地上生了根。

园中有许多毛白杨,这些树的树干上长着无数眼睛,有怒目而视的,有双眸紧闭的,也有微微张开的,我想,它们或许能把看到的一切都贮藏起来,百年之后,给后人看。

对于我来说,爱上园中那个戏台是一个慢热的过程。与园无关,与树无关,甚至与人无关。慢热,是一种性情,这种性情是斧钺刀叉架在脖颈之上也改变不了的东西。我最喜欢戏台两侧柱子上的楹联:粉墨辨忠奸曼舞轻歌皆世态,筝琶弹喜怒繁弦急管尽人情。午后散步时,我就在脑子里把我认识的人列一个名单,然后分析这些人的忠与奸。我做这些事,是为了帮助初金凤阿姨,她一直在做贺老先生的思想工作,我是她的助手。人生如戏吗?不一定。我们每个人,都是在人生舞台上粉墨登场吗?说不好。不过,在1948年的年底这个特殊的历史节点,本色演出还是摇身一变,确实是一件值得认真思考的事。

"树欲静而风不止。"

听到身后的这声音,我一惊,急忙回头看时,站在我身后的原来是贺老先生。他那高高的个子,由于年老,而弯曲了些,也就是说,背部和腰部都伸不太直,因此,看上去,真的不那么挺拔了。然而,他的目光很锐利,甚至像刀尖,我想这老人家,一生经历的风雨变故,比我这样的小女子多得多啊。

"'燕太子'的故事你读过吧?"

"写秦王不让燕太子丹回国,告诉燕太子丹,只要乌鸦长了白毛,马长了角,燕太子丹就可以回燕国了。"

贺老先生点点头。

"我已经许久没有回到故乡了,不知道我有生之年还能不能回去。《诗经·河广》中写流浪者思念故乡时说:'谁谓河广?一苇航之。'"贺老先生像是在自言自语。

老人们对故乡的依恋情绪,我不是十分理解,一则我还年轻,二则我是一个漂泊太久的人,往往会将漂泊理解为一种常态化的生命方式,于是,就失去了那种还乡情结。

不过,我嘴上还说:"我刚从您的故乡回来,那里真的很美。"

贺老先生眼睛一亮,那种亮,一下子冲淡了老年人特有的暮气,他甚至有点激动:"我自小就在那个江南小镇读书,我们老宅的院里,有一块读书石,我常坐在那石头上背诵《论语》,还有一株青罗伞盖似的梧桐树,那是我思考问题时常去的地方。在那里,我也结识了一些人。起初我们推心置腹,无话不谈,后来,随着年纪的增长,每个人都有了每个人的功名事业,彼此之间,就有了莫名其妙的隔阂,不,不是隔阂,或许是,或许不是。我很思念我的母亲,我自负笈读书开始,总是不在母亲身边,后来,母亲去世时我都不在她老人家身边……"

"您的印章,为什么刻着'杜工部门下走狗'这几个字?"

贺老先生哈哈大笑起来,说:"先说杜工部。苏轼在一次次的贬谪中诵读杜甫的诗作,他认为杜甫最可贵的精神就在于'其流落饥寒,终身不用,而一饭未尝忘君',此语令人唏嘘不已,怆然泪下。生为笔杆子,为张三用,为李四用;为国家用,为个人用;为英雄用,为奸人用,都是在所难免的,而杜甫的无用之用,恰恰成就了他'沉郁顿挫'的艺术风格,也成就了他光耀千古的人格魅力。

再说门下走狗。据说郑板桥有一枚印章:青藤门下走狗。明代大画家徐渭有许多别号,如青藤老人、青藤道人、青藤居士等。郑板桥为清代大画家,才调甚高、自许甚高,却对徐渭其人其作崇拜得五体投地,乃至于以狗自喻,想来也有令人诧异不解之处。细细揣摩,豁然开朗,郑板桥以谦卑的形式表达了他对徐渭的崇拜之情,同时,也表达了他对狗的敬意。狗仅为一动物,何来"敬意"二字?个中缘由,养狗方知。狗不介意坦率地表达它真实的意愿,要吃要喝要陪伴,都会直截了当地提出它的诉求,从来不会转弯抹角地谋求利益。当狗与你一起拥有了相依为命的空间之后,它会格外珍惜,一旦遇到外人'进犯',它会舍生忘死地捍卫这个来之不易的空间,忠勇可嘉,矢志不渝。狗,不伤害人,不出卖人,不背叛人。狗,不懂得嫉妒、歧视、算计、倾轧、争名夺利、拜高踩低、以强凌弱、落井下石。狗,拥有高贵的灵魂,却浑然不知,一派天成。面对狗这样拥有高贵灵魂的动物,那些曾经被世俗尘埃摧残过的灵魂或许能够得到某种净化,也未可知。由此可见,郑板桥以狗自喻,并非贬义,而是自许许人,以此明志。"

"贺老先生,听您讲话,真长学问。我家原本是贫穷之家。在底层,读书识字是奢侈的。"

贺老先生说:"你,是一个不凡的女孩子。"说着,他拿出一个本子,问:"这是你的吗?"

"是的,这是我的日记本。"

"你不要隐瞒什么,我这么信任你,你诚实地告诉我,你是做什么的?你天真的面孔,是那种让人一见就信任的,然而也说不准,现在这个乱世,人心惟危,谁知道每个天真的面孔后面埋藏着怎样的秘密呢?"

我的汗水是被紧张压力逼出来的。脸很红,整个人像被放置在炉火上烤。我不知道我能不能说，初金凤阿姨和万阿姨都嘱咐过我，从事我们这项工作的重要一点就是，保守秘密。哪怕是面对你最信任的人，也不能泄密。可是我却把日记本落在湖边石凳上，幸亏被贺老先生捡到，否则，后果不堪设想。

我们正在这里闲聊，忽见贺明君一路跑着就到了我们面前，大声喘着，并且说："父亲，我听说您拒绝了南京政府的邀请，要知道我的女儿就是被他们那些人绑架了的，您还是只顾您自己，不顾我女儿的死活。还有你！"贺明君指着我的脸，大叫："你们这些骗子，你们说找到了我女儿，我才跟着你们来到天津卫这个伤心之地，可是，你们还我女儿，还我女儿！"

贺明君哭起来。半天，又对我喊道："你在我家，骗我父亲，你真可耻。越是你这样外表看起来特别忠厚老实的，内心深处才肮脏可怕。你真让我恶心，我要洗耳，洗眼睛。"

贺明君的歇斯底里，让贺老先生和我都很难堪。

看见人家父女这样剑拔弩张的，我有点慌张，生怕自己说话不小心，再得罪了人，就悄悄溜走了。

当晚，我把这件事告诉了初金凤阿姨，然后，我又问道："我们为什么要骗人？明明没找到黎婕好，还骗人家说找到了。"

初金凤阿姨说："你看你还是这么不成熟，这要被别人听到了，就不好了，影响你进步。给你看一样东西。"

初金凤阿姨递给我的是一张报纸，仔细看了看，是香港的报纸，上面竟然有黎婕好的照片。这个说话做事毫无章法可言的黎婕好，居然到了香港。我对香港一无所知，可是，初金凤一直在香港某公司工作，因此，听她讲起过。黎婕好与另外两个人合影，显出一副趾高气扬的样子，看来，这两个人，都不是平头百姓。黎婕好左边的中年女人珠光宝气的，眼圈很黑，因此，更显得明眸皓齿,仪态万方;右边的年轻男子是一副文弱书生的样子,眼神是飘向黎婕好这一面的。除了这张照片,还有五六张,也是这类的合影,这些照片的上面有一行字:鸡飞狗走,越过深圳河。

初金凤阿姨说:"我要去一次香港,承担护送民主人士和文化名人回国的任务,同时,调查一下黎婕好的情况,看看她是否被国民党特务机关吸纳,要知道,香港的特务机关太多也太复杂,我们在这边,对香港的情况也不清楚。不过,这边的工作也不能放松……分身乏术啊。"

我想告诉初金凤阿姨,我是可以胜任一切的,可是,我真的可以胜任一切吗?

我看着报纸上的黎婕好,觉得她过于招摇了,就不自觉地说出来了。初金凤阿姨说:"他们绑架黎婕好,却被她逃脱了,这个小女子,也算手眼通天了,只是不知她的路数是怎样的。她去了香港,这件事,也会影响到贺老先生的抉择。"

我也意识到情况的严重性,不由得蹙眉,叹气。初金凤阿姨看看我:"我看,贺老先生跟你倒是投缘,你可以如此这般去做一做他的思想工作。"

这些天,我需要学习的东西真多,多得我都快承受不住了,不过,有一种荣誉感,时常荡漾在我心中,促使我下定决心,关键时刻用生命来捍卫这种荣誉感!

"贺老先生的担忧也不无道理。黎婕好这个人,一向我行我素,就像当初改了自己的姓氏,做什么事都由着自己的性子。她去香港,有可能是敌人布置的一粒棋子。也有可能,是……情况太复杂,我必须亲自去香港查一查。我走以后,言为复来协助你工作,向春来跟我去香港。"

这个消息,一下子扎疼我的耳朵,我找了一个借口跑掉了,为了不让初金凤阿姨看到我的眼泪。

　　没有杂质的夜色,一滴雨水就是一粒珍珠,粒粒珍珠落在地上,都化作灵异的耀眼的光芒反射天空,汇入星光的海洋之中。这世界是这么璀璨而纯粹,而我,居然有如许杂念,为儿女私情而忧虑不安。在得知向春来将要到香港去寻找黎婕好的这个夜晚,我再一次批评了自己,然后沉沉睡去。

四十五

　　我在我住的这个小院里,栽种了红色萱草花。当然,春天未至,这花,还没有到开放的季节。

　　贺明君还记着我跟她说过种植萱草花的事,这一天,贺明君说带我去后院的植物园看看,在那里也种植一些红色萱草花。快到植物园的时候,她说她要进一个空院子去找一件东西,让我在外面等她。

　　贺明君说:"站在原地,等着我。"

　　我的眼睛平视前方,看着她的背影。还俗之后,蓄发是来不及的,她就一直戴着一顶黑色绒线帽。她那种松松垮垮的美,让我确信:黎婕好就是继承了她的这种基因,才形成那种不拘一格的个性的。我对她的背影说:"好的,我等着你。"

　　我睁大眼睛跟踪她黑袍黑帽的背影,我等着她。

　　许久许久,黑袍黑帽她都没出现。

　　叶紫苏冲我发火的样子,真是太不可思议了:"全完了,全完了……只有外孙女原谅了自己,并且找回女儿,贺老先生才能跟着地下党北上到解放区去。现在,外孙女没找回来,女儿就跑了,一切全完了……"

184

我发疯似的向贺老先生的房间跑去。

贺老先生在红木榻上端坐着，脸上平静如水。太出乎我的意料了。他手里有份电报，那上面的八个字映入我眼帘的时候，我是那样震惊：他是战犯，不可追随。

我一脸迷茫地站在那儿，不说话。

贺老先生好像是在自言自语："我曾经跟我女儿说过，永远也不要让自己置身于垓下，在垓下，万箭穿心，四面楚歌，十目所视，十手所指，十面埋伏，要让自己平安到老，可是，儿女自有儿女福，你不用找，贺明君去了黎二先生家。黎二先生已经决定跟着国民党走了。"

"您呢？"

他示意我坐下，然后一字一顿地说："我，独善其身。"

"独善其身，固然令人羡慕，可是，您有天生的富贵，后天的爱国，您应该兼济天下。"

"兼济天下？1946年，重庆，我们民盟也派人去参加了蒋介石的政协会议，我的恩师就是七名民盟代表之一。这会议，一开就是二十多天，还有了什么和平建国纲领，国民党参加了，共产党不也参加了吗？你看，现在，国共两党的军队还不是刀光剑影，罢罢罢，我不再相信政治家，我退出江湖，隐居于闹市，你们不要扰我，我也不扰红尘。和那些通儒相比，难以望其项背，不过，闭门读书，摘花课句，是我一生的功德。"

"您的恩师是哪位？"

他不语，半天才继续说："我曾经是民社党一员，后来，我们的党魁倾向了蒋介石。他说得或许也不无道理：'这伙人跟着我许多年，好不容易等到了今天，联合政府就要成立了，我还能够让他们饿着肚皮跟着我吗？'可是，我们的党魁一时成为众矢之的。四十年声名不易得,一时失策,千古憾事。恩师上报名单之日,就是我退出民社党之时,从此,师生之间,似有万丈鸿沟相隔,再也不能像以前那样推心置腹、肝胆相照。党魁怕见党员,恩师声名扫地,民社党的同人斥责他:'受宵小之包围,逞一己之私图。'那些热衷名利的人,天天缠着恩师,要职位,要俸禄,闹得恩师寝食难安,焦头烂额。由此可见人欲横流,恰如江水猛兽。恩师发现蒋介石是一个真独裁假民主的人,就在《民声报》发表文章:'此次选举只是骗人的戏法,包办选举,扣留选票,涂改选票,违法事,不胜枚举,此实窃盗民主。'当年,我们倡导的是,'天下为公,友党共济',后来,却看到蒋介石独裁的现状愈演愈烈,民主人士成为牵线木偶,实在痛苦。本人受业于恩师,虽不忍见恩师处于困境,却又无力挽回一切,加之本人实在看不惯那种种乱象,就只身来到天津卫,隐居于这座城市,做一个彻头彻尾的无用之人。"

泪水打湿了贺老先生的胡须。

"1946年1月,国共两党签订了《停战协议》,我,焚香拜佛,涕泗横流。我只希望天下苍生不再遭受战火纷飞之苦,我错了吗?"

"贺老先生,有人曾经告诉我——中间的道路是没有的。"

"是谁跟你这样说的?"

我也不语。

贺老先生说:"你知道《歧路亡羊》的典故吗?"

"我知道。"

"我不想追随任何人了。我要做隐士。我要学'古今隐逸诗人之宗'陶渊明,悟已往之不谏,知来者之可追。实迷途其未远,觉今是而昨非……"

案头一张宣纸,古半千正在那里抄写《歧路亡羊》:

杨子之邻人亡羊，既率其党，又请杨子之竖追之。杨子曰："嘻！亡一羊，何追者之众？"邻人曰："多歧路。"既反，问："获羊乎？"曰："亡之矣。"曰："奚亡之？"曰："歧路之中又有歧焉，吾不知所之，所以反也。"杨子戚然变容，不言者移时，不笑者竟日。

门人怪之，请曰："羊，贱畜，又非夫子之有，而损言笑者，何哉？"杨子不答，门人不获所命。

弟子孟孙阳出，以告心都子。心都子他日与孟孙阳偕入而问曰："昔有昆弟三人，游齐、鲁之间，同师而学，进仁义之道而归。其父曰：'仁义之道若何？'伯曰：'仁义使我爱身而后名。'仲曰：'仁义使我杀身以成名。'叔曰：'仁义使我身名并全。'彼三术相反，而同出于儒。孰是孰非邪？"

杨子曰："人有滨河而居者，习于水，勇于泅，操舟鬻渡，利供百口，裹粮就学者成徒，而溺死者几半。本学泅，不学溺，而利害如此。若以为孰是孰非？"心都子嘿然而出。

孟孙阳让之曰："何吾子问之迂，夫子答之僻？吾惑愈甚。"

心都子曰："大道以多歧亡羊，学者以多方丧生。学非本不同，非本不一，而末异若是。唯归同反一，为亡得丧。子长先生之门，习先生之道，而不达先生之况也，哀哉！"

我正不知如何劝解贺老先生，言为复走进来，看了这幅字，大加赞赏，并且说："看了您的字，我颇有出世之心！"

"你们年轻人，何出此言？老朽，实在是老了，什么都看过了，什么都厌倦了。"

我着急地说："难道您就不曾有过救国救民的思想？"

"贺某不才,曾是前清秀才,后来我到日本留学,感叹国家衰弱,民不聊生,深恨自己不能为国效力,力挽狂澜。试问,哪一个读书人不曾有过凌云壮志?我家是书香门第,不过近代以来,家道中落,而且子弟们读书,往往不顺,有些子弟落榜之后,患上怔忡之症,令人感叹。我们家乡向来有'文疯子'多于'武疯子'之说。我家祖父在我考上秀才之时,十分激动,简直就是涕泗横流,一个劲儿地慨叹'苍天保佑、祖先保佑',可是我心中始终有一个疑问:我们为什么而读书?"

　　贺老先生咳起来,好容易止住咳,一边喘一边说:"我跟现在驻守天津的国民党某大员,曾经是同窗。从一见如故、相识恨晚到君子绝交不出恶声,最能见人情之冷暖,世态之炎凉。他就认定了'学而优则仕',抱定'千里做官只为求财'的观念不放。如今,我都不愿再见到他这样的'禄蠹'。他也不再是当年那个对我言听计从的他了,他再也做不到礼贤下士了,他也不可能与我肝胆相照了,为什么呢?因为他是长官,官位越来越高!权力,就是这么一个怪兽,一旦被这怪兽征服,人心、人情、人味都会产生变异。先前,他令我组织天津的文化名人和工商业巨子召开座谈会,看似有一些礼贤下士的味道。后来,他让这些文化名人和工商业巨子去投奔国民党,让这些人到南京去,人家不肯,他就让我当他的说客。我这个说客倒想游说一下他。为数百万天津老百姓,我希望这位同窗能够劝说当局,停止内战,可是,他不待我把话说完,就端茶送客了。显然,我们之间再也不可能推心置腹、肝胆相照了。"

　　言为复慨叹道:"将来他们会后悔的。作为历史见证人,身处其中的人,或许都不知道历史这本书究竟会以怎样的措辞来叙述当时发生的一切。"

四十六

我从口袋里拿出玉蝴蝶给贺老先生看，贺老先生问："这个是你自幼就有的吗？"

我说是黎先生所赠。

"噢，承蒙他不弃，待我的外孙女儿很好，赠送她一只玉蝴蝶。这一只赠给你，极好极好！"

这时，我们所有人都不知道，这两只玉蝴蝶上，埋藏着一个与母爱有关的秘密。

贺老先生给我看墙壁上的一幅字，那是他书写的《敬萱堂赋》。言为复来了，也跟着一起看。

"老先生这么博学，晚生敬佩。"言为复这样说着。

贺老先生哈哈大笑："老朽的时代一去不复返了。你的文章，易为春小姐的文章，我都看过，后生可畏，后生可畏。"

"晚生能否冒昧地说一句，此地万不可逗留，不如早些离开为妙。"

"离开？不，老朽一生经历过无数动荡，眼下只想随遇而安！"

"可是，他们既然将您的女儿和外孙女都置之网罗，下一步……"

"您为什么不能像黎锡恩先生那样投奔光明，到河北省平山县李家庄去呢？"

"我曾以个人名义加入了中国民主同盟。可是，如今一切不复从前。"

"您为什么对时局如此悲观？"

"1947 年 10 月 27 日，国民政府内政部宣布民盟为'非法团体'，并冠之以'勾结共匪，参加叛乱''不承认宪法，企图颠覆政府'等罪名,要求民盟立即解散。为了全体盟员的安全,同年11月5日,民盟总部被迫决定解散,次日,民盟主席张澜署名发表《解散公告》。世事如此,令人寒心!"

"老先生有所不知,民盟地方组织和盟员被迫转入地下斗争。1948年1月5日至19日,民盟在香港举行一届三中全会。会议做出宣布恢复民盟总部、确定新的政治路线和新的组织路线等三项决定。一届三中全会成为民盟历史上一个伟大的转折点,标志着民盟与国民党公开决裂。"

言为复从包里取出一份报纸,说:"老先生,您看,这是5月1日《晋察冀日报》,头版头条刊发了'五一口号',其中这样一句:'各民主党派、各人民团体及社会贤达,迅速召开政治协商会议,讨论并实现召集人民代表大会,成立民主联合政府!'"

贺老先生闭目沉思,像一尊佛像那般肃穆。

"您有顾虑,是可以理解的,其实大可不必。民盟中央领导人沈钧儒、章伯钧,已经参与新政协会议的筹备工作,坚持拥护召开新政治协商会议、成立民主联合政府。国民党革命委员会主席李济深先生等作为第三批进解放区的民主人士,抵达东北之后,受到周恩来先生部下的热烈欢迎,为使李济深先生不受北方寒冷天气所伤,为他们准备好皮大衣、皮帽子、皮靴等。"

贺老先生陷入了沉思。过了一会儿,他自言自语地说:"人生在世,富贵不可尽用,贫贱不可自欺,听由天地循环,周而复始焉。"古半千也附和道:"是啊,李广有射虎之威,到老无封;冯唐有乘龙之才,一生不遇。韩信未遇之时,无一日三餐,及至遇行,腰悬三尺玉印,一旦时衰,死于阴人之手。"

我和言为复见状,也就不再说什么了。

四十七

"你们为什么闯到我的宅子里来？"

那天早晨,我被吵闹声惊醒时,言为复和叶紫苏已经会集在客厅里了。

"你们家有人私通共党!"

"老朽向来独来独往,无党无派,何谈'私通'二字?"

"那好,您看这是您外孙女的婚帖,她在香港嫁给一个共产党,这是证据。"

眼前这张大红请帖,仿佛具有超自然力量,一下子把我打得晕头转向。被大红请帖劈头盖脸暴打一顿的我,觉得一股气流从咽喉顺着食管一直扎下去,撞击着肠道,在疼痛中生出热情——那种奔赴死亡的热情。是啊,嫉妒、仇恨或沮丧等负面情绪会让女人生出多少癌细胞啊。

我注意到,这请帖的背景是黎婕好最常使用的图案——并蒂莲,我还记得在报社时,黎婕好手绘了一些明信片,一律以并蒂莲为背景,上面用新宋体字写着:永远的并蒂莲,不离不弃,天长地久。

黎婕好在大红请帖上夸张地摆放着她和向春来的名字,她把向春来的名字放在一个高高在上的位置,自己的名字则小鸟依人般藏在"向春来"三字之后,整个版式设计得绮丽动人。

炫耀什么缺少什么,这样大张旗鼓地恋爱,其实想要掩饰的正是灵魂的虚无。然而,灵魂算什么,肉体的实惠才是真实的。我不得不承认,黎婕好确实得到了她想要的东西。为了得到这东西,她能拼命;为了守住这东西,她可以要了别人的命。

贺老先生看了一眼这张大红婚帖,沉吟片刻说:"我与她断绝关系了。"

正吵闹不绝的时候,一阵杂沓的脚步声进来了。这些人,从这些人恭敬的态度可以知道,来者是大有来头的人物。

外面渐渐安静了。贺老先生对管家说:"中午宴请客人。"我们三个人还是不敢贸然出去,只在我们的屋子里听着外面的动静。

我四肢瘫软地倒在床上。周围一片凌乱,我已经没有心情去整理。枕边放着那张大红请帖。

黎婕妤即将成为向春来的妻子, 她将拥有他所拥有的一切。然而,我想大声喊出来,我想成为向春来的妻子,黎婕妤所拥有的一切,都是我想拥有的。由于黎婕妤的介入,我将彻底失去向春来,黎婕妤美丽勇士般的姿态表明——她必须赢得这场争夺战的胜利。赢,是她唯一的目的。输,是我必然的人生结局。本以为自己会输得坦坦荡荡,会输得心安理得,会输得气吞山河,未料到,自己输得拙劣,输得苟且,输得可笑。

因为希望过,所以才会被绝望击中。被绝望击中的人,倘若还能满怀希望地上路,这个人,不是疯子就是傻子。或许是一个纯粹的人?绝望给一个生命个体带来的毁灭性,是常人难以想象的,只有纯粹的人才能忘乎所以,义无反顾。

直到这些客人走了,贺老先生才来找我们。

"贺老先生,刚走的那位是黎二先生吧?"我问。我见过这个人,有印象。贺老先生说:"是啊,他一直劝我跟他离开这里,到台湾去。他说我们已经是十面埋伏了,他还劝我不要陷于垓下……我一个老朽怕什么,我只是担心我的女儿、我的外孙女,特别是我的外孙女,实在是不懂事、太张扬,弄什么婚帖啊!"古半千听说是黎二先生来了,神情有点暗淡。我们也知道,贺明君到黎二先生家去就是为了找女儿,此刻,她必定会和黎二先生一起行动,先去台湾,然后香港。古半千是一个性情中人,他还期待着能够与贺明君破镜重圆呢。

"老朽无功不受禄,既不想靠近共产党,也不想靠近国民党,只想隐居山林。"

言为复说:"听说,司徒美堂也给共产党写了信,我抄来一份,请看《上毛主席致敬书》:'美堂奔走革命六十余年,深信民主政治必须实现,今南京蒋介石政权,专制横暴,倒行逆施,贪污腐化,卖国求荣,发动剿民内战,搜刮民间资财,人心向背,千夫所指,覆亡之日,必在不远。贵党与各民主党派所号召之新政治协商会议,以组织人民联合政府,美堂认为乃解决国内政治唯一之方法,衷心表示拥护。当号召海外侨胞与洪门兄弟誓为后盾。'贺老先生,当断不断,反受其乱。"

"现在许多人写信劝我去解放区,本人从未对共产党有过雪中送炭的贡献,锦上添花嫌不够资格?"

言为复正想说什么,门口响起脚步声。我们都警觉起来,看起来,这种隐居生活也如惊弓之鸟,十分不好过。

进来的是管家,他有点惊慌不安地说:"贺老先生,外面全是那些人,咱们被监视了。动员南迁的人,天天赖着不走!软硬兼施!今天还送来飞机票。"

贺老先生倒也坦然,说:"也罢,有人自愿为咱们看家护院,更好!"

四十八

那些散落于野草中的小花,正像待字闺中的小家碧玉,悄然释放着自己独一无二的美丽。虽然卑微,却也清新。这草坪,多么整齐优美,如今,被人们踩来踩去,呈现了荒凉景象。

在草坪附近散步的贺老先生,忽然对我说:"訇然倒下就没能起来,声音与形象一起消失。这世界有点古怪了。老朽总感觉自己被死神监控了,感觉这世界真的很古怪。一个前仆后继奔向死亡的群体,自身内部还在厮杀,这是为什么? 就像站在荒野里,反而踏实了。一无所有,无所依傍。可是,我也害怕,有豺狼虎豹,也有雷鸣电闪,站在荒野,却是我的宿命。天地洪荒一片黑暗,我从黑暗里钻出来,看见的第一个人,是谁? "

我正在打腹稿,古半斤参禅般地说:"风乍起,吹皱一池春水。"

贺老先生笑道:"是啊,风乍起,吹皱一池春水。干卿底事? "

贺老先生和古半斤会心地笑起来,我站在一旁,有点发傻。

"读者与作者隔着岁月朝代和笔墨纸张去调侃,妙趣横生,妙不可言,细一揣摩,这期间,还有一种淡淡的情绪,如牵牵挂挂、绵延不断的丝蔓,一眼看去,寻常不过,再看一眼,怦然心动。寂寂人生,总会有这么一天,我的情绪产生了风生水起的变化,这一天,就是我的节日,我埋藏在心底的节日庆祝,与世人无关,倘有饶舌者动问,我可以这样答复他或她:干卿底事? "

"这样一想,一切人或一切事,也就不必放在心上了。"

这下我听出来了,贺老先生和古半千的对话,说明二人总想以不变应万变。

晚间,我和叶紫苏就会到言为复房间里去开会。叶紫苏说:"这个黎婕好,简直是疯子。她压根没跟向春来结婚,那请帖是她自己弄的,寄给她同学,想气气别人,这不捣乱吗? 本来,初金凤和向春来可以在香港多找一些熟人弄些情报,让黎婕好这一闹,全乱了套了。现在,初金凤和向春来护送着一批民主人士和文艺名

194

人都不敢进天津,直接去了北平。"

我一听,这真是戏中戏啊,想不到黎婕好还演这么一出。

"什么情报?"

"天津和北平,是战是和,处于一个重要历史关头。战,有城防图则我军必胜无疑;如果和平谈判成功呢?或者一边和谈一边作战呢?国民党惯会弄套那种阳奉阴违的法术,这不,毛人凤已经在天津插了四组特务,这份名单对于我们至关重要,关键是想个什么法子把这名单弄到手。"

"可是,我们在这个贺家花园保护贺老先生,心有余而力不足啊。"

我们都不说话了。这是黎明前的一刻,夜色显然会更加浓重。

晚饭后,我们三人去散步。他俩在前面,说着什么,我在后面,忽然,我发现一个黑影晃动一下就不见了。这里很偏僻,我感觉灌木丛里好像隐藏着什么。我揪住叶紫苏的衣角,小声说:"我忽然意识到这个园子已经被包围了。"言为复将食指放在唇上,不让我说。回到客厅,言为复才告诉我:"贺老先生不是曾经以个人身份参加了民盟吗?民盟是坚决支持中国共产党的,因此,蒋介石放出风来,说什么'民盟这些人不为我所用,断不能资敌'。暗杀,是毛人凤保密局的拿手好戏,此时,还不动手,想必还有什么计谋。"

我又想到死神,感觉它离我们越来越近。

言为复说:"有时候,我也会想到死亡。《庄子·至乐》中有段话:死,无君于上,无臣于下,亦无四时之事,从然以天地为春秋,虽南面王乐,不能过也。我们不是庄子,不能像庄子这样看待死亡,我们的死亡或许不会惊天动地,但是,一定会死得其所。人生自古谁无死,留取丹心照汗青。这诗句真是太好了!"

叶紫苏想岔开话题,就说:"呀,这么冷的冬天,鱼缸的小鱼产鱼了。"我顺着叶紫苏的手指一看,鱼缸里有点混浊的水,出现了一种热闹的场面,一个个小黑点坠落下来。

从这天开始,小鱼渐渐肥壮起来,逐步有了鱼的形状。

外面是那么黑而冷,可是,我们散步回来,总能看到小鱼的身子有了新的滚圆。从小鱼降生的那一刻起,我就感觉生命力之旺盛,当然,我也会想到生命轮回。有时,我把希望寄托在鱼儿们身上,它们向死而生的情形,充满力量,令人感慨:鱼缸是它们的小巢,它们却属于宇宙。

思考了几天,在某天晚饭后,言为复忽然一拍桌子说:"假结婚,也对啊,这是一个办法。"

没头没脑的,我们都发愣。仔细一想,或许这还真是困境中的一个好办法。"不过,就算假婚礼,达到什么目的呢?"我的脑子慢,就这样问了。叶紫苏不语,言为复说:"引蛇出洞。"

"谁是蛇?"

"叶凤萧。她不是一直在找你吗?将计就计。"

是啊,贺家花园这出'空城计',竟然是在言为复精心设计的假婚礼掩护下完成的。当然,这次行动也得到了领导的同意,并且派来援兵。

四十九

经过一番讨论,最后说定了,我是新娘子,言为复是新郎官,婚礼就在附近一家酒店举行。

凤冠霞帔的端庄样儿,是一个女孩子的全部的梦想。为什么女人如花?愕然。衣服上的花瓣,是人工绣制的,而大自然中的花朵,是上天赐予。人的七情六欲,对母亲的依恋,对爱情的向往,是一个女人逃不掉的宿命。可是,最终,我们还是被打扮成花朵的模样,出现在世人眼中。

我是不用说的了,作为新娘子,从头到脚,全都是红色,坐在满堂红的新房中,俨然一朵百花园中盛开的玫瑰。现代人将红色嫁衣或白色婚纱当作道具,已经失去了天人合一的感觉。人们甚至将爱情也当作道具,从这个角度讲,传统生活则更加注重回归自然。自然之道,无非山川万物的纹饰和光辉,其中就包括红色花朵。是照亮旧时光的一道朝霞,同时,旧式女子大多喜欢红色。特别是北方女子,家居时都保持着衣服袜子一片红的打扮。据有些专家学者研究,这种对红色趋于极端的偏爱,或许与天后娘娘穿红衣有关。天津天后宫中的妈祖神像就是红装俨然的模样,这源自于一个传说。在许久以前,有一艘船海上遇难,顷刻间面临着樯倾楫摧的危险,就在这千钧一发的时刻,一个红衣女子在半空中出现了,为船工带来吉兆,刹那间,风平浪静,平安无事。于是,人们尊奉这位红衣女子为妈祖,后来,经过历代皇帝的加封,称之为天后娘娘。

我极力躲避的人或事,其实一直都存在着,比如叶氏兄妹对我的算计、利用和追杀。

我知道终有一天我们会狭路相逢。那些我不想见到或者说我怕见到的人或事,总会猝不及防地出现在我眼前的。

当然,叶凤萧的出现,正是我们所需要的。言为复说过,与其躲避,不如正面对峙,我们的策略是——不按常规出牌。

叶凤萧真的出现了,依旧柔若无骨,轻盈窈窕。特别是那双脚,那被左忆青妈妈用目光和语言夸赞过无数次的纤足,穿着精致的高跟鞋,踏在地毯上,美得令人目眩。可惜,这叶凤萧已经踏上了不归之路。曾经美得空灵,最终却跌落在尘埃,面目全非,叶凤萧的悲剧,最终还是应该由她自己来负责。

我有点慌张,因为,叶凤萧身边的两个人,都是可以揭开我的老底的人,一个是摄影师牟家英,一个是我以前的嫂子门遇春。叶凤萧和门遇春并没有认出我来,可是,牟家英告诉了她们,从我在三岔口医院出生的那一刻起,牟家英就认识我,知道我的来龙去脉,因此,他会告诉叶凤萧和门遇春,你们要面对的这个人是假冒林子衿的厉小壹。

我被伴娘搀扶着来到礼堂。我看见了门遇春,她不知我是谁。过去的林子衿,随着我的整容而死,林子衿死去了的那段时间,并不算长。而昔日的林子衿变成易为春,相当于死而复生也罢。

一个毛毛虫,从窗子爬进来,登上大殿,爬行于宾客之间,不可思议。

这时,一个讨饭的妇女怯生生地进来,直冲着牟家英走过去。那是荣子秀妈妈,她已经落魄到那种样子——头发遮住眼睛,不敢抬头,眼睛斜视着,一个虱子掉在眼睫毛上,手一抹,一道黑灰,使她的脸,看上去那样憔悴。这样子,看得我心如刀绞。这个牟家英,真是一个坏家伙。一瞬间,我真希望牟家英变成一个失去记忆的人。

"狗不嫌家贫,儿不嫌母丑。你就是一个大杂院里的臭要饭的,装什么大尾巴狼?鸡窝里还能飞出金凤凰?来人啊,你看看你的高堂老母。你在上面金尊玉贵,当新娘子,你的高堂老母是个要饭的。"骂我的是"业障"叶玉璋,他也是叶家大院的人,虽然是破落户,也算底层人。底层人骂街,向来是抄着底儿来,骂到深邃之处,把人的本质和人性的真相,都赤裸裸展现在人们面前。

我最讨厌的就是底层的脏话。每当这些脏话漫天飞舞之时,审丑,就成为一种拙劣的狂欢。

脏的东西,令我作呕,我简直受不了了。同为叶家大院的人,我和叶紫苏这些理想主义者与"业障"叶玉璋这样的流氓一直矛盾着,甚至对抗着,此刻,我们之间所有的矛盾和对抗,都突兀地呈现出来。

叶凤萧仿佛被一种涌动起来的冲动控制,兴奋地说:"来,看看新娘子,这是你的闺女。"说完就笑,笑得那样张狂。人欲横流。欲,是低级的快乐吗?我一直试图跳出叶家大院那个低级的圈子,攀登珠峰是我的终极理想,然而,叶凤萧却在"欲"这里陷落了。她认为她的"欲"直通"前途"。其实,堕落的人,谈何前途?叶凤萧的体内吸收了太多的恶,这样的人终有一天会释放体内全部的恶,于是,这将成为棘手的社会痼疾。心理扭曲是人生最坏的结局,它的产生往往是社会重压的结果。

人生,一步步按既定方针延展,有一个安排,主宰这一切,是谁在安排?家长、习惯势力、惯性思维,或者是俗称叫作"命运"的那个不是东西的东西,反正,一个结局,几十年的光阴,由最初的好吃懒做,到后来的小奸小坏,从此滑向一个不明确的终点。叶凤萧对于功名富贵充满期待,却从来没有反思过,这样的生活,是不是出了什么问题?

我从荣子秀妈妈的眼神中看到这样的内容:她知道目前我们都处于危险中,不过,在这艘即将沉没的大船上,她不想看到还有一个生还者,因为她心里的爱已经被乌云遮蔽了。荣子秀妈妈是一个溺水者,她要死死拉住我的胳膊,万一我是救命稻草呢?如果不是,一起沉入水底也是好的。

无边无际的荒凉包围了我。

情绪最低落的时候,所有的病痛都隐退了,只剩下一种味同嚼蜡的感觉,让人灰溜溜的,只想让生命定格在某个时空的点上。

我害怕刮风,害怕大地被吹得干冽的寒景,那时孤独会呈现出强大的力量将我吞没;我害怕阴霾,它是一只将人的心灵引向不归路的毒手;我害怕婚礼,众多快乐无比的同类让我感觉到窒息,同时,在众人的视线里我常常感觉到无所适从。

叶凤萧说:"是我把你放走的,你不应该回报我吗?"

"业障"叶玉璋说:"狗不能喂得太饱,人不能对他太好!她这种人,就是欠打!"说着,"业障"叶玉璋就想打我耳光。

这时,言为复过来摁住了"业障"叶玉璋的手,看到眼前这位西装革履、风度翩翩的公子,"业障"叶玉璋有点胆怯。

贺府管家说:"感谢众位亲友光临!众所周知,鄙人是梨园行出身,一会儿酒会开始之后,我给亲友们唱几句助兴,来几段'垛板'来遛遛舌头。我这种咬碎银牙的样子不足为外人道的,为的让亲友们高兴。任何曲目中的快板都是绝活儿,牙齿跟牙齿打架,舌头上下翻飞,没有三四十年的'道行'……不,即使在里面游走了三四十年,'现演'时也崴泥。经常听人说,天津人的性格就是苦中作乐,或许是吧,看起来,大半辈子游走于天津卫,我还是有收获的。如果没有戏曲,那么苦的日子,我恐怕就扛不住了。下面让我们以热烈的掌声恭请贺老先生为两位新人的婚礼致辞!"

这时,仆人就往贵宾室请贺老先生去。我看见叶凤萧这一行人有点兴奋,几个黑影向前涌动。

有一位老先生,听说贺老先生将要出来,兴奋地向台前走,正与"业障"叶玉璋撞个满怀。"业障"叶玉璋用脚一踢,顷刻之间,这位老先生就倒在地上。

"我就是嫌他挡道。"

"要不是我出手,你早就伤人一命。众生平等……"

叶凤萧走过来,对"业障"叶玉璋说:"安静点。攻城为下,攻心为上。"

"业障"叶玉璋瞪着铃铛一般的眼睛,一副犯浑到底的样子。

就在这时,人群有点骚乱。贺明君是跑着进来的,进门就喊:"我父亲在哪儿呢?"她一转脸看见了我,马上黑了脸:"你们对我父亲干了什么,你们是骗子啊!"

我没料到她会这么讲,感觉十分难堪。这时我的肉和筋甚至血管就开始发紧。烧焦了的烟火气,直冲脑门子。

有一个人,一个箭步抢在我前面,正是言为复。叶紫苏说:"不要像个粗鲁汉子。"婚礼还是继续,贺明君却忍不得了,又大闹起来,这时,我发现,荣子秀妈妈很害怕,一扭身钻到人堆里,跑了。我倒庆幸她跑掉了,因为一场混乱将要到来,我很怕她受伤。连着骨头连着筋的亲人啊。这个关键时刻,一向沉埋于心底的亲情,忽然涨满我的胸腔。

现场果然大乱。

黎二先生出现了,他咆哮着:"在咱们眼皮子底下,唱了一出'空城计'啊!"忽然,枪响了,有一个前来观礼的绅士倒下了,抽搐,呻吟,又一声枪响,四散奔逃的人们发出杂乱的哭喊。

黎二先生:"哼,全是垃圾一样的人,真想一枪一枪全都杀尽。"

必须逃了。

我跟贺明君擦肩而过,就跑到园子里去了。我跑得很快,跑到没人的地方,才镇定下来。为什么?为什么?究竟是为什么?在这样"山雨欲来风满楼"的时候,言为复居然表演了这么一出戏。

终于把叶紫苏等来了,她说:"敌人想劫走贺老先生,我们知道这个事,已经在先遣分队的支持下,把贺老先生转移到安全地带。他们不会轻易动手,因为一旦出现伤亡事件,新闻记者就会闻风而至。贺老先生说:'黎先生与黎二先生,是亲生兄弟,老大与老二却一直针锋相对,因为他们都生存于历史的夹缝之中,最终站在彼此的对立面上。我曾经试图以自己没态度的软招儿来换取太平,然,这趟浑水终究还是躲不过了。那好吧。就迎难而上吧。人心向背,大势所趋。'"

贺老先生安全了,这是值得欣慰的事,不过我的那个玉蝴蝶,不翼而飞了。看来,尤物从来不福人,此言不谬。叶紫苏还告诉我,叶凤萧已经被抓起来了。

我和言为复跟着叶紫苏撤离到一个安全地带。这是一家银行,楼下是为储户服务的,楼上,是我们的栖身之所。叶紫苏开玩笑地说:"花园洋房,是你们度蜜月的地方。"

住在这里的我,每天在楼顶平台站一会儿,看看市容风景,也挺好的。楼下有一条小街,十分幽静。有一天,我看见一位白发婆婆推着轮椅慢慢地滑着,轮椅上坐着一个黑发中年人。距离太远,我看不清这个黑发中年人的具体年龄。我心里很为他们母子难过,老迈年高的妈妈自顾尚且不暇,怎么去照顾这不幸生病的儿子呢?

我正在胡思乱想,却见轮椅上的黑发中年人站了起来,白发婆婆却慢慢坐上轮椅,他们大约发现我在看他们,相互对视,说了几句什么,笑起来。母子二人有说有笑地往回走,我不由得看痴了。却原来,人家母子俩在做健身游戏,我却以为人家遭遇了什么不幸。望着这对其乐融融的母子俩,我脑海中放映着一幕幕电影,岁月长河里的琐琐屑屑,似乎都被我这个写字人打捞起来。记忆,像天上的浮云,摇曳着一缕淡淡的愁绪,同时,也散发着历久弥新的馨香。

言为复告诉我,《论语》中有这样一段话讲到父母与子女的关系:子夏问孝,子曰:"色难。有事,弟子服其劳;有酒食,先生馔,曾是以为孝乎?"由这段话,我总结了一下,父母与子女的关系有这样几类,一类是弟子不服其劳,酒食也不给先生馔的;还有一类是给父母坏脸色看的;还有一类就是眼前这对母子,他们不是因为道德绑架而相亲相爱,而是一片冰心,浑然天成,纯粹到天人合一的境界。这对母子的每一动作和每一表情,都让我看到了生命之间的和谐,特别是血亲之间的那种和谐。母子连心,或许不必搬出孔夫子来设定条条框框以管理人性,然而……眼前这对母子那纯粹而优美的剪影,与这个城市的喧嚣之间却产生了某种难以言说的悖逆。

由此我想到我的荣子秀妈妈。

我也想到叶家大院。在那里,常常看到一大家子一大家子的人为了财产而打官司……揪头发撕衣服更是不在话下。由此我想到,人,物化了的人,只有返璞归真才能皈依大自然,而只有皈依了大自然才能接近神性。换言之,血亲之间的相处之道,或许就是某种神性的体现也未可知。

夜里,汽车和摩托车的车轮在地面上肆虐着,发出刺耳的声音。不知道国民党政府和军队在做什么,不过,我们能够从这些蛛丝马迹感受到空气中弥漫着的紧张气息。

我总是想到荣子秀妈妈。她一直沉沦着,没有人给予她温暖,因此,才形成了那种索取成性爱占小便宜的性格。其实,认真想一想,环境造就人,同时,环境也毁人。荣子秀妈妈过去几十年的想法和做法,或许也是有道理可讲并且讲得通的。在当年那种困难处境中,能够做到她这样确实很不容易,应该说,谋此一生,对于她来说,确实已经用尽全身之力了。

人类弱点往往是这样的:越不过心理上的那道坎儿,也找不到和颜悦色的理论根据和事实根据。

我是不是应该对荣子秀妈妈好一点呢?

我将头埋在臂膊里,似乎将要入睡,却闻到雪的气息,原来是四周的寒意越来越浓,裹住了枯坐窗前的我。幻觉中是漫无边际的雪,打着旋儿,冲起阵阵雪风,抽打着我的脸颊。我在幻觉中踏雪而归,回到小屋,在一张圆桌上铺上宣纸,写着诗句,用墨色浓黑的毛笔写着。

五十

叶紫苏说,叶凤萧偷走了那只玉蝴蝶。在审讯叶凤萧时,地下党没收了这件珍贵的文物。同时,叶紫苏还告诉我这样一个秘密:原来这两只玉蝴蝶属于草蛇灰线,千里伏笔。两只玉蝴蝶各有两个阿拉伯数字,我这一只刻着94,另一只刻着52。这个号码,有着很大的玄机,听说,跟战争中失散的孩子们有关,不过,这些内容还需要进一步证实。

白日梦。对,言为复说作家就是活在白日梦中。可我不可能成为作家,我已经沉到生活的幻想中永远不能自拔了。

幻想具有止痛的作用,因此我爱幻想。

我继续沉浸于昨晚的梦境:步步登高,登上云阶,去朝拜一个莫明其妙的神。途中遇到左忆青妈妈。左忆青妈妈的眼睛布满云雾般的阴影,不停地诉说着:“那个女人好可怜啊。”所有的幻想都变味了,整个世界仿佛患上了健忘症,我发现,左忆青妈妈已经与自己所在的世界切断了一切联系。忽然,我变得烦躁、暴怒甚至于与这个世界处于对抗状态。难道不应该吗?吃了那么多的苦!谁都愿意笑着站在终点线上。是的,左忆青妈妈确实是带着遗憾离开这个世界的，可是，在梦境中，她冲我微笑。我没法成为左忆青妈妈那样完美的女战士，左忆青妈妈是革命女性的典范，我难以望其项背。后来我才发现，自己根本无法了断与左忆青妈妈的一世因缘，我始终活在左忆青妈妈的想象结构图中。左忆青妈妈说："我家林子衿有着大白藕一样的胳膊。"实际上，我自己都看不上自己的胳膊，当然，也包括腿、脚和腰肢以及这张脸，总之，我无法认可自己的相貌。那么左忆青妈妈说的，难道是叶凤萧？毕竟叶凤萧才是左忆青妈妈的亲生女儿？

左忆青妈妈还曾为我所谓的"大白藕一样的胳膊"配上了一块表，不是名牌，就是一般的坤表，因为左忆青妈妈表面上光鲜亮丽，其实日子过得很紧巴。表针的嘀嗒声，像秋雨打在屋檐前的雨棚的声音。这是在罗斯福街一家表行购买的，店员一个劲儿撺掇，其实，左忆青妈妈是铁定了心要买的，任凭我推辞甚至跑开，左忆青妈妈也坚持己见。现在，这块小手表的表盘上有了裂纹，然而就连这裂纹都显得那么亲切有味。在奔波动荡的生活，这裂纹记录着我某种生活片段。这种痕迹，内涵丰富。我再细看，这表已经坏了。它不再有嘀嗒的声音了，正如左忆青妈妈的轻柔的笑语也被岁月淹没了一样。当时只道是平常。当时，左忆青妈妈给我买来这块手表，我一直没太在意，现在，将这块手表握在手里，感觉很温暖，就像握着左忆青妈妈的手一样。人生，总是等到失去了才会想到珍惜。

五十一

这世界上的事，故事也罢，小说也罢，回忆录也罢，想象出来的东西远远不如现实那样离奇，想不到，叶凤萧居然又当上了黎二先生的情妇。当黎二先生听说叶凤萧被天津地下党抓起来的消息后,提出一个条件,他要用一份特别重要的名单来进行交换。这份名单就是 1948 年 12 月下旬毛人凤派遣到天津的四个潜伏组的名单。

《十面埋伏》的音乐骤然响起,猛虎下山,势不可当,黎二先生们则抱头鼠窜,慌不择路。

五十二

1949 年 1 月 14 日夜,枪炮齐鸣的那一刻,我忽然强烈地思念起我的荣子秀妈妈,特别是当我从楼上瞭望台发现火光集中在西营门方向时,我的心像炸裂了一般地疼。我本能地往外跑,是的,我要去找我的荣子秀妈妈,不论怎样,我要在今晚与她生死团聚。

叶紫苏和言为复死死地抱住我。我退到角落里,一个人饮泣。言为复答应我:"我帮你打探一下路上的情况,一旦情况允许,我跟你一起找妈妈去。"

是啊,我发现我是空想的巨人,行动的矮子。无论什么想法,一旦落实到行动上,我都会一筹莫展。这时,停电了,我们只能点起蜡烛。炒豆般的枪声,震耳欲聋的炮声,还有炮弹射出后在半空中释放的各种怪异声音,折磨着我的神经。窗帘外的曳光线,闪电般地掠过。

第二天上午九点左右,向春来从位于罗斯福街四面钟附近的交通站打来电话,说那边已经有炮弹落下,中原公司(今百货大楼)对面的正中书局正在燃烧,胜利桥(现在的北安桥)是否好过还说不定。

言为复说:"这是咱们必经之路,再等等。"

"可是我等不了了，我必须去救我妈妈。"

我发现，一到生死关头，我对言为复就充满依恋之情，不，何止是依恋，简直就是崇拜。我佩服他有胆量，有想法，最重要的是，有行动。

血缘的力量，激发了我体内的潜力，我想成为一个奔跑于刀尖之上的女子，或者成为一个奔跑于炮火之中的女子。不管怎么说吧，我再也不能等下去了，趁别人不注意，我就跑下楼来。

街道不再热闹，冷清中还有一种惊魂不定的气息。我跑了几步，发现压根就没有电车和胶皮了，但是，我不后悔，我必须找到荣子秀妈妈。局天蹐地，这个词浮上我的脑海，昨天我还查字典呢。天虽高，却不得不弯着腰；地虽厚，却不得不小步走。形容处境困窘，戒慎、恐惧之至。《诗经·小雅·正月》："谓天盖高，不敢不局；谓地盖厚，不敢不蹐。"

一个威胁在面前。寒光一闪，刀尖，是我从小就努力躲避的。如今近在眼前。我不知这刀的力度，我只感觉天高地远，仿佛与这个世界做最后的诀别。有点晕，并且身轻如燕。后来，是茫茫沙漠，有一个黑点，向最深处挺进，我想追上那个黑点。陷落在沙漠中的我，失去了最后的力量。我人生中的那个圆周还缺一笔，我却永远失去画圆圈的机会了。不是死亡将要降临而是坐在疯狂老鼠驾驶的小车上，惊险刺激有点发晕。世人常笑别人捡了芝麻丢了西瓜。西瓜，生命算是西瓜吧，母女之情却不是芝麻。母女之情是天地之间最昂贵的珍宝。

一阵车轮碾压柏油路的声音在我身后响起，追赶着我的是言为复，不知他从哪里弄来一辆汽车。就在我爬上他这辆车的后座时，咕咚一声，一个重物砸在汽车前方玻璃上——是一条人腿，穿着西裤的人腿。这个穿西装的人，上一分钟可能还在憧憬人生，然而，炮弹并没有将他留在阳间，他的一条腿迅疾地下坠，伏在地上时，似乎完成了一次恶作剧式的狂欢。我震惊了，我伏在前车座后背上，想吐，却吐不出来，这回我可懂得什么叫作歇斯底里了，尽管我感觉我表示很镇静，却被一种恐惧占据了全部身心。汽车疾驶，我迅速转过头去，言为复嗔怪地说："别回头，什么也别看。"恍惚间，我仿佛看到了那西裤上的裤线。

街道的另一边，冒着浓烟，橘黄色的火焰亲吻着那个西式建筑前的爱奥尼克廊柱。言为复的脸紧张得几近于狰狞，不过，他那种誓死也要完成护送任务的坚定信心，就写在这张脸上。这个时候，我真想拥抱他，并且发自内心地对他说："我太需要你了！你是英雄！你是我生命的依靠。"可是，我不能这样说，我不能打扰他，也不能表现得这么急功近利，好像因为当下有求于他，就表现出对他的热情。街上有一群溃兵，差一点撞上他们。街角的碉堡里传来枪声和喊声："不许当逃兵，回到战场去！"我们都紧张到了极点，这时，一个华丽衣装的太太拦住我们的车，说："不能往前开了，太危险，到我家院里来。"言为复认识她，是他在报社时认识的一位女读者。幸亏我们听了这位太太的劝告，溃兵所在的位置，响起炮声，刹那间，又倒下一片，看来敌人有些丧心病狂了。一直到下午，我们才来到掩骨会荣子秀妈妈家。

院里的人有一半跑掉的，一半藏到角落里不敢露面。我找到荣子秀妈妈时，她的脑门上有血迹，手里紧紧攥着一个手帕包。我们进去的时候，光线有点暗，她缩在角落里，连连呼喊："我没有钱，我没有钱，别打死我，别打死我。"她甚至不敢抬眼睛，只是低眉顺眼，向未知的闯入者投降。

我很可怜她。我再也抑制不住自己的情感，跑上去将荣子秀妈妈抱在怀里，哭着说："我有钱。我有钱。以后我养着你，你再也

208

不会受苦了……"

这时我才发现，血缘这东西，就是埋伏在身体里的针和线，一到生死危难关头，这针就扎得自己心疼、肉疼，全身哪儿都疼，而那线，永远能够缝合血亲之间产生过的那些裂痕。

言为复说："你们在这里呢？还是跟我回去？"我惊恐万状地说："难道你要开车回去，不行，不行，多危险啊。"

言为复笑道："不是已经危险一次了吗？我得把汽车送回去。放心吧，人民解放军的炮弹有眼睛，只打国民党，不打老百姓。"

"言为复，你要活下来，我会不顾一切保护你，我要忘记过去我所喜欢的人，我要亲吻你的手、你的脸和你的一切。"我是站在废墟中说这句话的，他挥挥手，说："别送了，快去照顾你的妈妈。"言为复的汽车扬起一阵尘土，绝尘而去。我发现，没有言为复的世界很像沙漠——他的笑声对于我，原来还是很重要的啊。

轰隆隆一阵炮响，我的心又处于惊惧之中了，我担心再也看不到言为复了。这个可怕的念头一出现，我对荣子秀妈妈起了一种无理取闹般的嗔怪。如果不是为了荣子秀妈妈，言为复就不会冒这么大的危险。很快，我就批评起自己来：这样对待自己的亲生妈妈是不对的。我应该对妈妈好，一寸一寸编织我们的亲情的网。

"昨晚上，我听见炮响、枪响，我们都趴在床底下。这不，这子弹打在窗户上，粉莲纸着了，我想用水浇，可是到处响，我害怕，解放军战士帮我扑灭了火。问我，有没有坏人藏在屋里，我说没有。他们平端盒子枪，身子贴着墙，到处找。我说你们别找了，我们这儿是贫民窟，连个耗子也藏不住，耗子都饿跑了。"

这一夜，我们母女一直偎依在一起，等着黎明的到来。荣子秀妈妈一直在说话，看来，这场历史突变给她带来的精神震动也是很大的。天快亮时，荣子秀妈妈叹了口气："不怕死了。人，都是摸着黑来到世间的,怎么死不是死?最后都得摸着黑走。"

忽然我们被一群人裹挟着,来到荒野。四周一个人也没有了。孤身站在野草和铁轨之间的我,拼命奔跑。一只狼追逐我,我无处躲藏,不知向谁呼救。这时,荣子秀妈妈从草丛中钻出来,手中抓着一块石头,拼命砸向那只狼……我惊恐地叫着:"妈妈,妈妈……"

从这个短短的梦境中醒来的我,一时不知身在何处,有点发蒙。右边脸颊上湿了,用手一抹,碰到荣子秀妈妈的胳膊,我看到她笨拙地哭泣着。在长期的艰苦岁月中,她的情感世界一片荒芜,因此,当她潸然泪下时,我们彼此都有几分尴尬。

我终于在睡梦中,完成了一个任务,我叫她"妈妈"了。

天亮了,荣子秀妈妈到胡同里探听消息。过一会儿,回来了,说:"咱们胡同里有一个大户,解放军就在那儿。进出都是挎手枪的,我就说,我的姐姐也是打手枪的。炊事班在那院做饭,送到来。我怎么好意思吃,可是家里揭不开锅了。胡同里的小孩不客气,端起就吃!白菜、高粱米、窝头,我一看,就连当官的也吃这个饭。我就纳闷了,当官的怎么不吃大鱼大肉呢?"

邻居们就跑出去看解放军了。过了一会儿,邻居们回来了,说,那些解放军全走了。

荣子秀妈妈说:"打了一仗,把我的宝贝女儿给打回来了。"大家都笑。

五十三

这些天,我就住在掩骨会的大杂院里。一院子"介是吗""倍儿哏儿",使我感觉又回到了叶家大院,是啊,口音就是人的第二种

DNA。想哭的感觉。不是难过地哭，也不是欢喜地哭，就是隔了岁月的墙壁看着自己的那种困惑和惊诧。

天津时调的穿透肌肤的音乐，麻酥酥起来，震天动地的感觉。那是离家的感觉，也是回家的感觉。

青菜、咸菜、酱油等，聚集在一间大菜店里，被咸菜、酱豆腐一熏，混合着旷古未有的香气，仿佛前生的我就是在这味道里降生的一般。

天津时调那悠长的音调飘在细长的胡同里，飘进一个大杂院。

每家的铸铁炉子里冒烟，升腾着火苗，茶水冲泡开了，香气混合着天津时调的清脆俏皮，全院醉意。

院中小孩子们玩捉迷藏的游戏，一个接一个地咬耳朵，用眼瞟我一团窃笑，与光共舞，能够创造奇思妙想，只是一束光，忽然灵光乍现，进入一种神灵飘荡的世界，一个充满光明的艺术世界。

胡同口的中年男子，完全是一副乞丐的样子，坐在地上。旁人都在七嘴八舌地议论着什么。荣子秀妈妈跑过去，把他领回家，这个人就是我的亲生父亲厉自强。不知他得了什么病，眼睛瞎了。他就天天在门口坐着。荣子秀妈妈给他一块窝头，给他泡在大茶缸里，又给他的大茶缸里放了一块酱豆腐。厉自强爸爸眼睛看不见，一边跟大家说话，一边夹起酱豆腐当窝头整块咽下，他忽然大叫："怎么这么咸呀？"在场的人都笑，我却哭了。

好不容易全家在一起，这么好的机会，我希望荣子秀妈妈和厉自强爸爸不要再吵架了。是的。我觉得人老了，应该是害怕失群的。他们更像是一对相伴着老去的鸟儿。

厉自强爸爸有时看到楼下墙根底下老人在聊天，天聋与地哑，各说各的，要的就是这种相伴的感觉。看来厉自强爸爸的耳朵也有毛病。看到墙角的老人们花白的头发佝偻的身子，我忽然想，不是所有人都能拥有这种衰老之态啊。有时，也不是多愁善感，一种说不上来的感触。同样际遇的人，才能相互理解。以前我以为墙角的老人们是常态，而早死是异常现象。后来，懂得了无常与常态，是交替着来的，成为老寿星，也不是所有人都能抵达的人生境界。

本来是一个挺快乐的早春，跟魏晋时期人命危浅的现实比起来，厉自强爸爸这样的小百姓，虽然有一种小草的感觉，却是战争的幸存者。我也是。这想法是大彻大悟吗？不，这是人生况味。经历过也或感悟过了，厉自强爸爸说他再也不会做麻木不仁的人了。看来他对革命胜利还是有着很深的感触的。不过，要想让厉自强爸爸真正快乐起来，以快乐对抗死亡，以坚强顺应生命规律，还是需要时间的。

厉自强爸爸看不清，但听力是很强的，有一天他忽然大叫："腰鼓，腰鼓。"荣子秀妈妈说："这是你的同父异母的哥哥厉小强。"厉小强那皮球弹起一般的跳步，很有年轻人的朝气，跃起从胯下击打鼓面的那一刻，我恍惚了，想到他的亲生妈妈荣子青，是啊，如果荣子青妈妈看到这一幕，会多么高兴啊。听厉小强说，解放军的军医给他治疗一下，他的抑郁症好多了，他还说，医生说他并没有什么器质上的病，只是生活中的磨难太多了，把他折磨得有些抑郁。厉小强指着自己脖子上的伤疤说："烧伤后，家里的日子越来越不好过，我也曾经历过生不如死的日子，身心备受煎熬，因此，即使环境再险恶些，风声鹤唳，围追堵截，我都会坚持到底，努力突围。"我惊讶厉小强谈吐这么文雅，他告诉我，虽然一直沦落社会底层，有时以讨饭为生，却结识过高人，受到过高人指点，有一些文化基础。我想在都市的江湖中，每个人都有自己复杂的过往,写出来,就是一本厚厚的书。想了想,我说:"以后,哥哥应该振作精神,为国效力。"哥哥点头称是。

生活中最大的变化是——荣子青妈妈从河北省平山县回来了。

"我的儿!"当荣子青妈妈抱着厉小强的时候,忽然失声痛哭,厉小强反而显得有些尴尬。

大荣与小荣,也紧紧抱在一起,小荣捶着大荣的背说:"你真狠!一走这么多年!"大荣一直重复着"我回来不走了我回来了再也不走了"的话,这些话,她反复说,反复说,好像已经找不到别的能够表达她情感的话语了。

言为复感叹道:"《梁书·儒林传·范缜》中有这么一段话:'人之生譬如一树花,同发一枝,俱开一蒂,随风而堕,自有拂帘幌坠于茵席之上,自有关篱墙落于粪溷之侧。'"

"你记得那一只袜子的事儿吗?"

大荣和小荣几乎是号啕大哭了。

我从她们含混不清的哭中说听出来,当年,大荣要离家求学,小荣不让姐姐走,说:"你穿着这么好看的衣服。"大荣就把上衣脱下来给小荣,自己只贴身穿着夹袄。小荣又说:"你的袜子都这么好看。"大荣无法,脱下来一只袜子给妹妹,这时,小荣忽然发作:"我不要,我不要,我不要你的施舍。"大荣说,她一直想起她们姐妹俩一人一只的袜子,想起来就辛酸落泪。

小荣捶着大荣的胳膊,唠叨起没完没了:"当时我们小,跟着咱妈,咱们发誓一辈子在一起,不离开妈妈,咱们发誓谁都不结婚的,你说话不算数了,你跟厉自强结婚了!我心里不服气……"

我心中最柔软的地方,被荣子秀的一番话给刺痛了。这时我才意识到,嫉妒是一把锥子,即使是铁板一块的亲情,也能被这把无情的锥子扎得千疮百孔。

晚上,我悄悄问大荣:"青妈妈,你怎么这么有涵养,不怪荣子秀妈妈抢走你的丈夫吗?"

大荣的眼睛都哭肿了:"从小在一个锅里搅饭勺,马勺碰锅沿,难免的,恩中有怨,怨中有恩,血亲血亲的,最终恩怨抵消,融为一体。老话说得好,是灰就比土热。小荣是我最亲的妹妹。我的儿子还不是她带大的?"

亲情是什么? 我说不清。不过,我从荣子青妈妈这里看到,一个人有多少个亲人,就有多少根疼痛的神经。亲情就是包容。或许,在荣子青妈妈看来,荣子秀妈妈所犯的错误,恰是所有人都有可能犯的错误,因此她不计较、不追究,更不会产生报复心理。

五十四

荣子青妈妈正式调入天津。我也有了一份工作,在报社当记者。这天我采访路过叶家大院。我很想进去,可是,我在犹豫,有些回忆还是不去触动为好。

站在外面,我嗅到了寒风的气息。我看见一个男孩子与一个女孩子轻轻地相对依偎着。这时,男孩子为女孩子系领子。他将烟叼在嘴里,烟气熏得他略眯缝着眼,这样使他显得有一些中年人的沧桑。他先将女孩子的头发轻轻掠起,然后,将领子系紧,并且放心地说,这样就可以了。看到这一切,感到一种火炉边的温暖。其实这对儿情侣长得不怎么好看,而且样子也不精明,但是,他们相互取暖,看上去那么美好。

我正发呆,远远地看到一个穿着青布衫的年轻人在那门口打旋。细看,是言为复。他小声告诉我,他来执行一项任务。他向院里走时,在过道的那块青石上滑了一下,差点摔倒。他轻轻"啊"了一声,惊动了一个女人,那女人惊愕地回过头来,是门遇春。她已经憔悴得不像样子了。她是被她自己毁了的。人,不能向自己的动物性投降。最终陷落于社会底层泥潭中的门遇春,恐怕并不知道自我毁灭的原因是什么。门遇春被欲望控制了,成为物质主义变态狂。为什么控制不住自己?当她控制不住自己的时候,她就被叶凤萧控制住了。在叶凤萧的指使下,做一些跑腿的事。现在,叶凤萧没有什么可以炫耀的了,门遇春无法依傍门户了,就成天在叶凤萧家,希望能够找到什么转运的机会。

门遇春这样一个心灵失控的妻子,在丈夫去世之后放任自我,残忍地抛弃了自己的孩子,实在不值得同情。

门遇春在叶凤萧门口,踩着门槛,向屋里说:"我以前都是给你跑腿儿,现在,你不管我了,我得饿成人肉干儿啊。"

倒在破棉絮中的叶凤萧,头发乱得像草,一块破毯子,滑下去,她都没有力气拾起来。

院里一个大娘看见我,没认出来。又看看门遇春,叹口气,小声说:"指亲不富,看嘴不饱。解放军来了,人人有活干,人人有饭吃,何必……"一个中年男子用狐疑的目光看看我们,嗔怪这个大娘:"是非只因多开口……"很快地,中年男子和那个大娘就用一扇破木门把他们自己遮蔽起来了。

门遇春在叶凤萧面前不断哀求,卑微的样子太难看。一道日光射进这个破败的院子。窗玻璃上的反光甚至有点惨白。我想:现在全市都在庆祝胜利,乐景之下还有门遇春这样的俗人,实在令人难堪。

忽听一个怪兽一般的声音吼着:"你去,给老子弄点吃的。就连杜建时市长的弟弟都是中共地下党,真想不到啊。墙倒众人推啊……"这声音有点像"业障"叶玉璋，但是，又比"业障"叶玉璋的声音苍老。

我和言为复交换一下眼色，离开了。当言为复带着解放军包围这个院时，我也跟着来了。当我们快走到叶家大院了，忽然听到一阵喧哗声。无数人端着脸盆，嚷："着火了，着火了！"火光中，我看到了门遇春。她的脸白像得鬼。当然，鬼长什么样儿谁也不知道，可是，小时候看到一些与鬼有关的连环画，煞白的脸，眼角上挑入眉，眼神很凄厉。"业障"叶玉璋揪着门遇春的头发，一边踢打着门遇春，一边骂街。门遇春挣扎着，几乎从"业障"叶玉璋手里逃掉了。"业障"叶玉璋反手一抓，又把门遇春抓住了，他用手指缠绕住门遇春的头发，一次没成功，又加上另一只手，才把门遇春的头发牢牢地缠在自己的食指上，然后，我就听见门遇春发出来的怪异惨叫。

叶家大院那座黑油油的大门里，喷出浓浓的黑烟。我猛然想起小时候第一次踏进这扇门的情景。叶家大院的正门狭而长，高度足有三米，铁皮包着木质门身，显得威严而肃穆。这些年我只长高了一点点，因此，此刻就算我挺直了腰杆走进去，也够不到大门三分之二的高度。

门遇春是纵火犯？我来不及多想，跟着大家一起去救火。

世上的事往往就是这样，意外似乎总是比幸福来得快一些。就在这个时候，一个声音在我耳畔响起："叶玉璋扣动扳机了，这个浑人，最后的人性也丧失了！"又听"业障"叶玉璋变了调儿的声音："杀一个够本儿！杀两个赚一个！杀一群……"刹那间枪声响起，我还没反应过来的，就被一个人扑倒在地。等我从这个人的身体下钻出来时，脸上、手上沾满黏糊糊的东西。

一颗罪恶的子弹，中断了言为复的快乐笑声，也毁灭了我和言为复的友谊。

我呆住了,仿佛在一片大水中迷失了前路,不知怎样叫喊求助,我仿佛站在独木桥上,下面是流水,我手上的念珠掉下去,全被河水吞没了。或许,我要习惯身体内的东西像那串珠子一样散落一地并落入深潭,直至我的生命也离开这个星球到一个未来世界中去。可是,言为复不在了,一双手从此没有了活力,而我在他眼下并不是以一个女人的形象存在的客观存在,我也认了,让他存在,让我消亡吧。

"业障"叶玉璋这个坏人,真的不能按照常人逻辑去要求他。"业障"叶玉璋是想要了我的命,不料言为复救了我。

我的牙齿被医生的钳子拔掉了,是门牙。我不敢张嘴,怕被别人看见嘴里的黑洞。虽然摔坏了牙齿,却保住了一条命。不,是言为复用他的生命换来了我的生命。

其实我并不知道死亡的滋味,可是,我一直以为我知道。

贺明君曾跟我说过,参禅打坐时,灵魂会出去,我问她"出去"是什么意思,她的解释也是模糊不清的,不过我的理解是,灵魂出去之后人将面临死亡。死亡就是一处处的火焰灭了,然后,生命中最后一点烛光,也被扑灭了,人死如灯灭。向死而生的人,对生命,会加紧利用,对死亡,会有清醒的认知,我们都在从生到死的路上,这一点,在出生的那一刻就命定了,既然如此,生与死之间的事情,就好办了。

我最后看了一眼叶家大院那令我绝望的楼梯。无数风雨打过我的脸。我希望把这个院落拆除掉,当然我没有这个权力。我想,推土机也完成不了我想要抹杀的记忆。我希望自己亲手去掩埋那一段一段不堪回首的记忆,特别是言为复中弹牺牲的记忆。

肉体中飞出一粒子弹,击中的是青春岁月。青春不复存在,正如同我的生命不复有言为复的存在。这世界,给我无尽的折磨和思念,苦哇! 恋物癖,我留恋我的牙齿,正如我留恋过去的岁月。

五十五

自 1949 年春天起,第四批、第五批……许多民主人士路过天津,赶赴解放区。从 1948 年至 1949 年,共有三百多位民主人士、七百多位文化名人和爱国华侨从各个不同方向奔向一个目的地——解放区。1949 年 2 月 1 日,已先后抵达解放区的 56 位民主人士,发来贺电,联名庆祝人民解放战争的胜利,毛泽东主席和朱德总司令回信表示感谢,其中写道:"诸先生长期为民主事业而努力,现在到达解放区,必能使建设新中国的共同事业获得迅速的成功。"

叶紫苏作为南下干部即将离开天津,临走的时候,叶紫苏说:"首长说了,天津是中国人民解放军和地下党共同打下来的。首长是这么夸奖天津地下党的同志们的,天津的敌情资料,每座碉堡的位置形状守备兵力,都有具体的交代。这就使我军掌握了情况,下了决心,制订作战计划,部署兵力,都有了确实可靠的基础。当年天津地下党送到解放区去的《天津城防堡垒化防御体系图》,是天津人的骄傲。"

贺老先生也打算南下,他说他要回到故乡,造福桑梓。可是,中央特派员多次找贺老先生谈话,请他去北京参加新政协会议,贺老先生在写给我的信中说:"中国共产党三顾茅庐,令老朽感慨万端。汉代的颜驷三世不遇,汉文帝好文,他好武;汉景帝喜欢老臣,而他当时年轻;汉武帝喜欢少壮派,而他已经年老。老朽本也是无用之人,想不到中国共产党却礼贤下士,我必定肝脑涂地,以报答中国共产党的知遇之恩。"

我在回信中也告诉贺老先生玉蝴蝶埋藏着的秘密。

相关领导找我谈话,谈起玉蝴蝶时,也提到黎婕好,她的玉蝴蝶也取来了。这里面的信息十分重要。用这个密码打开银行保管箱,这个保管箱就在维多利亚道交通银行。这个秘密就是,保管箱中珍藏着一些资料,记载着产妇和婴儿的情况。那些为了革命事业把亲生儿女送人的母亲,在这些资料中留下了自己的名字和指纹,也留下了孩子的名字、指纹。其中还有一个红纸条,上书:愿天下母子们终享天伦之乐!

五十六

1949年6月15日,新政治协商会议筹备会第一次全体会议在中南海勤政殿开幕,开幕式上,李济深先生代表民革发表讲话,他说:"新政治协商会议筹备会,是建设一个符合人民愿望的新中国的开始,我们是以非常的欢欣鼓舞的心情来参加的。"

五十七

工作很卖力的我,累病了。

渴极了。半锅绿豆汤,一碗碗地从我嗓子眼儿下去,就像一杯杯的水倒在夏日正午开裂的土地上,连点烟儿也不冒,这水就消失在我体内。后来我发现我发烧了。

我的睡姿我自己看不到,但我知道我一直仰面而睡,这是一个不雅的姿势,但是,舒服极了,全身打开,让睡眠任意抚摸我的肉身,我太疲倦了。醒后,我静了好一会儿。没有力气。直到体力恢复,神志清醒,我做了简易的早餐,炸馒头咸菜,然后,在热水中泡着自己,直到头发面庞都焕然一新,我就坐在南窗之下,开始梳头。

当我与黎婕好在街上相遇时,相互间的距离恰到好处,她却用宽大的帽檐遮住面庞,我只能看到她的一痕脸线。当她从帽檐下露出脸孔时,唇上浮出一种浅笑,是恶毒的。黎婕好以一种怪异的目光审视着我,仿佛我来自地球以外。

这夜我失眠了。我觉得黎婕好的到来,还是为了向春来。"月移花影动,应是玉人来",古人的诗情画意,距离我们是有距离的。在我看来,人与人之间难以沟通的梦境,对于我依然有着极强的诱惑力。

我想离开天津,到南方去找叶紫苏。

五十八

那孩子,被人扔在厕所里,居然还会哭。那个夜晚,抱着婴儿的人,是一个妇女,胆子很大,深夜路过胡同口的厕所,就去方便方便。"臭流氓",随着一声叫喊,一个花痴,正在偷看她。她放下孩子,追出去。下雨了,那人消失在雨幕中,她看到路灯下有一点光,一时的见财起意送了她的命,当她奔向路灯下时,一根电线正在水中,她死了。这个恐怖的传说,加重了我对死神的敬畏心理。我看过一部电影,那个电影中,人物临死之前,有一场电闪雷鸣,他的影子映在墙壁上,给人一种凄惨的映象,忽然倒地,瓢泼大雨,倾盆而下,一个生命完结了,好像也很程式化。

警察到来的时候,抱孩子的女人已经死了。厕所里忽然有了婴儿的哭声,整个胡同的人,都围观这场乱子,大家说,这婴儿命真大,要是那女人抱着孩子一起到路灯下,这孩子就没命了。大家都相信,这孩子是路灯下那个妇女放在那里的。

上面这个故事还有一个序幕,可以注释这个女婴的出处。

乍暖还寒时分,朱大元家传出婴儿的哭声。二姑娘桃花问产婆:"生的是男的女的?"产婆说:"一个闺女。"

外屋的朱大元"哼"了一声,一拍桌子:"老朱家断了根了!"

屋里顿时死一般沉寂。

就这样,三姑娘梅花来到了人间。没几天,梅花的母亲去世了。朱大元已娶过两任妻子,生了三个女儿,此时,他不想再续弦,就将同族的朱根生过继为自己的儿子。朱大元对朱根生十分亲热,因为,他可以接续朱家的后代香烟。对于桃花梅花,他不甚爱惜。一则因为是女孩子,二则是因为她们的母亲是他十分不喜欢的女人。他对第一任妻子所生的大女儿十分疼爱,虽然,大女儿嫁人已久,每次归宁,他都在袖管中藏一些银票给她。

朱大元不喜欢桃花、梅花,就把梅花送了人。

派出所警察找到朱大元,他却不承认这个女婴就是梅花。

最后,我把这个婴儿抱回家。我收养了她,给她起名厉为春,"为春"这是我曾经用过的化名。

雨细细地打着窗棂,帘帷是浅浅的一痕果绿色,橘黄色的灯笼着夜色,摇篮里婴儿浓浓地睡着。幻想中,他的足音响起,隔着帘帷,他的身影和笑容,是我毕生的彼岸。

我一直想拥有一个有着果绿色窗帘和橘黄色的灯光的小屋,在细雨中等待孩子的爸爸回家。他回来了,所有的寒意都将被驱散;他回来了,他们隔窗听雨,唔唔地说着什么;他回来了,一个完整的梦呈现出来。

婴儿寻找母亲味道的那个动作,让我心里一动。以前,我对爱情的近乎病态的单方向追求,是不是缺失母爱的另一种折射呢?

现在我得到了双份甚至多份母爱,埋藏在内心深处的英雄情结又显现出来。

夏天的花美得柔若无骨。爽身粉味道,与花香融为一体。当母亲的感觉真好,哪怕是养母,也令我十分陶醉。怪不得小女孩子都喜欢娃娃,母性是女人的天性。不过,我小时候不能拥有娃娃,因此,我的母性与我的女儿性一样,都在困苦的生活中打了折扣。至于,妻性,我还不知道那是一种什么概念,因为我不是任何男人的妻子,或许永远都不会成为某个男人的妻子。

夏天之美令人悄然就范,我会不由自主地赞美起这个五彩斑斓的季节。夏天是一个坚韧的季节,我们在这个汗流浃背的季节里,努力工作着,幸福生活着。

叶紫苏给我寄来一封信,信上写道:

　　子衿,我还是习惯这样称呼你。我们已经到了江西。我就不描写江西风光之美了,主要讲讲竹林和蛇。蛇,名为竹叶青,隐蔽在竹林的高处,当人走过时,它一般没有动静,可是,有时,蛇出于什么莫名的目的吧,会袭击人的耳朵。当地人为了保全生命,往往用随身携带的镰刀砍掉耳朵,否则,毒液进入大脑的速度,会使人顷刻丧命。假如蛇咬到人的脚,由于距离心脏和大脑还很远,如果来得及送医院,还是可以保全性命的。

　　听当地人这么一说,我的心就紧缩了,再过竹林的时候,总想捂住自己的耳朵。

　　不过,南方的竹林美得令人诧异,不像北方,几丛竹子相互倚在一起,竹竿纤细,竹叶焦黄,给人一种枯瘦之感。南方的竹林,活生生带着灵动之气。

住在叶家大院时候,我们一起读了《红楼梦》,羡慕潇湘馆的幽雅,爱上竹子,挑选窗帘时特意选择水墨竹子的图案,你还记得这件往事吗?

现在想来,当年的我们,对竹子的喜爱,跟叶公好龙有几分相似。

我们到这里来工作,也遇到一些惨烈的事情。最初,我们在深山中发现有一些人民解放军遇害了,其中有一名小战士,年纪只有十几岁,生命就戛然而止了。当我们埋葬这名小战士时,却找不到他的伤口,也就是说,他身上既没有枪伤也没有刀伤,后来我们才发现,他头顶被扎进好几根竹针,敌人真是太狠毒了。我们都为这名小战士而流泪,同时,我们要发奋努力,为建设新中国而奋斗!

我们的工作环境还是比较艰苦的,不过,大家的热情都很高。我与向春来已经是一般同志关系了。爱情固然伟大,不过,强扭的瓜,是不甜的,我们还年轻,应该把一切精力都奉献给祖国。来吧,子衿,到祖国最需要我们的地方来。南方有许多民主党派成员和党外人士,你是一个善于做统一战线工作的人,这里的工作很适合你。

望你多多学习,争取更大进步。

紫苏

读完这封信,我想像叶紫苏一样成为南下干部的愿望更强烈了。

我在回信中告诉叶紫苏,党组织已经正式批准我入党了。这件事令我惊喜,我把这一天隆重地记在日记本上,并且把我的一根青丝别在这个本子的这一页。

荣子秀妈妈对于我加入中国共产党一事不太理解,她说:"你跟大荣都是党员,怎么还不升官发财,让我也享享福!"荣子秀妈妈还是这么想说什么就说什么,而且说出来的话,我们都觉得有点不可理喻。有一次,荣子秀妈妈说荣子青妈妈:"你都当干部了,怎么不让你儿子也当干部,还能多挣两个钱!"我们就给荣子秀妈妈讲道理,可是,荣子秀妈妈听了几句就打哈欠了。

荣子秀妈妈的邻居,还有荣家的一些亲戚,常常来找荣子青妈妈,有求盘缠的,有求职的,有的还要把孩子送给荣子青妈妈。

荣子青妈妈说:"咱家这些亲戚把我当成国民党了,我们党员干部怎么能'私'字当头呢?"这就是一个党员的心声。荣子青妈妈出生入死,奉献一切,现在革命成功了,天津解放了,却要面对着一群无所事事奸懒馋滑的亲戚的亲情敲诈。我终于看到了荣子青妈妈的眼泪。这时,我的心中最柔软的地方被什么利器击中了,鲜血直淌。我应该谅解或原谅所有人,人嘛,都是有弱点的,至少在趋利避害这一点上,没有几个人能跟大众拉开距离。圣人,怎么可能出现在我们这些普通人中间。

荣子青妈妈比起这些亲戚来,更有文化,也更有思想定力,当然,她也更有涵养。

五十九

1949年9月21日,北平(北京),中国人民政治协商第一届全体会议召开了。中华人民共和国成立了!五星红旗成为我们心中最伟大的旗帜。我向着北平(北京)的方向,高唱国歌:起来!不愿做奴隶的人们!把我们的血肉,筑成我们新的长城!中华民族到了最危险的时候,每个人被迫着发出最后的吼声!起来!起来!起来!

我们万众一心,冒着敌人的炮火前进,冒着敌人的炮火前进!前进!前进!进!

六十

全家团圆了,荣子秀妈妈的牢骚却多起来,有一天,她叹着气对荣子青妈妈说:"我这眼睛是最毒的,什么都看得透。我看厉小壹这孩子跟你当年特别像,早早晚晚,她也得离开这个家。"

荣子青妈妈是深明大义的,她知道我想跟叶紫苏一样成为南下干部,有一天,她跟我说:"如果你也想去南方工作,就去报个名吧,你抱来的这个婴儿我会把她养大的。"

荣子青妈妈参加革命多年,知道我参加革命工作的意义。如果言为复还在,他一定会说起《战国策》上那句发人深思的话:"父母之爱子,则为之计深远。"是啊,优秀的妈妈都想将自家孩子培养成独当一面的人才,而不愿看到自家孩子庸庸碌碌地混日子。

我和荣子青妈妈达成了一致意见。

我要离开天津了,我认作义女的这个女婴,将要与我别离。荣子秀妈妈不能一下子懂得革命道理,因此,当她听说我已决定参加南下工作,就赌气不理我了。

血缘是一个奇怪的东西。当年,在河北省平山县李家庄,当我沐浴着李家庄第一缕曙光的时候,心中就萌动了一种汹涌澎湃的声音,她在这里,我的妈妈,她在这里。当我与荣子青妈妈在岁月的长河里遇见了,我们之间就弥散着一种母婴拥抱的气息。抽丝剥茧般地揭示真相,在荣子青妈妈身后,还有一个和她相去甚远的荣子秀妈妈——我终于找到了自己的出处。

我渴望得到荣子秀妈妈的理解。可是,荣子秀妈妈的脸,阴沉得可以拧出水来。我想,过去的岁月给予荣子秀妈妈的阴影,一直盘踞在她心中,这阴影并不是一阵风就能吹散的。对于一直活在阴影中的女子来说,接受阳光,是需要一个漫长过程的。可是,我不能等,我必须到祖国最需要我的地方去,我要长成一棵参天大树,而不是荣子秀妈妈所期望的闲花野草。

荣子青妈妈回到天津之后,被分配到机关,每天的工作十分繁忙。荣子秀妈妈就在街道加工厂里做加工活儿,每天腰疼腿疼,缺勤迟到,牢骚也不少:"我天生就是苦力,让我干这些糙活儿……"听到这样的话,我才发现,母女也罢,姐妹也罢,重逢之初的激动过去之后,迎来的是漫长而平淡的日子。这种漫长而平淡的日子,对于一直朝夕相处的亲人来说,很容易打发,对于我们这样睽隔许久的亲人来说,考验还真不小。其实我最怕的是,荣子秀妈妈每天就是忙着传闲话,咬耳朵,在公共场合跟人起哄。

那一阵子,邻居家的一个疯女犯病,大家围着看,荣子秀妈妈特别起劲地跟着凑热闹,我和荣子青妈妈一下班,荣子秀妈妈"汇报"疯女的情况:"疯子的男人跟着蒋介石逃到台湾去了,疯子天天闹,因为就是从男女关系上得的病,每天疯言疯语的也离不开裤裆那点事儿。"然后,荣子秀妈妈就说出许多令人难堪的话,我们都假装没听到,特别是我,毕竟还待字闺中,听了那样的话,总感觉眼睛和手脚都没处放。荣子秀妈妈冷笑道:"谁也别装,哪个女人能够一辈子不让男人碰!这疯女人就是没让男人玩够才疯的……"我假装去厕所,回来时,我看到荣子秀妈妈的脸色十分难看。我知道她是嫌我不跟她保持一致,可是,如果让我热情地参与到荣子秀妈妈的街谈巷议中去,我真的做不到。

我曾经向往的母爱与现实生活中的母爱,还是有距离的,或者说,这距离还不小。

荣子秀妈妈有了我们这些"靠山",凭空又多出一些亲友来,这些人或真或假都拥戴荣子秀妈妈,因此,荣子秀妈妈常常拿出钱请这些亲友吃喝。没钱了,就找我要。我的工资不多,往往上半月填饱这些亲友的肚皮,下半月就要饿我们母女的肚皮。幸好有荣子青妈妈在,不过,厉自强爸爸和厉小强都要看病,家中负担实在很重。

新中国成立之后,每个人都有新变化,而荣子秀妈妈的内心世界,依然是一潭死水,没有多少昂扬向上的波澜。

使一个人的灵魂获得新的升华,确实很难。荣子秀妈妈和她所谓的亲友们,并没有什么大的失误,只不过是逃不过欲望的奴役罢了。而我,在这种令人窒息的空气中,又一次产生了逃逸的冲动。

我远远地跑到城边,又回来了。这一来一去的远足,让我清醒了些。我忽然质疑自己,为什么要逃逸?是为了追寻向春来那一类人的踪迹吗?我们能否将爱情当作亲情的代偿品呢?当亲情得不到真正满足的时候,一个弱女子,出于自我完善的需要,或许会向心仪异性投去期冀的目光。

这段时间,我已经害怕回家了。每次看到胡同口的一堆人,心里就混乱不堪。胡同口,是市井的一个标志,许多都市闲人最喜欢抱着孩子或择着菜在胡同口闲谈,而这种闲谈,往往刺伤别人的自尊心。这天,我刚一出现在胡同口,就看见被几个人搀扶着的荣子秀妈妈,哭得像泪人一般,而其他人则七嘴八舌,吵吵闹闹。听了一会儿,我才知道,荣子秀妈妈把我将要离开天津的事告诉了她的所谓的亲友,于是,大家就演了这么一出闹剧。

或许我不该说那句话:"为什么荣子青妈妈就支持我南下?"

荣子秀妈妈打了我一巴掌,不是打在脸上,而是打在后背上,震得我一哆嗦。她看了她的亲友们一眼,仿佛有了底气,叫着:"你是我肚子里爬出来的,不是荣子青养的,告诉你,婶子大娘排成行,不如自己亲爹娘。你看荣子青当官就巴结她,狗不嫌家贫,你嫌我丢人啊!"

周围响起一阵议论声,还有人用手指着我,唾弃我。荣子秀妈妈脸上有了某种得意之色,她的亲友们也扬扬得意起来。就在这时,一个沙哑的声音从空而降:"你这个顽石般的脑袋啊!"这话说得很有水平,这胡同里的人大多不识字,我不知道是哪一位能够说出这样的话。

是厉自强爸爸。他用一根树枝敲打着胡同的墙壁,敲得很重,墙壁发出咣咣的响声。他走到胡同中间,忽然席地而坐,焦黄的脸上,一对看不见世界的眼睛茫然地冲着天空。他叫着:"厉小壹。"

我忽然浑身一震。这是我的名字。可是,许久以来,我一直叫林子衿。打回原形的感觉,原来是这样的。

我答应了一声。

厉自强爸爸伸出一只黑黑瘦瘦的手。我把我的手放在他的手上,他手心里有一张皱皱巴巴的纸质卡片,已经污损了,不过,还可以看到上面的字迹:"厉小壹。出生于……"后面的字被纸质卡片的折痕遮蔽了。

我知道这是我出生之后医院插在我病床前的卡片。我想象着,当年,我丢失之后,厉自强爸爸找到这张卡片时那种慌乱和紧张的心情。

顽石一般的脑袋。我脑海里总是回旋着厉自强爸爸对荣子秀妈妈的这句评价。我被这道亲情的绳索捆得紧紧的,几乎窒息。我不能离开,他们是这样弱小可怜,他们需要我的保护。

街道里举办了妇女识字班,我给荣子秀妈妈报了名。我给荣子秀妈妈购买了笔墨纸砚,我以为新的人生,就在远方向我们招手;我以为只要我们努力,就能过上幸福的家庭生活。

妇女识字班就在街道里举办,有时候我也去帮忙。可是,荣子秀妈妈不太愿意参加,因为大家都去了,她才慢慢地踱进妇女识字班所在的小平房。去的时候,荣子秀妈妈手里还带着毛线活儿,一边打毛衣,一边聊天,根本不好好学习。荣子秀妈妈看见熟人就叽叽呱呱,讲课教师的声音被荣子秀妈妈的大嗓门震慑住了。那个大学生,有点小脾气,一赌气跑了。荣子秀妈妈就起哄:"让我给赶跑了!真痛快!说的都是嘛呀?虚头巴脑的东西,还不如给我们发点钱呢,那多实惠。说大话使小钱,糊弄谁呀?"

我感觉我的脸红得不像样了,头也涨得很疼。

是不是我不够耐心?毕竟这是一个从旧社会走过来的妇女,又有过许多不堪的经历,因此,才形成这种不顺南不顺北的性格。

如果只是起哄也就罢了,我最怕荣子秀妈妈惹祸。这不,那天她去给一对喝醉了酒的小夫妻劝架,结果那家的男人故意打了荣子秀妈妈一顿,把她的头打破了。荣子秀妈妈不甘心这样败下阵来,又到处说那小夫妻的坏话,结果,那家的女人堵着我家的门,大骂荣子秀妈妈。这样闹了还嫌不够,还耍赖,非要让荣子秀妈妈赔偿他们小夫妻的名誉损失,荣子秀妈妈说她没钱,就将这小夫妻支到荣子青妈妈工作的机关。

荣子青妈妈说了荣子秀妈妈几句,她就哭起来。一边哭,一边数落,陈芝麻烂谷子,有的没的,什么都往外说,几个都市闲人围着我家看热闹,时不时发出起哄的笑声。

看来,窝里斗是成本最小的争斗,因此,精神空虚而又软弱无能的人,往往沉溺于窝里斗而不能自拔。

我的心,被种种想法搅乱了。五马分尸般的焦灼。有一天我去商店买衣服,看到那块蓝布,想做裤子,买了之后,又觉得颜色印染不均匀,服务员告诉我是光线问题,我就疑心人家是有意骗我,一个劲儿地跟人家说:"如果不是颜色问题我也不会跟你们在这里辩论……"后来我发现我这种歇斯底里的样子跟荣子秀妈妈很像。

忽然,我想到一个可怕的问题,在不知不觉之间,我好像已经被荣子秀妈妈给同化了。

我必须离开这座城市。荣子秀妈妈一直活在自己的认知、情绪和逻辑里,她大约不会成为一个崭新的人物了。

天性纯良的我,变了吗?

变了。

女人在最天真的时候,闯荡天涯,少了许多顾虑。因为人一旦想得多了,缠缠绕绕,是什么事也做不成的。

我想呼吸清新空气。

当年在叶家大院,给我带来一缕清新空气的是谁?答案是——叶紫苏。叶紫苏第一次举着红色萱草花的样子呈现在我的脑海。叶紫苏是我心目中一面旗帜,她在哪里,我就会前进到哪里,这好像是我们在叶家大院生活时形成的惯性。她在信中告诉我许多南下干部的工作情况,那种积极向上的生活气息,像一束光,照透了由荣小秀妈妈和她的所谓的亲友们制造出来的人生迷雾。

叶紫苏说我擅长做民主人士的思想工作,这是我的特长。是啊,我好想让自己的生命焕发出应有的光彩。我觉得我的生命应该像红色萱草花一样质朴。一个人,可以没有高贵典雅的气质,可以没有冲击波一般的思想,可以没有语惊四座的才华,可以柔弱,可以凡俗,可以随和,然而,却不可以荒谬地和光同尘。以前,我一直以为,我会持久地生长在这喧嚣的城市中,和荣子秀妈妈们打成一片,现在,我不这样想了,我想闯一闯天下,就像荣子青妈妈当年那样。

我把插着一束红色萱草花的瓶子放在桌上了,两位妈妈一推里屋的门,就能看到。

我走了。

回眸之时,我小声说:"我会回来的。"我似乎看到了荣子青妈妈和荣子秀妈妈的眼泪,然而我还是义无反顾地走了。

我口袋里有荣子青妈妈亲手炒的蚕豆。那一粒粒蚕豆所特有混合型香气,安抚了我的情绪。一个人吃着蚕豆,很香。走在前去火车站路上的我,越嚼越香,越嚼越香。胸腔里堵着无穷的空气,闷得像一口密封着的铁锅,但是,距离爆炸还是很远很远的。时间,抻开了抑郁的懒筋,悲从中来反而是一种解脱。痛哭吧。在哭泣中,成全自己。妈妈,我是一滴水,您也是一滴水,然而,昨天,在时间的河流中,我们这些小水滴整出了朵朵浪花。平静下来的时候,才发觉这浪花,要投入大海。我无数次站在原地,等,然而,我究竟等到了什么?

在这以后的岁月里,无论在哪里居住,我都会撷一束红色萱草花,放在瓶中,粗瓷大瓶,率性而为的插花方式却产生了奇异的美,遥想当年,年轻时代的幻想,也现在,一个人享受这静美如初的岁月,无话可说了,岁月如白驹过隙,越过滚滚红尘,从年轻到衰老的过程中,相对只有萱草花。

在我短暂而又漫长的生命历程中,萱草花一直是我的最爱。萱草花随意地开放着永不张扬自己的美丽,永不叫嚣自己的观点,永不与众花争媚,就只是心满意足地喜气洋洋地开放着。它的花瓣朴实大方,不似菊花那样婉转精致,也不似牡丹那么富丽堂皇,更不似水仙那样清高傲然,它只是一种自然的舒展动作,令人亲近起来不觉高不可攀。它的颜色带有民间文化的热烈质朴,浓浓的乡土气息都包含在这艳丽的色彩之中。每当萱草花盛开的时候,岁月便呈现出最浓丽最醇厚的气质,这时,有关母爱的各种想象就在我脑海里展开了。

我出生在这个世界上,以有限的才能享受着无限的大自然的赐予,倍感幸福,因此,我与这萱草花一样心满意足地喜气洋洋地生活着。我愿意与萱草花永生同在,让我们的生命相互映照着,毕生保持那种内在的美感。

到了南方某镇,刚刚安排好住宿和报到的事情,我就收到荣子青妈妈的信。荣子青妈妈说,我收养的小女孩一切都好,她的儿媳妇和孙女也从娘家回来了,荣子秀妈妈已经开始参加妇女识字班的学习了。信中还附有荣子秀妈妈写给我的短信:小壹(这个字她没有写好,涂涂改改的,最后写成了"一"),你爸爸已进街道养老院,好!我在街道工作,好!我再也不拉你后腿了,你也得好好的!

我的心被这些语句扎疼了。随即,泪水似倾盆大雨般洒落下来。

(完)